FALLEN INK – TATTOOS UND LEIDENSCHAFT

MONTGOMERY INK REIHE: COLORADO SPRINGS, BUCH 1

CARRIE ANN RYAN

Fallen Ink – Tattoos und Leidenschaft

Montgomery Ink Reihe: Colorado Springs, Buch 1

von

Carrie Ann Ryan

eBook:
ISBN: 978-1-63695-264-2

Taschenbuch:
ISBN: 978-1-63695-265-9

Besuchen Sie Carrie Ann im Netz!
carrieannryan.com/country/germany/
www.facebook.com/CarrieAnnRyandeutsch/
twitter.com/CarrieAnnRyan
www.instagram.com/carrieannryanauthor/

Ink Reunited – Wieder vereint (Buch 0.6)
Forever Ink - Tattoos und für immer (Buch 1.5)
Hidden Ink – Tattoos und Geheimnisse (Buch 4.5)

Die Gallagher-Brüder:
Love Restored – Geheilte Liebe (Buch 1)
Passion Restored – Geheilte Leidenschaft (Buch 2)
Hope Restored – Geheilte Hoffnung (Buch 3)

Whiskey und Lügen:
Whiskey und Geheimnisse (Buch 1)
Whiskey und Enthüllungen (Buch 2)

Fallen Ink – Tattoos und Leidenschaft

Die »Montgomery Ink Reihe« wird fortgesetzt mit einem Ableger in Colorado Springs, wo eine bereits bekannte Montgomery ihren Platz in einem neuen Tattoostudio findet – und in den Armen ihres besten Freundes.

Adrienne Montgomery lebt endlich ihren Traum. Zusammen mit ihrem Bruder Shep und zwei ihrer Cousins aus Denver hat sie ein Tattoostudio eröffnet, und sie ist bereit, mit ihrer Kunst die Stadt im Sturm zu erobern – solange sie dem Druck standhält. Als ihre neuen Nachbarn jedoch entscheiden, dass ihr Laden nicht in die Umgebung passt, muss sie sich auf den einen Menschen stützen, von dem sie nie erwartet hätte, dass sie sich in ihn verlieben könnte ... ihren besten Freund.

Mace Knight ist stolz auf zwei Dinge: seine Kunst und seine Tochter. Er weiß, er geht ein Risiko ein, indem er in dem Laden der Montgomerys neu anfängt, doch der

Einsatz erhöht sich, als er merkt, dass er Adrienne mehr begehrt, als er es für möglich gehalten hätte.

Die beiden verlieben sich Hals über Kopf ineinander, doch sie kennen auch die Regeln; sie dürfen ihre Freundschaft nicht riskieren, egal wie gut sie im Bett sind und egal wie viele Menschen sich ihnen in den Weg stellen.

Kapitel Eins

ADRIENNE MONTGOMERY bemühte sich verzweifelt, sich nicht zu übergeben, aber es konnte knapp werden. Sie war zwar von Natur aus nicht nervös, aber der heutige Tag erschien ihr als die reinste Geduldsprobe und kostete sie den letzten Nerv. Sie war sich nicht sicher, ob ihr stählernes Rückgrat, das sie sich in all den Jahren erworben hatte, stark genug sein würde.

Vielleicht hätte sie sich besser einen stählernen Magen zulegen sollen – oder sogar einen aus Platin.

»Du siehst ziemlich blass aus«, flüsterte Mace ihr ins Ohr, der sich zu ihr hinuntergebeugt hatte.

Sie schauderte unweigerlich, als sein Atem über ihren Nacken strich. Sie blickte auf und direkt in die haselnussbraunen Augen ihres besten Freundes. Der verdammte Kerl sah viel zu gut aus und er wusste, dass sie kitzelig war, daher sprach er dauernd in ihr Ohr, damit sie so wie jetzt schauderte.

Sie nahm an, dass er sich am Tag zuvor die Haare hatte schneiden lassen, denn die Seiten waren kurz geschnitten, sodass man seine grauen Strähnen sehen konnte. Er hatte sich die Haare oben auf dem Kopf wachsen lassen und sie zur Seite gekämmt, was eher modisch als unordentlich wirkte, und wie immer hingen sie ihm vor den Augen. So wie sie Mace kannte, war diese Frisur heute Morgen eher unabsichtlich entstanden. Ihr bester Freund war ungefähr in ihrem Alter, in den Dreißigern, war aber schon mit Ende zwanzig grau geworden. Während manch anderer Mann begonnen hätte, sein Haar zu färben, hatte Mace es naturbelassen, und zu seinen Tattoos und Piercings sah es gut aus – und den Frauen gefiel es.

Nun, zumindest nahm Adrienne das an. Schließlich gehörte sie nicht zu den Frauen, die ihn anbeteten. Nicht auf diese Art zumindest.

»Adrienne, alles klar?«

Sie blickte ihn böse an, als sie den altvertrauten Refrain hörte, der sie seit ihrer Kindergartenzeit verfolgte, als einer der Väter dort den Boxer aus dem Film zitierte, den sie mittlerweile hasste.

»Was habe ich gesagt? Du sollst doch diesen Spruch nicht mehr benutzen.« Sie verschränkte die Arme vor der Brust und tippte nervös mit dem Fuß auf den Boden. Sie war mindestens fünfzehn Zentimeter kleiner als ihr bester Freund, aber da sie Stiefel mit hohen Absätzen trug, konnte sie zumindest versuchen, einschüchternd zu wirken.

Doch Mace, so wie er nun einmal war, zuckte nur mit den Schultern und zwinkerte ihr zu. Dabei schenkte er ihr das schelmische Grinsen, das er im Spiegel übte, seitdem er sich vor Jahren mit ihr *Rapunzel* angeschaut hatte. Ja, so war er eben, es gefiel ihm, sie zum Lächeln zu bringen, und er wusste, dass sie eine Schwäche für den animierten Flynn Rider hatte.

»Ich weiß, dass es dir gefällt.« Er legte ihr einen Arm um die Schultern und drückte sie fest. »Und? Ist alles in Ordnung? Wirklich? Denn du siehst ehrlich so aus, als müsstest du dich gleich übergeben, und hier ist alles so neu und strahlend sauber, dass ich wirklich nicht weiß, ob das hier so passend wäre.«

Als sie an den Grund dachte, warum dieser Laden – ihr Laden – so neu und strahlend sauber war, drehte sich ihr der Magen erneut um. Sie stieß die Luft aus.

»Es geht mir gut.«

Mace starrte sie zweifelnd an und sie trat gegen einen seiner Schuhe. Sie sollte sich eigentlich eher wie eine Erwachsene benehmen. »Versuch es mit ein bisschen mehr Begeisterung, denn die Panik in deinen Augen drückt wirklich nicht die richtige Zuversicht aus.«

»Es wird mir gut gehen. Hört sich das besser an?«, fragte sie und lächelte ihn breit an. Es musste trotz alledem ein bisschen manisch gewirkt haben, denn er verzog das Gesicht, hielt aber dennoch einen Daumen hoch.

»Na dann. Dann lass uns mal dieses Büro verlassen

und in dein brandneues Tattoostudio gehen, um der Horde gegenüberzutreten.«

Und schon wieder rebellierte ihr Magen.

Ihr Tattoostudio.

Sie konnte es kaum glauben. Nachdem sie jahrelang in Colorado Springs für andere gearbeitet hatte, hatte sie sich weder nordwärts nach Denver gewandt, um im Studio ihres Cousins und ihrer Cousine zu arbeiten, noch südwärts nach New Orleans und dem ehemaligen Laden ihres Bruders, nein, sie war jetzt Mitinhaberin von *Montgomery Ink Too*, der ersten Filiale des Hauptstudios, das in der Innenstadt von Denver lokalisiert war.

Ja, sie würde sich gleich übergeben.

»Die Leute gehören doch größtenteils zur Familie. Und von einer Horde kann man auch nicht wirklich reden.« Obwohl man den Eindruck hatte, es handelte sich um eine. Selbst drei Leute fühlten sich viel an, weil sie alle darauf warteten, dass sie etwas sagte, etwas tat, jemand war. Und jetzt genug davon, denn sonst würde sie es heute nicht mehr aus dem Büro hinaus schaffen.

»Das stimmt, da die meisten Mitglieder deiner Familie nicht erscheinen werden. Der ganze Clan der Montgomerys könnte im Augenblick wahrscheinlich vier Gebäude füllen.«

»Du hast nicht unrecht. Nur Maya und Austin sind aus Denver angereist, weil Shep und ich die anderen gebeten haben, zu Hause zu bleiben. Es wäre ein bisschen zu viel für diesen kleinen Laden, wenn sie alle hier aufgetaucht wären.«

»Aber deine Schwestern und deine Eltern sind hier, außerdem natürlich Shep und seine Frau. Und ich bin mir ziemlich sicher, dass ich auch ihr Baby Livvy gesehen habe. Und dann noch Ryan, da du ihn ja schließlich eingestellt hast.« Mace schob die Hände in die Taschen. »Es ist eine große, glückliche Familie, die wartet, dass du erscheinst und später deinem ersten Kunden ein Tattoo stichst.«

Nach Monaten des Papierkrams und des Bauens, die wie eine Ewigkeit erschienen waren, eröffnete heute Montgomery Ink Too – MIT abgekürzt. Ryan und Mace hatten das Studio eines Tages so genannt und der Spitzname hatte sich durchgesetzt. Jetzt blieb ihr nichts mehr übrig, als den Tag so zu nehmen, wie er war, auch wenn ihr merkwürdig zumute war. Es hatte Verzögerungen und Probleme mit dem Wetter gegeben, aber nun, endlich, hatte sie das Studio eröffnet. Und jetzt musste sie sich wie eine Erwachsene benehmen, sich in den Hauptraum begeben und sich sozialisieren.

Und schon meldete sich ihr Magen erneut.

Da schlangen sich Mace' starke Arme um sie und sie bettete den Kopf an seine Brust und kuschelte sich unter sein Kinn. Er musste den Kopf ein wenig heben, damit sie dorthin passte, denn sie war nicht gerade klein. Aber den beiden war diese Position vertraut. Gleichgültig, was man auch über Mace sagen mochte, er konnte einen großartig in den Arm nehmen.

»Es wird alles gut«, rumpelte seine Stimme über ihr. Sie spürte die Vibrationen an ihrer Wange.

»Das sagst du jetzt, aber was, wenn alles den Bach runtergeht und ich am Ende ohne Kunden dasitze und Austin und Maya enttäusche, die mir ihre erste Filiale anvertraut haben?«

Austin und Maya waren zwei ihrer zahllosen Cousins und Cousinen aus Denver. In jener Familie gab es acht ausgeflippte Geschwister und alle hatten geheiratet – wobei Maya sogar zwei Ehemänner besaß. Die Familie war also so gewachsen, dass sie die Mitglieder nicht mehr zählen konnte. Maya und Austin waren die Besitzer von Montgomery Ink in der Innenstadt von Denver. Sie leiteten das Studio auch und arbeiteten selbst darin. Und dieses Studio schien nun das Flaggschiff zu werden.

Die beiden hatten sie vor über einem Jahr angesprochen und ihr mitgeteilt, dass sie Interesse daran hätten, ihr Geschäft zu expandieren. Da Immobilien im Einkaufszentrum in der 16ten Straße kaum zu erwerben waren, wo Montgomery Ink lag, war ihnen die Idee gekommen, ein neues Tattoostudio in einer anderen Stadt zu eröffnen. Und war es da nicht wunderbar, dass es in der näheren Familie zwei weitere Tätowierer gab? Nun, Shep hatte zu jener Zeit nicht gerade in der Nähe gelebt, da er damals noch in New Orleans wohnte, wo er seine Frau kennengelernt und seine Familie gegründet hatte, aber inzwischen war ihr großer Bruder nach Colorado Springs zurückgekehrt und wollte auch hierbleiben.

Maya und Austin blieben die Haupteigner des Geschäfts und waren auch die Geschäftsführer des Unternehmens, das sie zum Zwecke der Expansion gegründet hatten, aber Shep und Adrienne hatten sich in die Kette eingekauft und waren nun Miteigner und Manager von Montgomery Ink Too.

Jetzt lastete eine große Verantwortung auf ihren Schultern, aber sie wusste, sie konnte es schaffen. Sie musste sich einfach nur ein Herz nehmen und ins Studio treten.

»Jetzt hör mal auf, dich so verrückt zu machen, Addi. Ich hätte dich auf dieser Reise nicht begleitet, wenn ich nicht an dich geglaubt hätte.« Er löste sich von ihr und blickte ihr in die Augen. Sein Blick war so intensiv, dass sie einige Male blinzeln musste, um Atem schöpfen zu können.

Er hatte recht. Er hatte viel für sie aufgegeben. Obwohl, am Ende würde er mit dem Arrangement wahrscheinlich ziemlich gut dastehen. Hoffentlich. Er hatte seinen festen Job in ihrem alten Studio aufgegeben, um sie zu begleiten und bei ihr zu arbeiten. Sein Vertrauen war erstaunlich und es gab Adrienne schließlich die Kraft, die sie brauchte, um dies zu tun – was auch immer *dies* sein mochte.

»Okay, dann mal los.«

Er reichte ihr die Hand und sie ergriff sie. Dann drückte sie seine Hand, bevor sie sie wieder losließ. Sie musste sich schließlich nicht unbedingt an ihn lehnen oder seine Hand halten, während sie in den Laden traten. Die Leute fragten sich bereits, was hinter geschlossenen Türen zwischen den beiden vorgehen mochte. Sie musste nicht auch noch Öl ins Feuer gießen.

Mace war einfach nur ihr bester Freund, nicht mehr – aber auch gewiss nicht weniger.

Er ging hinter ihr, als sie durch die Tür ihres Büros in den Hauptraum trat. Die Hitze, die er ausstrahlte, hielt sie aufrecht. Das Studio hier in Colorado Springs war ebenso aufgemacht wie das im Norden, mit Ausnahme einiger kleinerer Veränderungen. Jede Tattoostation war in einer eigenen Kabine untergebracht, aber sobald man den vorderen Bereich des Studios hinter sich gelassen hatte, in den Schaulustige nicht hineinspähen konnten, war alles eher offen gehalten. Im hinteren Bereich gab es zwei geschlossenen Kabinen für diejenigen, die Tattoos an Stellen gewählt hatten, für die sie sich entkleiden mussten. Außerdem gab es faltbare Raumteiler, die in den Bereichen der Künstler aufgestellt werden konnten, um diese nach Belieben abzutrennen. Den meisten Leuten machte es jedoch nichts aus, von anderen Künstlern und Kunden gesehen zu werden, während sie ein Tattoo erhielten. Und normalerweise gehörte dies zu der Erfahrung dazu. Als lizensierte Piercerin konnte Adrienne diesen Job auch in einem der beiden Räume im hinteren Teil ausführen.

Während manche Studios abgetrennte Räume für jeden Tätowierer besaßen, da es sich bei den Räumlichkeiten um umgebaute Wohnungen oder Büros handelte, hatten die Montgomerys etwas anderes gewollt. Sie wollten Intimsphäre, wenn nötig, und Gemeinschaftserfahrung, wenn gewünscht. Dies war eine großartige Raumgestaltung und Adrienne hatte die Montgomerys darum beneidet, als sie noch in ihrem alten Job auf der anderen Seite der Stadt gearbeitet hatte.

»Das wurde aber auch langsam Zeit, dass du hierher zurückfindest«, bemerkte Maya trocken. Ihr Augenbrauenring blitzte im Licht der Deckenbeleuchtung auf.

Adrienne zeigte ihrer Cousine den Mittelfinger und grinste, als diese das Gleiche tat. Unter allen Cousinen glichen sich Adrienne und Maya am meisten. Sie besaßen beide langes, dunkles Haar, waren durchschnittlich groß und verfügten über gerade genügend Kurven, um es schwierig werden zu lassen, passende Jeans zu finden. Sicher, Maya hatte bereits zwei Kinder geboren, während Adrienne ihren Hintern ihrer Liebe zu Keksen zu verdanken hatte ... aber das tat nichts zur Sache.

Alle standen herum und schwatzten miteinander, hielten Becher mit Wasser oder Tee in der Hand und schauten sich um. Da sie das Studio erst später am Tag für Tattookunden öffnen würden, konnten sich die Gäste im Hauptbereich aufhalten. Der neu eingestellte Ryan stand etwas abseits und Mace gesellte sich zu ihm, um den anderen nicht im Weg zu sein. Sie waren die einzigen beiden Nicht-Montgomerys und sie konnte sich kaum vorstellen, wie sie sich fühlen mussten.

»Das Studio ist echt perfekt«, stellte Shep grinsend fest. Seine Frau Shea stand neben ihm und ihre Tochter Livvy hüpfte zwischen den beiden umher. Wie ihre Nichte so gewachsen sein konnte, war Adrienne ein Rätsel. Offensichtlich flog die Zeit, wenn man sich seiner Arbeit widmete und nicht aufblickte. »Wir sind das einzige Tattoostudio in der Umgebung, was gut fürs Geschäft sein wird.« Der Laden lag auf der Einkaufsmeile der betriebsamsten Straße der Umgebung – ausgenommen natürlich die Schnellstraße. Die meisten Geschäfte in der Gegend waren ähnlich angelegt, nur die großen Marktketten und Restaurants hatten ein großes Grundstück zur Verfügung.

Adrienne nickte, aber ihr Magen revoltierte immer noch. Läden wie ihrer lagen eher am südlichen Ende, in der Nähe der älteren Teile der Innenstadt. Hier gab es mehr Läden, die im Trend lagen, und mehr Leute, die so aussahen wie sie, mit Tattoos und Piercings. Weiter nördlich, am North Academy Boulevard, in der Nähe der Air Force Academy, waren sich alle Gebäude ähnlich; mit ihren cremefarbenen oder bräunlichen Fassaden boten sie ein geschlossenes Bild.

Shep und Adrienne wollten nicht nur die Kadetten, sondern auch alle anderen ansprechen, die in dem Viertel lebten und gern ein Tattoo haben wollten. Sie wollten, dass diese dann auch wiederkehrten, um sich weitere Tätowierungen zuzulegen. Etwas Neues zu beginnen war stets schwierig, aber dies in einem Viertel der Stadt zu tun, das so wirkte – zumindest von außen betrachtet –, als würden sie nicht hineinpassen, musste besonders schwierig sein.

Sie wusste, dass die Vorurteile gegenüber Tattoostudios mit der Zeit abgenommen hatten, weil die Kunst populärer und beinahe zu etwas Normalem geworden war, aber sie konnte immer noch die Blicke der Leute auf sich spüren, wenn diese ihre Tattoos entdeckten.

»Das Studio liegt in der Nachbarschaft eines Teeladens, eines Delikatessengeschäftes, eines Gewürzladens, von Theas Bäckerei und einigen ausgefallenen anderen Läden. Ich denke, ihr passt gut hierher«, sagte Austin, der die Arme vor der Brust verschränkt hatte und sich umblickte. »Ihr habt beinahe eine kleinere Version unseres Studios im Norden. Ihr braucht nur noch einen Buchladen und ein Café, in denen ihr abhängen könnt.«

»Du bist nur verwöhnt, weil du noch nicht einmal hinaus auf die Straße in die Kälte gehen musst, um einen Kaffee oder Gebäck zu bekommen«, meinte Adrienne trocken.

»Das ist wahr«, erwiderte Austin lachend. »Die Verbindungstür zwischen den beiden Läden einzubauen war die beste Entscheidung, die ich je getroffen habe.«

»Das werde ich deiner Frau erzählen«, sagte Shep und duckte sich, als Austins Arm in seine Richtung schnellte. Die beiden Männer waren beinahe vierzig Jahre alt, aber sie rangen miteinander, als wären sie Teenager. Shea nahm Livvy auf den Arm und lachte, bevor sie zu Maya hinüberging. Adrienne kannte ihre Schwägerin noch nicht besonders gut, da sie sie noch nicht so oft gesehen hatte, aber jetzt, da die Familie wieder hierhergezogen war, würde sich das ändern.

»Sie werden noch etwas zerbrechen«, meinte Thea mit einem kleinen Lächeln, während sie die beiden bei ihrem spielerischen Kampf beobachtete. Sie war das mittlere Mädchen der Familie, aber sie verhielt sich, als wäre sie die Älteste. Als das Einzelhandelsgeschäft drei Türen unterhalb von Theas Bäckerei geschlossen hatte, hatte ihre Schwester vor nichts haltgemacht, um dafür zu sorgen, dass Adrienne dort einziehen konnte. Das war Thea. Sie kümmerte sich um ihre Familie, was auch immer es sie kosten mochte.

»Dann haben sie es nicht besser verdient«, sagte Roxie, Adriennes andere Schwester, kopfschüttelnd. »Ich meinte, wenn sie sich selbst etwas brechen würden, natürlich nicht etwas aus dem Laden«, fügte sie schnell hinzu, als Adrienne ihr einen befremdeten Blick zuwarf. Roxie war die jüngste der Schwestern und meist die stillste. Eigentlich war keine von ihnen wirklich ruhig, da sie Montgomerys waren, aber Roxie kam dem gelegentlich am nächsten.

»Danke, dass du an meinen Laden gedacht hast, der noch nicht einmal seinen ersten Kunden empfangen hat.« Adrienne schlang einen Arm um Roxies Taille. »Wo ist Carter? Ich dachte, er hätte gesagt, er wolle kommen.«

Roxie und Carter hatten vor einigen Monaten geheiratet und Adrienne mochte ihren Schwager sehr, obwohl sie ihn auch noch nicht so gut kannte. Er machte oft Überstunden und das Paar neigte als Frischvermählte dazu, sich sehr abzusondern.

Roxies Mund verzog sich zu einer Grimasse, bevor sie ihre Miene wieder unter Kontrolle bekam. »Er konnte sich nicht von der Arbeit freimachen und er steckte bis zum Hals in Vergasern.«

Adrienne küsste ihre Schwester auf die Schläfe und drückte sie fest. »Ist in Ordnung. Immerhin ist es erst Mittag. Es überrascht mich, dass ihr überhaupt in der Lage wart, euch hierfür Zeit zu nehmen.«

In ihren Augen bildeten sich Tränen angesichts der Tatsache, dass alle sich die Zeit genommen hatten, für Shep und sie da zu sein. Sie blinzelte. Sie wandte den Blick von ihrer Schwester ab und versuchte, sich nicht von ihren Gefühlen überwältigen zu lassen, aber dann fing sie Mace' Blick ein. Er schaute sie neugierig an und sie lächelte ihn an. Sie versuchte, ihm ohne Worte zu verstehen zu geben, dass es ihr gut ging, dass sie nur ein wenig überwältigt war. Mace wusste irgendwie intuitiv, was sie empfand, ohne dass sie es sagen musste. Sie wollte nicht, dass er sich Sorgen machte. So war es eben, wenn man so lange miteinander befreundet war wie sie beide.

»Ich wünschte nur, er wäre gekommen«, sagte Roxie und zuckte mit den Schultern. »Aber es ist in Ordnung. Alles ist gut.«

Adrienne und Thea blickten sich an, aber die beiden Schwestern schwiegen. Wenn Roxie mit ihnen über etwas reden wollte, würde sie es tun. Vorerst hatten sie etwas anderes im Kopf. Namentlich den Eröffnungstag.

Shep boxte Austin noch einmal in die Schulter, bevor er sich grinsend zurückzog. »Okay, okay. Ich bin zu alt für diesen Mist.«

»Stimmt, du bist zu alt.« Austin zwinkerte und Adrienne kniff sich in den Nasenrücken.

»Eine großartige Art, allen zu zeigen, wie professionell und richtungsweisend wir mit unserem Laden sind«, bemerkte sie ohne Bitterkeit. Dies war ihre Familie und sie war an all das gewöhnt. Wenn sie nicht herumgealbert und sich nicht wie liebenswerte, entzückende Idioten verhalten hätten, so hätte sie angenommen, es stimmte etwas nicht.

»Dafür sind wir aber doch bekannt«, meinte Ryan augenzwinkernd. »Richtig, Mace? Ich meine, wegen der legendären Eskapaden der Montgomerys wollen doch alle Tätowierer, die ihren Namen wert sind, mit den Montgomerys arbeiten.«

Mace nickte ihnen allen ernst zu, während seine Augen lachten. »Keine Zusammenkunft der Montgomerys, ohne dass jemand zusammengeschlagen wird. Ist es nicht das, was du mich gelehrt hast, Adrienne?«

Sie zeigte ihm den Mittelfinger, denn sie wusste, Livvy hatte den Kopf gesenkt, sodass sie nichts mitbekam. Sie versuchte, keinen allzu schlechten Einfluss auf ihre Nichte zu haben.

»Okay, Leute. Trinkt eure Gläser aus und esst den Kuchen auf. Und dann lasst uns aufräumen. Zwischen dreizehn und vierzehn Uhr haben wir drei Kunden zu erwarten und Ryan kümmert sich um etwaige Interessenten ohne Termin.« Obwohl sie sich nicht sicher war, dass es überhaupt einen Laufkunden geben würde, da es ihr erster Tag war und sie langsam begannen. Einige ihrer Langzeitkunden waren mit ihnen umgezogen und daher hatten sie bereits eine Warteliste, aber das konnte sich von heute auf morgen ändern. Erst Mundpropaganda würde ihnen zu Erfolg verhelfen, und das bedeutete, sie mussten mehr Kunden anlocken außer ihren alten.

Da öffnete sich die Tür und sie unterdrückte ein Stirnrunzeln. Sie hatten offiziell noch nicht geöffnet, aber natürlich konnte sie auch keinem potenziellen Kunden die Tür weisen. Immerhin war die Tür nicht verschlossen.

Als aber ein Mann in einem gut geschnittenen Anzug mit einem Stirnrunzeln auf dem Gesicht eintrat, hatte Adrienne das Gefühl, dass es sich nicht um einen Kunden handelte.

»Hallo, kann ich Ihnen helfen?«, fragte sie und bahnte sich einen Weg durch die Menge zu ihm. »Wir öffnen in ungefähr einer Stunde, aber wenn Sie Fragen haben, stehe ich Ihnen gern zur Verfügung.«

Der Mann machte ein verkniffenes Gesicht und sie sorgte sich, es könnte so bleiben, falls er sich nicht locker machte. »Ich bin nicht hier wegen dem, was auch immer Ihr Laden anbieten mag.« Er ließ den Blick über die Tattoos und die Kleidung ihrer Freunde und Familie wandern, bevor er ihn wieder auf ihr ruhen ließ. »Ich bin nur hier, um Ihnen zu sagen, dass Sie nicht weiter auspacken sollten.«

»Wie bitte?«, fragte Shep in erstem Tonfall. Die anderen hielten sich zurück und überließen Adrienne und Shep das Wort, aber sie wusste, sie waren alle da, falls sie sie bräuchte.

»Sie haben mich gehört.« Der Mann rückte seine Krawatte zurecht. »Ich weiß nicht, wie Sie die Prüfungen des Planungsamtes überstanden haben, aber ich sehe, es wurde ein Fehler gemacht. Wir wollen Leute wie euch nicht hier in unserer schönen Stadt. Wir sind eine wachsende Gemeinschaft mit Familien. Wie ich bereits sagte, packen Sie nicht weiter aus. Sie werden hier nicht lange bleiben.«

Bevor sie noch etwas auf diese lächerliche Feststellung sagen konnte, machte der Mann auf dem Absatz kehrt und verließ das Studio. Ihre Familie und ihre Freunde standen neben ihr und blickten schockiert drein.

»Was für ein Mist«, flüsterte Mace und zuckte zusammen, als er hinter sich schaute, wo er Livvy mit ihrer Mutter vermutete.

»Wir werden herausfinden, wer das war. Aber, Adrienne, er wird uns nicht schließen lassen können oder was auch immer zum Teufel seine Absicht sein mag.« Shep drehte sich zu ihr herum und schaute sie mit seinem Großer-Bruder-Blick an. »Mach dir seinetwegen keine Sorgen. Das bedeutet nichts.«

Aber an dem Ausdruck in seinen Augen und den besorgten Blicken, die sich die Anwesenden zuwarfen, merkte sie, dass keiner seinen Worten glaubte.

Sie hatte keine Ahnung, wer der Mann war, aber sie hatte ein schlechtes Gefühl. Und die Wärme, die sie angesichts ihrer Familie und Freunde erfüllt hatte, die zusammengekommen waren, um ihren neuen Laden zu feiern, wurde nun ersetzt durch eine eisige Kälte, die durch ihre Adern floss.

So viel zu einem lockeren Eröffnungstag, dachte sie und wieder rebellierte ihr Magen. Vielleicht würde sie sich einfach übergeben, weil sie wusste, diesen Mann hatten sie nicht zum letzten Mal gesehen. Mit Sicherheit nicht.

Kapitel Zwei

Mace Knight wäre am liebsten nicht aufgewacht. In seinem Bett war es so schön warm und er hatte gerade einen wunderbaren Traum gehabt, der von einer Fantasiefrau handelte, einer Frau mit weichen Kurven und einem Mund, der genau wusste, was er mit seinem Schwanz anstellen musste. Aufzustehen, zu duschen und sich wie ein Erwachsener zu benehmen war ein zu starker Kontrast zu seinem feuchten Traum mit der verführerischen Frau und ihren Saugkünsten.

Er seufzte und umfasste den Ansatz seines Schaftes. Er ärgerte sich über seinen morgendlichen Ständer, der ihn eher an den Teenager in sich erinnerte als an einen Mann seines Alters. Aber da ihm noch ein paar Minuten blieben und er immer noch das Bild von der Frau vor sich hatte, die mit ihren langen, rabenschwarzen Haaren vor ihm kniete, konnte er ebenso gut den Morgen genießen.

Also rieb er seinen Schwanz, wobei er stöhnte und

seine Füße auf die Matratze stellte, damit er in seine Hand stoßen konnte. Er stellte sich vor, wie sie der Länge seines Schaftes mit der Zunge folgte, um ihn schließlich ganz in ihrem Mund aufzunehmen. Er hielt die Augen geschlossen und beschleunigte sein Tempo. Es dauerte nicht lange, bis er auf seinen Bauch kam, am ganzen Körper bebend vor Erleichterung. Er war bereits allein von seinem Traum so erregt gewesen, dass er nur ein paar Bewegungen gebraucht hatte, so empfindsam wie er morgens war.

»Mist«, knurrte er, als sein Herzschlag sich wieder normalisierte. Er stieß abgehackt den Atem aus. Nun war er nicht nur spät dran, sondern sein Bauch und seine Hand waren mit seinen klebrigen Säften beschmiert, ohne dass es eine Möglichkeit gegeben hätte, sich noch im Bett zu säubern, da er auf seinem Nachttisch keine Schachtel Papiertücher stehen hatte, wie man es von einem klugen Mann erwarten konnte.

Ärgerlich auf sich selbst glitt er aus dem Bett und humpelte ins Badezimmer, wobei er mit der Hand immer noch seinen Schwanz umfasste, um nicht noch mehr zu beschmutzen. Er hätte sich einfach in der Dusche befriedigen sollen, wie er es immer tat als alleinstehender Mann mit einem gesunden sexuellen Appetit, aber die Traumfrau hatte in ihm den Wunsch erweckt, an diesem Morgen etwas anderes zu tun.

Er blickte im Spiegel an sich hinunter und beschloss, beim nächsten Mal die dunkelhaarige Frau aus seinen Träumen einfach mit unter die Dusche zu nehmen, denn jetzt musste er auch noch die verdammte Bettwäsche wechseln.

»Was für ein toller Morgen«, brummte er und begann, sich für den Tag fertig zu machen. In seinem Terminkalender standen zwei Kunden und außerdem sollte er sich um die Laufkundschaft kümmern. Da ihr Team nur aus vier Personen bestand, wechselten sie sich mit ihren freien Tagen ab. An den Wochenenden arbeiteten im Augenblick meist Adrienne und Ryan. Sie waren sich einig gewesen, dass Shep Zeit für seine Familie brauchte, besonders so kurz nach dem Umzug. Daher würde er am Wochenende als Springer fungieren, da dies ihre geschäftigste Zeit war und er sich nicht ganz herausziehen wollte, so hatte er es jedenfalls gesagt. Mace nahm sich nur an den Wochenenden frei, an denen er Daisy hatte, seine vier Jahre alte Tochter, für die er nur ein Besuchsrecht hatte. Bis jetzt hatte er sie nicht oft genug sehen können, da er an seiner alten Arbeitsstelle kaum freibekommen hatte. Aber hier überschlug sich jeder, um es ihm zu ermöglichen.

Er hatte ein gutes Gefühl, was das neue Studio betraf, und er war verdammt froh, dass er das Risiko eingegangen war, zu einem anderen Laden zu wechseln. Ja, der Kerl, der in der letzten Woche am Eröffnungstag ins Studio gekommen war und sie vage bedroht hatte, bereitete ihm Sorgen, aber Mace hatte immerhin aus gutem Grund so hohes Vertrauen in seine beste Freundin und deren Familie gesetzt. Mehr Zeit für seine kleine Tochter zu bekommen war nur einer der ausschlaggebenden Faktoren.

Nachdem er sich angekleidet und sich einen Kaffee zubereitet hatte, ergriff er sein Telefon, um Adrienne eine SMS zu schicken. Da sie an den meisten Tagen in derselben Schicht arbeiteten – wie schon an ihrem vorherigen Arbeitsplatz – und außerdem nahe beieinander wohnten, versuchten sie so oft wie möglich, eine Fahrgemeinschaft zu bilden. Die Einkaufsstraße, an der das neue Studio lag, bot genügend Parkplätze, aber an geschäftigen Tagen, an denen reger Betrieb in den Geschäften und Restaurants herrschte, wollten sie möglichst wenig Parkraum für sich in Anspruch nehmen.

Mace: *Bist du schon aufgestanden?*

Er trank seinen Kaffee in kleinen Schlucken, während er darauf wartete, dass sich die kleine Sprechblase öffnete, die ihre Antwort anzeigte.

Addi: *Ja, aber ich brauche mehr Kaffee. Allen Kaffee, den ich bekommen kann.*

Mace grinste und blätterte in seinem Skizzenbuch, um die Entwürfe für seinen ersten Kunden durchzusehen. Der Kadett hatte sich eine Gruppe umeinandergewundener Bäume gewünscht, um ein Erlebnis aus der Vergangenheit mit seiner Familie zu symbolisieren. Er hatte Mace zwar nicht genau gesagt, um was es ging, hatte ihm aber genügend Einzelheiten geliefert, um die Idee in einen Entwurf umzuwandeln. Er hatte sich auch erneut mit all den Regeln und Vorschriften vertraut machen müssen, die für Tätowierungen von Personen galten, die den verschiedensten militärischen Abteilungen angehörten. In den letzten zehn Jahren hatte sich auf diesem Gebiet so viel verändert, dass man beinahe Mathematik studiert haben musste, um die zur Verfügung stehende Haut und die Platzierung des Tattoos prozentual zu berechnen. Angesichts der Menge an Tätowierungen, die Mace' Brust, Arme und Rücken bedeckte, hatte er keine Chance, jemals diesen Anforderungen zu entsprechen – aber diesen Anspruch hatte er auch nie gehabt, von Anfang an nicht.

Mace: *Willst du immer noch mit mir fahren? Oder willst du früher dort sein?*

Addi: *Nehmen wir die umweltfreundliche Variante.*

Mace schnaufte, dann leerte er seinen Kaffeebecher. Er brauchte noch einen Kaffee, bevor er zu Adrienne fahren würde, um sie abzuholen. Zur Hölle, vielleicht sogar noch eine dritte Tasse, da er nicht gut geschlafen hatte.

Mace: *Ich hole dich in einer Stunde ab.*

Addi: *KK.*

Mace: *Was soll das? Die beiden Ks?*

Addi: *...*

Addi: *Bittest du mich wirklich darum, dir jetzt Lingo zu erklären, nachdem ich erst eine halbe Tasse Kaffee getrunken habe und die ganze Nacht auf war? Ich habe keine Ahnung. Austins Kind hat mit dem Buchstabenspiel begonnen, dann hat Austin es aufgegriffen und jetzt* *benutze ich es auch. Offensichtlich ist es bei den coolen Kids angesagt.*

Mace musste seine zweite Tasse Kaffee auf der Arbeitsplatte abstellen, um die heiße Flüssigkeit nicht über sein Skizzenbuch zu verteilen. Er hatte keine Ahnung, wie sie so schnell ihre Nachricht eintippen konnte. Er glaubte gern, dass sie die sogenannten *coolen* Kids in dem Buchstabenspiel schlagen konnte. Er und Adrienne waren damals, in der Steinzeit der mobilen Telefone, gezwungen gewesen zu lernen, für verschiedene Buchstaben jeweils eine bestimmte Anzahl von Malen auf dieselbe Taste zu tippen.

Und jetzt, im reifen Alter von fünfunddreißig, fühlte er sich alt. Aber für diesen Gedankengang brauchte er mehr Kaffee.

Mace: *Wenn du Lingo benutzt, dann ist es für die Kids sicher bereits nicht mehr angesagt. Nur um es mal erwähnt zu haben.*

Er runzelte die Stirn und schickte eine weitere SMS, bevor sie gereizt reagieren konnte.

Mace: *Und was hast du die ganze Nacht getan? Kennst du seinen Namen?*

Er hatte keine Ahnung, warum er das gefragt hatte und warum es ihn überhaupt etwas anging, aber aus irgendeinem Grund hatte er seine Gedanken zu weit schweifen lassen.

Addi: *Ich habe an einem verdammten Entwurf gearbeitet, du Blödmann. Das andere hätte wahrscheinlich mehr Spaß gemacht, da ich eine dreistündige mentale*

Blockade hatte, bevor ich endlich eine Idee für die Skizze hatte. Und jetzt geh dich duschen und wasch dir deinen Bart, alter Mann.

Er schickte ihr ein Emoji mit erhobenem Mittelfinger, dann legte er sein Handy beiseite, um seine morgendliche Routine zu beenden. Gerade hatte er alles aufgeräumt, als es an der Tür klingelte. Er runzelte die Stirn und fragte sich, wer so früh am Morgen vor seinem Haus stehen könnte, da all seine Freunde entweder bereits zur Arbeit gegangen waren oder Nachtschicht gehabt hatten und wahrscheinlich gerade erst aufwachten.

Er schob sein Telefon in die Tasche und begab sich zur Vordertür. Er blinzelte, als er seine Ex durch den Spion sah. Er unterdrückte einen Fluch, als er entdeckte, dass sie nicht allein war.

Er riss die Tür auf, beherrschte sich aber, da hinter Jeaniene in ihrem gebügelten Anzug und perfektem Make-up und tadelloser Frisur Daisy, ihr kleines Mädchen, stand. Er blickte seine Ex mit hochgezogener Braue an, dann ging er in die Knie und öffnete die Arme. Ohne zu zögern, warf Daisy sich hinein. Er hob sie hoch und drückte sie an sich. Sie küsste ihn auf die Schläfe, dann auf die Stirn und auf die Wange, bevor sie seufzte und den Kopf auf seine Schulter bettete.

Das war nicht ungewöhnlich für sie, da sie nicht gerade gesprächig war. Sie sagte nur etwas, wenn es ihr wichtig erschien. Sie war entzückend und nett und kicherte und flüsterte mit ihren eingebildeten Freunden aus dem Feenreich, aber wenn es um die reale Welt ging, war sie äußerst schüchtern. Das kümmerte ihn nicht, solange sie glücklich war und er sie sehen konnte – was aufgrund der Sorge- und Besuchsrechtsregelung nicht oft geschah. Jeaniene besaß das alleinige Sorgerecht, während er nur das Besuchsrecht innehatte. So war es nun einmal, wenn ein Elternteil Anwältin war und aus einer Anwaltsfamilie stammte, während der Vater Tätowierer war und keinen Collegeabschluss besaß. Er hatte im Sorgerechtsprozess all seine Ersparnisse eingesetzt, aber lediglich das Besuchsrecht erhalten.

Obwohl dies nicht sein Wochenende mit Daisy war, stand ihr Koffer auf der Treppe hinter seiner Ex.

»Was ist los, Jeaniene?« Er streichelte Daisys Rücken, während sie sich an ihn schmiegte.

»Hi, Daddy«, sagte sie schläfrig.

»Hi, Baby.« Er küsste sie auf den Scheitel. »Alles in Ordnung?«

»Ja ... ich bin nur müde.« Sie kuschelte sich an seine Schulter und begann, mit seinen Haaren zu spielen. Im Geiste befand sie sich schon wieder in ihrer kleinen Traumwelt. »Jeaniene?«

Sie deutete hinter ihn. »Können wir für eine Sekunde hineingehen? Ich habe nicht viel Zeit und ehrlich, ich wusste nicht, wie ich es dir am Telefon erklären sollte. Ich weiß, ich stammle furchtbar herum, aber ... hast du einen Moment Zeit, Mace?«

Er musterte ihr Gesicht und wusste, dass ihm nicht gefallen würde, was immer sie zu sagen haben mochte, aber da er seine Tochter auf dem Arm hielt, blieb ihm keine andere Wahl. Jeaniene folgte ihm ins Haus, wobei sie Daisys Koffer hinter sich her zog. Seine Ex wirkte nervös, was ihr wenig ähnlichsah, aber er drängte sie nicht. Noch nicht und nicht, solange Daisy sich an ihn kuschelte.

Jeaniene und er waren nur ein paarmal zusammen gewesen und nur zum Spaß, ohne eine feste Bindung einzugehen, als sie plötzlich herausfand, dass sie schwanger war. Danach war alles den Bach hinuntergegangen, aber am Ende hatte er sein kleines Mädchen bekommen, also sah er die ganze Geschichte als Gewinn an.

Mace setzte Daisy auf die Couch und gab ihr einen Kuss auf den Scheitel, bevor er ihr sein Handy überließ. Das war natürlich nicht die beste Erziehung, aber er musste mit Jeaniene unter vier Augen reden und Daisy sollte auf keinen Fall etwas mitbekommen. »Bin gleich zurück, mein kleiner Kürbis.« Schnell öffnete er die App für das Kinder-Memoryspiel, von dem er wusste, dass es ihr gefiel, strich ihr mit der Hand übers Haar und bedeutete dann Jeaniene, ihm in die Küche zu folgen.

»Was ist los, Jeaniene?« Der Kaffee lag ihm wie Blei im Magen und er wusste, dass er es wahrscheinlich bereuen würde, eine zweite Tasse getrunken zu haben.

Sie biss sich auf die Lippe, eine Geste, die sehr untypisch für sie war. Er legte den Kopf schräg und musterte ihr Gesicht. Sie sah aus, als hätte sie in der letzten Nacht nicht viel geschlafen, was sie weder hinter ihrem professionellen Gehabe noch ihrem Make-up verbergen konnte. Wenn ihr etwas so viel Sorgen bereitete, dann wusste er bereits jetzt, dass es ihm nicht gefallen würde.

»Ich wurde in der Kanzlei zur Partnerin gemacht«, platzte sie heraus. Er hob eine Braue.

»Wirklich? Schön für dich.« Er meinte es ehrlich. Sie riss sich für ihren Job den Hintern auf und hatte trotzdem noch Zeit für Daisy. Er konnte ihr nicht vorwerfen, nicht gut für ihre gemeinsame Tochter zu sorgen, auch wenn er ihr gern vorgeworfen hätte, dass sie ihm seiner Meinung nach nicht genügend Umgang mit Daisy gestattete. »Das hast du aber recht schnell geschafft, richtig?« Sie war viel jünger als die Männer in der Kanzlei – und sogar jünger als Mace –, daher war es ein großes Ding, dass sie zur Partnerin ernannt worden war.

Sie nickte, wirkte aber keineswegs weniger gestresst. »Eigentlich ist das nicht ganz korrekt. Ich werde in diesem Monat zur Partnerin ernannt werden. Falls ich etwas Bestimmtes tue.«

Er erstarrte. »Und was zur Hölle musst du tun?« Die verschiedensten Szenarien rasten durch seinen Kopf, die sie alle in kompromittierenden Situationen zeigten. Er ballte die Hände zu Fäusten. Er wusste, mit welcher Art von Männern sie zusammenarbeitete, und er kannte deren Machtspielchen. Er mochte Jeaniene zwar nicht mehr so gern haben wie zu der Zeit, als sie zusammen gewesen waren, aber wenn jemand ihr wehtun würde, müsste er etwas unternehmen.

Sie hob beide Hände mit den Handflächen ihm zugewandt in die Höhe und schüttelte den Kopf. »Nichts von dem, was du denkst. Ich schwöre. Aber es ist dennoch schlimm.«

»Nun sag schon, Jeaniene.«

»Ich werde Partnerin, wenn ich nach Japan umziehe. Morgen. Ohne Vorwarnung. Ohne Vorbereitung. Sie haben eine Tochterkanzlei dort eröffnet und der einzige Weg, in dieser Kanzlei Partnerin zu werden, bevor ich vierzig werde, besteht darin, dorthin zu gehen. Es ist eine großartige Chance und wird Daisy und mir für den Rest unserer Tage den Lebensunterhalt sichern, unter der Voraussetzung, dass ich dort sechs Monate bleibe.«

Sein Mund wurde trocken, während sein Gehirn versuchte, alles zu verarbeiten. Japan? Für sechs Monate? Was. Für. Ein. Mist.

Es war ihm nicht bewusst, dass er die letzten Worte laut ausgesprochen hatte, bis sie betont eine Braue hob und ihn tadelnd anblickte. Es hatte ihr nie gefallen, wenn er fluchte, aber sie konnte ihm geradewegs den Buckel herunterrutschen.

»Du ziehst nach Japan? Und was ist mit Daisy? Du wirst sie auf keinen Fall außer Landes mitnehmen. Sie ist auch meine Tochter, verdammt.«

Ein schmerzhafter Ausdruck huschte über ihr Gesicht. Sie stieß den Atem aus. »Ich kann Daisy nicht mitnehmen, Mace«, flüsterte sie, als könnte sie ihre Worte selbst kaum glauben.

»Was?«, fragte er mit heiserer Stimme. Er musste sie

falsch verstanden haben. Sie würde doch nicht einfach ihre Tochter bei ihm absetzen, ohne Vorankündigung und Diskussion. Er bemühte sich, den Koffer zu ignorieren, den sie mitgebracht hatte.

»Es wird das Beste sein, wenn Daisy hier in den USA bleibt. Ich werde in Japan viele Überstunden machen müssen, und offen gesagt weiß ich nicht, wie ich dort drüben die Rolle der Vollzeit-Mutter ausüben könnte.«

Er blinzelte nur. Er war vollkommen verwirrt und ignorierte den kleinen Funken Hoffnung in seinem Herzen, der ihm sagte, dass er Daisy nun vielleicht öfter sehen würde als bisher. Denn er hatte es mit Jeaniene zu tun und bei ihr war nichts, wie es zu sein schien.

»Natürlich haben meine Eltern angeboten, Daisy bei sich aufzunehmen.«

»Auf keinen Fall. Sie ist meine Tochter. Nicht ihre.« Jeanienes Familie schien das regelmäßig zu vergessen. »Wenn du Daisy hier zurücklässt und um die Welt reist und deine Arbeit über dein Kind stellst, dann wirst du dafür sorgen, dass sie bei ihrem Vater ist.«

Seine Augen sprühten vor Zorn, aber sie beschimpfte ihn nicht. Das hätte Jeaniene niemals getan. »Ich wollte sie ihnen auch nicht überlassen. Gleichgültig, was sie sagen, du bist ein guter Vater. Und es wird mich beinahe umbringen, sie hierzulassen und nur mit ihr zu skypen und sie ein paarmal zu besuchen, falls ich das einplanen kann. Aber am Ende wird es das Beste sein, wenn ich Partnerin werde. Ich tue das für sie.«

Das glaubte er ihr nicht einmal für eine Sekunde,

aber er war sich nicht sicher, ob er Worte für das finden konnte, was er gerade empfand.

Jeaniene warf einen Blick auf die Uhr und presste die Lippen zu einer schmalen Linie zusammen. »Ich kenne noch nicht alle Einzelheiten und wir müssen dies natürlich rechtlich absichern. Die Kanzlei wird dir Papiere über die derzeitige Situation schicken und dann können wir beide entscheiden, wie eine dauerhafte Lösung aussehen soll. Ich muss jetzt gehen, wenn ich mein Flugzeug nicht verpassen will.« Die Tränen traten ihr in die Augen, aber er ignorierte es. »Mace. Du musst dich um Daisy kümmern, bis ich herausfinde, was ich tun kann. Dies wird gut für unsere Zukunft sein, das weiß ich, aber ... aber ich weiß auch, dass ich dir eine große Verantwortung aufbürde. Wenn es dir zu viel ist, werde ich mit meinen Eltern reden.«

Er hob eine Hand in die Höhe. Er atmete schwer. Er konnte ehrlich gesagt nicht glauben, was hier gerade geschah. Jeaniene hatte im Laufe der Jahre schon viel getan, was ihn nicht nur überrascht, sondern auch sauer gemacht hatte, aber dies ... dies übertraf alles, was er sich je hätte vorstellen können.

»Damit ich dich richtig verstehe: Du ziehst nach Japan um. Jetzt. Keine Vorwarnung. Kein Telefonanruf, um mich zu informieren, was du vorhast. Und du lässt Daisy hier. Auch ohne Vorankündigung. Versteh mich nicht falsch, nicht dass ich etwa nicht wollte, dass sie bei mir lebt, dass sie bei mir ist. Nur zu gern will ich das. Für immer. Es ist die Tatsache, dass es dich nicht zu kümmern scheint, dass du dein Kind verlässt. Aber ... dir geht es nur um dich. Wie immer. Und die Papiere, die du mir schicken willst? Du kannst dir verdammt sicher sein, dass ich mir diesmal einen besseren Anwalt nehme als beim letzten Mal. Und du solltest mir besser etwas in Schriftform hierlassen, bevor du gehst, damit deine Eltern mir keinen Ärger machen können. Oder ich mache dir das Leben zur Hölle. Hast du mich verstanden?«

Sie reckte ihr Kinn in die Höhe und blickte ihm in die Augen. »Ich verstehe dich, Mace. Ich habe dich immer verstanden.« Sie griff in ihre Handtasche und zog einen Stapel Papiere hervor. »Das ist bereits getan. Es wird dich vor meiner Familie schützen. Mit dem Rest werden wir uns auch bald beschäftigen. Und was Daisy anbelangt? Ich tue es für sie.«

»Was auch immer du dir einreden musst.«

Sie warf ihm einen Blick zu und stolzierte dann ins Wohnzimmer, wo sie sich vermutlich von ihrer Tochter verabschieden wollte. Mace stieß schaudernd den Atem aus und umklammerte die Kante der Arbeitsplatte. Er versuchte zu verarbeiten, was gerade geschehen war.

Von einer Sekunde zur anderen war er zum alleinerziehenden Vollzeit-Vater geworden.

Und er hatte keine Ahnung, was er jetzt tun sollte.

Kapitel Drei

Es war nun eine Woche her, dass Adrienne gesehen hatte, wie das Leben ihres Freundes sich dramatisch verändert hatte, und sie war sich nicht sicher, ob einer von ihnen beiden schon wieder Fuß gefasst hatte. Sie konnte immer noch kaum glauben, dass Jeaniene tatsächlich Hals über Kopf das Land verlassen und nicht nur ihre Habseligkeiten zurückgelassen hatte, die später gepackt und entweder gelagert oder verschickt werden mussten, sondern auch ihre Tochter.

Welche Mutter tat so etwas?

Sicher, Mace hatte gesagt, die Frau hätte immer und immer wieder betont, dass sie es für Daisys Zukunft täte, aber daran mochte Adrienne nicht so recht glauben, und sie wusste nicht, ob sie sich zurückhalten könnte, sich mit der Frau anzulegen, falls sie sie je wiedersehen würde. Schon als Jeaniene und Mace zusammen gewesen waren, hatte die beiden Frauen nicht gerade eine tiefe Freundschaft verbunden, denn die andere war immer ein wenig eifersüchtig auf Adriennes Beziehung mit Mace gewesen, obwohl diese rein platonischer Natur gewesen war. Und Adrienne hatte diese Spannungen wegen etwas so Dummem und Oberflächlichem gehasst. Allerdings hatten Mace und Jeaniene nichts Ernstes miteinander gehabt – zumindest nicht, bis Daisy auf die Welt gekommen war. Dann hatte sich alles zugespitzt und Adrienne hatte sich bemüht, ihrem besten Freund zur Seite zu stehen und ihm Halt zu geben, als es schlimmer als schlimm wurde.

Vielleicht hätte Adrienne Mace' Ex lieber gemocht, wenn sie sie besser kennengelernt hätte, aber nach allem, was sie gesehen hatte, gab es keine Anhaltspunkte, die diese Möglichkeit wahrscheinlich machten. Und das war bitter für alle Beteiligten – ganz besonders für Daisy.

Vor einer Woche hatte Jeaniene Daisy bei Mace abgesetzt und ihr bester Freund war gezwungen gewesen herauszufinden, wie er seine Rolle als Vollzeit-Vater ausüben konnte, während er gleichzeitig einem Vollzeit-Job nachging. Und das ohne irgendeine Vorankündigung oder Vorbereitung. Sicher, Daisy hatte bei Mace ein Zimmer, Kleidung, Spielsachen und so weiter, aber sie hatten sich auf gemeinsame Wochenenden eingespielt, was nicht annähernd dem nahekam, was sie jetzt bewältigen mussten.

Glücklicherweise lebte Mace in dem Schulbezirk, in dem Daisy auch gewohnt hatte. Dafür hatte er gesorgt, als er vor ein paar Jahren hierher umgezogen war. Er hatte keine Unregelmäßigkeiten in Daisys Leben bringen wollen und natürlich wäre Jeaniene nicht in eine Gegend seiner Wahl gezogen. Das hatte auch bedeutet, dass Mace auch näher bei Adrienne wohnte, was sie nicht im Geringsten störte.

Daisy musste also die Vorschule nicht wechseln und konnte dieselben Freunde behalten, wenn sie in den Kindergarten käme und später in die Schule. Außer alles würde sich wieder dramatisch verändern. Aber dann mussten sie sich eben etwas Neues einfallen lassen.

Während Mace und seine Eltern die größte Last trugen, half Adrienne, wo sie konnte. Die Knights passten tagsüber auf Daisy auf, wenn Mace arbeiten musste und das Kind nicht halbtags in der Vorschule war. Mace brauchte die Stunden Arbeit und Adrienne konnte nicht auf ihn verzichten, weil sie gerade erst das Studio eröffnet hatten. Aber Ryan und Shep hatten zugestimmt, dass Mace sich vorerst seine Stunden selbst aussuchen konnte. Und an den Abenden, wenn sie nicht arbeitete, ging Adrienne zu Mace hinüber und sorgte dafür, dass eine gute Mahlzeit auf den Tisch kam. Sie konnte zwar nicht besser kochen als Mace – in der Tat hielt sie ihn für den besseren Koch –, aber sie dachte sich, dass es für Mace mitten in der Woche nicht leicht sein konnte, den richtigen Rhythmus für Mahlzeiten, das abendliche Bad und das Zubettgehen zu finden, ohne das kleine Mädchen zu sehr unter Druck zu setzen.

Also tat sie, was sie konnte, um zu helfen, und

versuchte gleichzeitig, ihnen nicht im Weg zu sein. Sie liebte Daisy und hätte alles getan, um Mace darin zu unterstützen, der allerbeste Vater zu sein. Und wenn das bedeutete, dass sie sich wie immer stresste über etwas, das außerhalb ihrer Kontrolle lag, nun, dann musste sie das eben tun.

»Gehst du wieder da hinten in der Ecke deinen Tagträumen nach?«, ertönte plötzlich Mace' Stimme. Sie zuckte zusammen.

Sie hatte nicht bemerkt, dass er zurückgekehrt war. Er war zu dem Schnellrestaurant ein paar Türen weiter unten an der Straße gegangen, um den beiden einen Imbiss zu holen. Früher, auf ihrer alten Arbeitsstelle, hatten sie sich ihr Essen mitgebracht, da sie stets finanzielle Probleme hatten, aber seitdem sie so übermäßig beschäftigt waren und an nichts anderes als an die Arbeit und Daisy dachten, hatten sie zeitaufwendige Gewohnheiten wie diese nur allzu leicht aufgegeben.

Sie drehte sich herum und sah Mace, der ihr eine Wasserflasche und ein eingewickeltes Sandwich reichte. Sie stieß den Atem aus. »Du hast mich zu Tode erschreckt.«

Er zog eine Braue in die Höhe. »Wenn es so gewesen wäre, hättest du sicher so laut geschrien wie damals, als wir in dem Irrgarten waren.«

Sie starrte ihn an, nahm aber ihre Mahlzeit nicht entgegen, da sie keine Lebensmittel in der Kabine haben wollte. »So laut habe ich auch nicht geschrien. Und wenn doch, so hätte mir niemand einen Vorwurf daraus gemacht. Da war ein Clown. Mit einer Kettensäge. Und er hat mich gejagt.«

Mace grinste nur und lehnte sich gegen die halbe Wand, die ihre Kabine abteilte. »Ich habe dich noch nie so schnell rennen sehen. Und wie schnell du über das Loch im Boden gesprungen bist, das dich eigentlich hatte entschleunigen sollen. Es sah aus wie ein Hürdenlauf.«

»Na ja, das reicht doch wohl, um davonzurennen.«

»Heute würde mir etwas einfallen, um dir die Angst zu nehmen.«

Das gewisse Knurren in seiner Stimme, mit dem er sie stets zum Lachen brachte, ließ sie heute aus irgendeinem Grund erröten. Ihre Wangen erhitzten sich so sehr, dass sie wusste, er musste es bemerken, aber hoffentlich hielt er es für Ärger. Nein, sie würde sich von diesem Mann nicht peinlich berührt fühlen – oder schlimmer, angemacht.

Es gab Grenzen, die sie nicht überschritt. Und dies war eine davon.

Seit Kurzem musste sie besonders sorgfältig darauf achten, welche Richtung ihre Gedanken einschlugen, wenn es um Mace ging. Jetzt, da sie das Studio eröffnet und eine ganze Menge anderer Dinge am Hals hatte, hatte sie scheinbar den Blick für das Wichtige verloren.

»Wie du meinst, Knight.« Sie schluckte heftig und trat ein wenig zurück, sodass sie mehr Raum zum Atmen hatte. Mace war einfach so groß, dass er mehr Raum einnahm als jeder andere, den sie kannte. Und das wollte etwas heißen, wenn man bedachte, wie groß ihre Brüder und Cousins waren.

Er zwinkerte ihr zu und ging zu dem Tisch hinüber, auf dem er sein Sandwich abgelegt hatte. Ryan arbeitete an seiner Tätowierstation und würde den Laden schließen, sobald Adrienne und Mace gegangen wären. Sie wollten den Mann nicht stören, da er sich konzentrierte. Sicher, sie alle konnten auch gut arbeiten, wenn Betrieb im Laden herrschte, aber sie wollte ihn in Frieden arbeiten lassen, wenn sie konnte.

Mace und sie widmeten sich ihren Broten, während sie im Auge behielten, ob eventuell ein Laufkunde hereinkäme.

Da es aber mitten in der Woche war und es regnete, glaubte sie nicht, dass noch ein Kunde vorbeikäme, trotzdem musste sie aufmerksam bleiben. Sie hatten heute bereits Besuch von einigen Familienmitgliedern gehabt. Shep war inzwischen zu Hause bei seiner Familie und Shea und Roxie hatten vorbeigeschaut, da die beiden die Buchhalterinnen des Studios waren. Bald würden Adrienne und Mace nach Hause fahren und Ryan etwaige Last-minute-Kunden überlassen. Sie vertraute dem Mann. Außerdem konnte sie nicht jeden Tag selbst öffnen und schließen.

Allerdings schien es doch meist an ihr hängenzubleiben, da sie als Einzige keine privaten Verpflichtungen und niemanden hatte, der nach einem langen, stressigen

Arbeitstag zu Hause auf sie wartete. Das hatte sie bis jetzt nicht gestört, da sie sich stets auf ihre Träume konzentriert hatte. Wohl hatte sie stets nach einem Mann Ausschau gehalten, der vielleicht der Eine hätte sein können, aber das war nicht das Wichtigste gewesen. Aber jetzt hatte sich das aus irgendeinem Grund geändert. Vielleicht weil sie ihren Traum verwirklicht hatte, ein Studio zu eröffnen, und obwohl sie jetzt noch härter arbeiten musste, um es am Laufen zu halten, so war dieser Punkt der Wunschliste doch wohl abgehakt, oder? Ganz zu schweigen von der Tatsache, dass Shep mit einer perfekten Familie in die Stadt zurückgekehrt und Roxie bereits verheiratet war. Bis jetzt hatte sie nicht das Gefühl gehabt hinterherzuhinken, aber je mehr sie jetzt darüber nachdachte, desto öfter schlich sich dieses Gefühl ein.

Mace hatte jetzt Daisy bei sich zu Hause und Thea ... nun, Thea kümmerte sich wie ein Workaholic um ihre Bäckerei, wie Adrienne um ihr Studio. In dieser Hinsicht glichen sie sich wie ein Ei dem anderen.

»Und folgst du schon wieder deinen Hirngespinsten?«, fragte Mace und rieb seine Schulter an ihrer. Sie saßen auf der Couch im vorderen Bereich des Studios.

»Was bedeutet überhaupt *Hirngespinste*?«, fragte sie und schob schnell ihre merkwürdigen Gedanken beiseite.

Mace runzelte die Stirn. »Weißt du, ich weiß es eigentlich nicht und jetzt habe ich das Gefühl, ein Idiot zu sein.« Er zog sein Handy hervor und begann zu scrollen. »Sehen wir doch einmal im Internet nach.«

Sie verdrehte die Augen und konnte nicht umhin zu lächeln, als er die Definition vorlas und sie heute wieder etwas dazugelernt hatten. Nun, zumindest langweilte sie sich niemals an seiner Seite.

»Ist dieser Mann noch einmal aufgetaucht?«, fragte Mace, nachdem sie die Verpackungen ihres Imbisses weggeräumt und begonnen hatten, das Studio aufzuräumen.

Sie schüttelte den Kopf. Sie wusste genau, wen er meinte. »Nein, aber ich glaube nicht, dass dies das letzte Mal war, dass wir etwas von ihm hören. Shep versucht herauszubekommen, wer er sein könnte, aber ehrlich, dies ist eine Sackgasse. Er hat sich nicht vorgestellt. Er hat uns einfach mit diesem schrägen, undefinierbaren Schwachsinn bedroht.« Sie hatte immer noch ein schlechtes Gefühl bei der Sache und sie wusste, dass auf diesen Besuch bald noch etwas folgen musste. Sie hasste es, dass sie nichts weiter tun konnten als zu warten, bis sie seine Identität herausgefunden hatten.

»Ich möchte nicht, dass du spät abends hier allein bist, Adrienne. Nicht, solange wir nicht wissen, was für Probleme dieser Mann hat, außer, dass er einen Stock im Hintern und ein höhnisches Lächeln hat.«

Sie hielt inne und ballte ihre Hände vor sich auf dem Tresen zu Fäusten. »Wie bitte? Hast du Shep und Ryan auch gesagt, dass du nicht willst, dass sie allein hier sind?«

Ryans Kunde war gerade gegangen. Er blickte von seinem Skizzenbuch auf und hielt beide Hände in die

Höhe. »Nein, das hat er nicht. Und um Himmels willen, haltet mich da raus.«

Mace zeigte ihm den Mittelfinger. Adrienne starrte ihren sogenannten besten Freund böse an. »Addi.«

»Nenn mich nicht Addi, verdammt. Ich weiß, du bist übertrieben beschützerisch, aber erinnere dich bitte daran, dass ich mich sehr gut um mich selbst kümmern kann. Außerdem liegt das Studio in einem hell erleuchteten Viertel. Und war ich nicht jahrelang im alten Laden die Letzte, die ihn verlassen hat? Komm mir jetzt nicht wie ein großer Bruder, Mace. Das werde ich nicht dulden.«

Ryan schnaufte. »Großer Bruder?«

Sie zeigte ihm den Mittelfinger, denn auch er konnte wie Mace und Shep unerträglich beschützerisch werden, wenn er glaubte, seine Frau wäre in Gefahr. Nicht dass Adrienne in Gefahr geschwebt hätte, wenn sie zu ihrem Wagen auf dem Parkplatz ging. Wie jede kluge Frau, die abends allein unterwegs war, hielt sie entweder Pfefferspray in der Hand oder den Autoschlüssel in der Faust. Sicher, als sie das Mace erzählte, wurde sein Blick noch besorgter.

Männer.

»Ich sage doch nur ...«

»Sag nichts. Ich werde nicht darauf warten, dass ein starker Mann mich beschützt, wenn ich nach draußen gehe. Aber ich bin auch nicht dumm. Ich weiß, dass dort draußen Typen herumlaufen, die Frauen angreifen. Und die Tatsache, dass ich immer schon allein zu meinem

Wagen gegangen bin und mir niemals etwas geschehen ist, sollte dir genügend sagen. Aber ich werde mein Leben nicht damit verbringen, davor Angst zu haben, was vielleicht geschehen könnte, um dann am Ende dem Geschäft zu schaden und Probleme zu schaffen, indem ich deswegen die Arbeitszeiten aller anderen verändern muss.«

Mace seufzte, bevor er sich an die Wand lehnte. »Ich verstehe. Und ich weiß, ich hätte nichts sagen sollen, aber dieser Kerl ist mir unheimlich, und offen gesagt habe ich Bedenken, was er womöglich noch tun wird.«

Ihr Magen rebellierte, aber sie ignorierte es. »Dieser Mann wird uns höchstwahrscheinlich wegen einer Bagatelle verklagen, die wir nicht getan haben, Mace. Darum sollten wir uns Sorgen machen.«

Und eben dieser Gedanke hielt sie nachts wach – was sie aber Mace und Ryan verschwieg.

»Okay, ihr beiden, im Augenblick gibt es nichts, was ihr dagegen tun könnt«, stellte Ryan fest und stellte sich zwischen die beiden. »Ihr seid beide regelmäßig spät dran und da ihr beide gleichzeitig geht, kann Mace seinen Beschützerinstinkt ausleben und dich zum Wagen begleiten, Adrienne, und du kannst gern ein böses Gesicht machen, denn du weißt, du wirst deswegen nicht später gehen.«

»Ich beginne langsam, mich zu fragen, warum wir dich eingestellt haben«, erwiderte Adrienne verärgert, bevor sie ihre Sachen einsammelte. Es regnete stark und es war verdammt kalt draußen, sodass sie einen Mantel brauchte.

»Weil ich ein von Gott begnadeter Tätowierer bin und weil ich deine Launen auf die leichte Schulter nehme.«

Mace lachte laut auf und Adrienne konnte sich ein Lächeln nicht verkneifen. »Was du nicht sagst, Ryan. Was du nicht sagst.«

Mace sammelte nun auch seine Sachen ein und bald gingen die beiden Seite an Seite im strömenden Regen zu ihren Fahrzeugen. Sie hatten weit entfernt geparkt, daher war sie vollkommen durchnässt, als sie schließlich vor ihrem Wagen stand. Sie hatten wie gewöhnlich nebeneinander geparkt und sie salutierte scherzend, als sie auf den Fahrersitz glitt.

Er grinste und stieg in seinen Pick-up, wobei er die ganze Zeit den Kopf schüttelte. Ja, sie stritten sich, aber sie waren aus gutem Grund beste Freunde. Sie verstand, warum er sich Sorgen um sie machte. Sie wusste, sie würde noch wachsamer sein, wenn sie allein unterwegs war, aber sie würde auf keinen Fall die Arbeitszeiten der anderen ändern, um auf die Marotten ihres übertrieben beschützerischen Freundes einzugehen.

Als sie den Zündschlüssel herumdrehte, machte es nur *klick*. Sie fluchte. Kein blubbernder Versuch anzuspringen, keine merkwürdigen Geräusche, sondern einfach nur ein Klicken.

»Was zum Teufel ist da los?« Sie versuchte es wieder. Sie atmete tief ein und aus, um nicht die Geduld zu verlieren, und doch begann sie, wie wild auf ihr Lenkrad einzuschlagen. Aber das Einzige, was am Ende kaputt wäre, wäre ihre Hand – und das Ding unter der Motorhaube, was auch immer diese Probleme verursachte.

»Verdammt!«, schrie sie, als es immer wieder *klick* machte und nichts geschah.

Da klopfte jemand an ihre Scheibe und sie schrie ähnlich laut auf wie damals in dem Irrgarten, obwohl sie wusste, dass es Mace sein musste, der sie wieder einmal retten wollte.

Sie seufzte tief auf, dann öffnete sie die Tür. Bevor sie aus dem Wagen kletterte, schnappte sie sich ihre Tasche und vergewisserte sich, dass Mace aus dem Weg war.

»Wenn du mich fragst, ob du einen Blick unter die Motorhaube werfen sollst, bevor ich selbst die Chance dazu hatte, trete ich dir in die Eier.«

Der Regen lief an ihnen hinunter und er schüttelte nur den Kopf. »Es ist wahrscheinlich die Batterie, oder?«

»Was habe ich gesagt? Kein Herumraten. Und versuch nicht, das Problem zu lösen, bevor ich nachgesehen habe, was los ist.«

»Komm schon, Addi. Es regnet in Strömen und du bist ohnehin auf dem Weg nach Hause. Lass uns einfach deinen Wagen hier stehen lassen, anstatt uns jetzt mit dem Problem zu beschäftigen. Keiner von uns beiden hat doch eine Ahnung, wenn es um Motoren geht. Wir werden Roxies Mann bitten, morgen früh einen Blick darauf zu werfen. Und ich werde dich morgen herfahren.«

Roxies Mann, Carter, war Mechaniker und auch wenn es nur die Batterie sein sollte – dessen sie sich nicht sicher war, weil sie nichts über Autos wusste –, so war das Wetter doch so beschissen, dass sie sich am Ende einen Stromschlag holen würde, anstatt ihren Wagen anzulassen.

»Gut.« Der Regen lief ihr am Hals hinunter und zwischen ihre Brüste. Ihr Mantel nützte rein gar nichts gegen die Kühle des Oktobers und den Regen. Sie wusste, sie klang launisch, aber sie war ihren verdammten Wagen und seine Probleme so leid. Sie brauchte unbedingt einen neuen, aber sie hatte den größten Teil ihrer Ersparnisse für ihr Haus und das Studio ausgegeben. Sicher, sie hatte noch etwas übrig, aber sie wollte etwas aufbewahren für regnerische Tage – Wortspiel unbeabsichtigt! Mace schloss ihre Fahrertür, bevor er sich umwandte, um seine Beifahrertür für sie zu öffnen. Sie seufzte und umarmte ihn schnell, weil sie sich wie eine Zicke benommen hatte. Dann kletterte sie in seinen Pick-up.

Nachdem er zur Fahrerseite hinübergelaufen und dort eingestiegen war, lehnte sie den Kopf gegen die Nackenlehne und seufzte.

»Es tut mir leid, dass ich so griesgrämig bin. Danke, dass du mich nach Hause fährst und mir bei meinem Problem mit dem Wagen hilfst. Ich weiß, es ist regnerisch und eklig, und du bist einfach großartig. Ich habe einfach nur schlechte Laune.«

Mace streckte den Arm aus und drückte ihr die Hand, bevor er den Motor anstellte und vom Parkplatz fuhr. »Du bist eigentlich nicht griesgrämig. Nicht wirklich«, fügte er hinzu, als sie schnaufte. »Dein Wagen ist nicht angesprungen und du hast nicht gegen den Reifen getreten. Das nenne ich Fortschritt.«

Sie konnte nicht verhindern, dass sie lächelte und dieses Lächeln immer breiter wurde, als sie zu ihm hinüberblickte. »Ich habe nur einmal gegen meinen Reifen getreten, und zwar, als ich auf Joe sauer war.«

»Dein Ex ist eine Dumpfbacke und du hättest gegen *seinen* Reifen treten sollen anstatt gegen deinen, aber dann wäre das eine Ordnungswidrigkeit gewesen.«

Mace hatte recht, Joe war eine Dumpfbacke, aber sie hatte den Mann seit mehr als einem Jahr nicht einmal mehr gesehen. Sie blinzelte und ihr Mund wurde trocken.

Mehr. Als. Ein. Jahr.

»Oh mein Gott«, flüsterte sie. Wenn sie den Mann länger als ein Jahr nicht gesehen hatte, bedeutete das, dass sie seit mehr als einem Jahr keinen Sex mehr gehabt hatte. Mehr als dreihundertsechsundfünfzig Tage, an denen sie nur einen Orgasmus gehabt hatte, weil sie wusste, wie sie ihre Klitoris reizen musste, und weil sie eine Schublade voller nettem Spielzeug besaß.

Oh. Mein. Gott.

Mace wandte sich ihr ruckartig zu, bevor er den Blick

wieder auf die Straße lenkte. »Was ist los? Mist, ich dachte schon, ich würde etwas überfahren oder so.«

Sie verzog das Gesicht. »Entschuldige. Gut, dass du nicht ausgewichen bist.«

»Was ist los? Du bist blass und siehst aus, als würde dir gleich übel werden. Muss ich anhalten?« Er begann bereits, den Straßenrand nach einer passenden Stelle abzusuchen, aber sie tätschelte ihm den Arm.

»Alles in Ordnung. Ich, äh ... dachte nur gerade an etwas Erschreckendes und, nun, das hat mich überrascht, das ist alles.«

Er hielt den Blick auf die Straße gerichtet, da es heftiger zu regnen begann, aber sie sah die Verwirrung auf seinem Gesicht. Normalerweise erzählte sie ihm, woran sie gerade dachte, aber sie war sich nicht sicher, ob sie bereit war, ihm dies zu verraten.

Nein. Niemals.

Den Rest der Fahrt zu ihrem Haus verbrachten sie in merkwürdigem Schweigen. Sie überlegte, wie es dazu gekommen war, dass sie sich nicht mehr verabredet und ihr Sexleben so vernachlässigt hatte. Sie war nur allzu beschäftigt gewesen, das neue Studio einzurichten und gleichzeitig doppelt so viel an ihrer alten Arbeitsstelle zu arbeiten, um noch etwas sparen zu können, bevor sie kündigte. Das war doch eine gute Entschuldigung.

Und doch war sie sich nicht sicher, wie es hatte so weit kommen können.

Als Mace in ihre Einfahrt einbog, regnete es in

Strömen und der Wind war so stark, dass der Pick-up durchgerüttelt wurde.

»Bei diesem Wetter kannst du nicht nach Hause fahren«, rief sie über den brüllenden Sturm hinweg. »Es wird sich sicher bald beruhigen. Komm doch kurz mit hinein, während du darauf wartest. Du weißt doch, dass es hier Überschwemmungen gibt. Deine Eltern passen auf Daisy auf, richtig?«

Mace stellte den Motor ab und nickte. »Ja, sie sind bei sich zu Hause, da wir noch keine Routine gefunden haben.«

»Dann komm kurz mit hinein und warte, bis zumindest der Wind ein wenig abgenommen hat.«

Der Pick-up wurde noch einmal durchgeschüttelt.

»Hört sich gut an«, sagte er und blickte ihr in die Augen. Dann liefen sie durch Wind und Regen zu ihrer Haustür und lachten, während sie versuchte, den Schlüssel ins Schloss zu stecken. Zusammen taumelten sie in ihr Haus. Er hielt sie an den Oberarmen fest, um ihr Halt zu geben, als sie über den Hartholzboden schlitterten. Er warf die Tür hinter ihnen zu.

»Das war Wahnsinn!«, lachte sie und als sie den Kopf schüttelte, beobachtete sie, wie die Wassertropfen aus ihrem Haar sprühten, als hätte sie gerade geduscht.

Er drückte ihre Arme, dann ließ er sie los. Sie spürte, wie sie fröstelte. Das musste von dem Regen sein, der sich draußen langsam in Eis verwandelte.

»Wie aus dem Nichts plötzlich dieses Wetter. Ich hoffe, bei Ryan im Studio ist alles in Ordnung.«

»Ich denke schon. Ich meine, diese Stürme dauern doch niemals lange. Nicht, wenn es nicht schneit. Brauchst du ein Handtuch?«

Er nickte und folgte ihr ins Badezimmer. Sie reichte ihm ein flauschiges Badetuch, dann nahm sie sich auch eins. »Wirst du mir jetzt erzählen, woran du eben gedacht hast?«

Sie erstarrte. »Oh ...«

»Sag es mir einfach. Du hast mich neugierig gemacht.« Er rubbelte sich mit dem Handtuch die Haare trocken und sie konnte nicht umhin zu beobachten, wie seine Armmuskeln arbeiteten. Ihr bester Freund war verdammt sexy und offensichtlich musste sie unbedingt wieder einmal Sex haben, denn sie schien ihn nicht aus dem Kopf zu bekommen.

Weder aus dem, was sie jetzt sagen würde, noch aus der Richtung ihrer Gedanken konnte etwas Gutes entstehen, aber offensichtlich hatte die Kälte ihr Gehirn durchgerüttelt.

»Ich dachte daran, dass ich seit mehr als einem Jahr keinen Sex mehr gehabt habe.« Sie machte eine Pause, aber er starrte sie nur mit weit aufgerissenen Augen an. »Und weil es so lange her ist, erscheinst du mir wirklich heiß, so nass und bärtig, wie du bist.«

Er sagte nichts, ließ sie aber nicht aus den Augen. Sie befürchtete schon, sie hätte gerade alles vermasselt. Sie musste jetzt nichts weiter tun, als darüber zu lachen und es als Witz hinzustellen, sie musste ihm erzählen, sie hätte nur gescherzt und ihn ein wenig verunsichern wollen.

Aber sie sagte nichts.

Und er sagte auch nichts.

Stattdessen legte er den Kopf schräg, was ihr das Gefühl gab, sie hätte alles in den Sand gesetzt.

Und dann küsste er sie.

Heftig.

Kapitel Vier

Mace machte einen Fehler, aber es kümmerte ihn nicht. Adrienne schmeckte nach Sünde und Verführung und er wusste, wenn er aufhören würde, sie zu küssen, dann würde er darüber nachdenken, was er gerade tat, und alles nur noch mehr vermasseln.

Also küsste er sie immer wieder.

Und dann vertiefte er die Küsse.

Seine Finger spielten mit ihrem Haar und sie fuhr ihm mit den Händen über die Brust und grub ihm die Fingernägel in die Haut. Ihr Stöhnen ging in den Geräuschen von Wind und Regen unter, die gegen das Badezimmerfenster prasselten. Er konnte nicht anders, er musste ihren Mund erkunden.

Er hatte sich bereits unzählige Male genau dies vorgestellt, hatte darüber nachgedacht, wie sie schmeckte, wie es wäre, sie zu haben. Er hatte sich vorgestellt, wie er über ihren Hals und dann bis hinunter zwischen ihre Brüste leckte, bevor er alles andere von ihr verschlang. Er hatte daran gedacht, wie sie sich ihm entgegenwölben würde, während er in sie hineinstieß. Und wie sie dann beide zum Höhepunkt kämen, keuchend und verschwitzt.

All dies hatte er sich vorgestellt, weil er sich seit dem ersten Tag zu Adrienne hingezogen gefühlt hatte. Aber er hatte ihre Freundschaft nicht zerstören wollen. Und das galt immer noch, weil sie die wichtigste erwachsene Person in seinem Leben war und weil ihn mit ihr die stärkste Beziehung verband, die er je zu einem Menschen außer Daisy gehabt hatte.

Also warum küsste er sie dann?

Gerade wollte Mace sich zurückziehen, als sie sich enger an ihn schmiegte und ihre Brüste gegen seinen Oberkörper presste. Und als sie ihre Hände auf seinen Rücken gleiten ließ, um sich an ihn zu klammern, wusste er, in diesem Augenblick gab es keine Chance, diesen Fehler zu vermeiden.

Später würden sie sich mit den Konsequenzen auseinandersetzen müssen, denn so machten sie es immer. Sie waren stark genug, mit allem fertigzuwerden, und in diesem Moment wollte er nichts anderes, als sich in seiner besten Freundin zu vergraben und niemals damit aufzuhören.

Also hörte er nicht auf.

Er leckte und knabberte an ihrem Hals und es gefiel ihm, wie sie ihn nach hinten bog, um ihm den Zugang zu erleichtern. Aber er konnte nicht weiter zu ihrer Schulter vordringen, obwohl er doch so gern jeden

Zentimeter ihrer Haut gekostet hätte. Daher löste er sich von ihr und zog am Saum ihres T-Shirts. Sie blinzelte mit geweiteten Augen voller Lust zu ihm auf. Dann half sie ihm, das Kleidungsstück über ihren Kopf zu ziehen.

Darunter trug sie ein ärmelloses Oberteil und darunter wiederum konnte er einen kleinen Zipfel köstlicher Spitze erspähen. Ihm lief das Wasser im Mund zusammen.

»Warum zur Hölle trägst du so viel übereinander?«

»Wenn ich diesen BH und darüber nur ein T-Shirt aus Baumwolle trage, kann man die Unebenheiten von der Spitze darunter erkennen und ich habe wirklich keine Lust, mich mit Kerlen abzugeben, die sich fragen, was ich auf den Brüsten habe.«

Er schüttelte den Kopf und zog ihr schnell das Oberteil aus. Dann beugte er sich vor und saugte einen ihrer spitzenbedeckten Nippel in den Mund. Sie ließ den Kopf zurückfallen und stöhnte. Mit der Hand in seinem Haar presste sie ihn enger an sich.

»Jetzt bin ich auf deinen Brüsten«, neckte er sie, dann wechselte er zur anderen Brust.

Sie gab ein Lachen von sich, dass in einem Stöhnen endete, als er ihr langsam den BH hinunterzog und ihre Brüste entblößte.

»Das war ein furcht-« Ein lustvolles Keuchen. »Ein furchtbar schlechter Witz. Der schlechteste überhaupt.«

»Dann lass es mich wiedergutmachen.« Er saugte an ihrer anderen Brust, während er hinter ihren Rücken langte, um mit einer Hand den Verschluss ihres BHs zu öffnen.

»Zieh dein Hemd aus. Das könnte hilfreich sein.«

Er grinste, dann lehnte er sich zurück, um zu tun, worum sie ihn gebeten hatte. Nun, eher befohlen, aber das störte ihn in diesem Augenblick nicht, besonders nicht, wenn sie ihn auf diese Art herumkommandierte. Solange sie sich Haut an Haut spürten, würde er alles tun, was sie wollte.

»Deine Tattoos gefallen mir verdammt gut«, flüsterte sie. »Ich weiß ja, dass ich später deine Beine tätowieren werde, aber der alte Künstler, der dir die Brust und die Arme tätowiert hat? Verdammt begabt.«

Seine ganze Brust und die Arme waren bedeckt mit Tattoos, die nicht nur miteinander verbunden waren, sondern von denen jedes einzelne ihm in persönlicher Hinsicht etwas bedeutete. Er hatte sie sich über einen Zeitraum von zehn Jahren in dem alten Studio stechen lassen, bevor er dort gekündigt hatte. Nun hatte Adrienne diesen Job übernommen und da er auf dem Rücken noch keine Tattoos besaß, würde sie sich um dieses Spielfeld kümmern.

Aber nicht sofort.

Er küsste sie noch einmal, bevor er die Aufmerksamkeit wieder ihren Brüsten zuwandte. »Du weißt, dass du meinen Rücken haben kannst, sobald wir den Entwurf fertiggestellt haben.«

»Du wirst gleich auf deinem Rücken liegen, Knight, denk daran.«

Er straffte sich, dann stieß er mit dem Mund auf ihren hinunter. »Ich glaube, du hast das genau andersherum verstanden.« Er ließ seine Hände über die sanften Kurven ihrer Hüften gleiten, dann wanderte er mit einer Hand zu ihrem Bauch und ließ sie unter den Bund ihrer Jeans tauchen.

Sie blickten sich tief in die Augen, als er mit den Fingern in ihr Höschen schlüpfte und dann über ihre Muschi fuhr. »Mace.«

Behutsam ließ er seinen Finger über ihre Klitoris gleiten – was nicht so leicht war, da ihre Jeans verdammt eng war –, aber diese Einschränkung erweckte in beiden ein Gefühl von Dringlichkeit, dass sie bis an die Grenze erregen würde, wie er wusste.

»Du bist schon so feucht für mich, Addi. Dein Höschen ist feucht und jetzt werde ich meine Finger in deine Muschi tauchen.« Er pumpte mit einem Finger in sie hinein und wieder hinaus, wobei er in seiner Bewegungsfreiheit durch die Enge der Jeans stark eingeschränkt war und sich nicht so bewegen konnte, wie er wollte. Er sah, wie ihre Pupillen sich weiteten, und hörte ihren keuchenden Atem. »Wirst du ein braves Mädchen sein und kommen, während du deine Hose noch anhast? Danach werde ich deine nasse Muschi lecken. Ich werde lecken und saugen und dich solange erregen, bis du an meinem Gesicht kommst. Und dann werde ich dich so heftig ficken, dass du auf meinem Schwanz zusammenbrichst und tiefe Kratzer auf meinem Rücken hinterlässt. Was sagst du dazu?« Nun schob er einen zweiten Finger in sie hinein. Ihre inneren Wände schlossen sich eng um ihn zusammen und begannen zu pulsieren. »Meinst du, das kannst du tun? Kannst du an meiner Hand kommen?«

Da standen sie in ihrem Badezimmer, während der Regen gegen die Scheibe prasselte. Und er konnte nicht mehr tun, als seine Finger in ihr zu bewegen, mit gehemmten, verzweifelten Bewegungen, während sie ihn mit geweiteten Augen beobachtete.

»Addi? Kannst du kommen?«

Statt einer Antwort umfasste sie ihre Brüste und wölbte sich ihm entgegen, wobei sie den Blick nicht von seinen Augen nahm.

Dann kam sie.

Er hatte gewusst, dass sie wunderschön war, hatte es jeden verdammten Tag gesehen, aber er hatte nicht gewusst, welch wunderbare, atemberaubende Ausstrahlung Addi besaß, wenn sie kam.

Ihre Muschi umklammerte seine Finger und auf ihrer Haut breitete sich eine entzückende Röte aus. »Mace.«

Als er den Klang seines Namens auf ihren Lippen vernahm, küsste er sie wieder, während er seine Finger immer noch in ihren glitschigen Spalt pumpte. Sie war so feucht und die Geräusche, die sie von sich gaben, ließen seinen Schwanz unerträglich hart werden. Er befürchtete tatsächlich, er könnte wie ein verdammter Teenager in seine Jeans kommen. Und wenn er nicht vorsichtig war, so wäre er nicht mehr in der Lage, sie so hart zu ficken, wie er wollte.

Daher zog er seine Finger aus ihr heraus, blickte ihr geradewegs in die Augen und leckte sich ihre Süße von den zwei Fingern, die sie zum Kommen gebracht hatten wie eine verdammte Göttin.

»Mein Gott, das war das Heißeste, was ich je gesehen habe.«

Er zwinkerte. »Du hast meinen Schwanz noch nicht gesehen.«

Als sie die Augen verdrehte, konnte er sich ein Grinsen nicht verkneifen. »Du bist nicht eingebildet, oder?«

»Ich habe dich nur mit meinen Fingern zum Kommen gebracht, oder etwa nicht?«

»Ja, ja, ja. Und jetzt bring deinen Mund an die Stelle, wo deine Finger waren, und dann werden wir weitersehen.«

Es gab Gründe, warum diese Frau seine beste Freundin war, und ihr großes Mundwerk gehörte dazu. Er küsste sie wieder, aber diesmal ließ er es langsam angehen, sodass er die gemeinsame Zeit genießen konnte, denn er hatte das Gefühl, wenn sie diesen Dunst aus Sex und schlechten Entscheidungen erst einmal verlassen hätten, würde er sie nie wieder so berühren.

Dann löste er sich von ihr und zog ihr schnell die Jeans zusammen mit dem Höschen an den Beinen hinunter. Zu jedem anderen Zeitpunkt hätte er diese Andeutung eines Spitzenhöschens gewürdigt und mit ihrem Hintern und ihrer Klitoris gespielt, aber dazu fehlte ihm die Geduld. Sie stieß einen überraschten

Schrei aus, als er sie an den Hüften hochhob und auf die Badezimmerablage setzte. Dann zog er sie bis zur Kante, spreizte ihr die Beine und leckte in blitzschnellen Bewegungen über ihre Muschi, nur um zu sehen, wie ihr Körper sich anspannte.

»Ich werde noch von diesem verdammten Ding hinunterfallen«, warnte sie ihn. »Die Ablage ist nicht die stabilste.«

»Dann halt dich fest«, knurrte er und widmete sich wieder ihrer Muschi. Er leckte sie zwischen ihren Falten, während er mit den Händen ihre Schenkel hinunterdrückte und sie weit spreizte, sodass er mit der Zunge in sie hineinstoßen konnte. Sie klammerte sich an die Kante der Ablage, um nicht abzurutschen, aber er wusste, es war knapp, weil sie am ganzen Körper bebte, als er sie leckte, saugte und verschlang.

Als ihr Atem nur noch stoßweise kam und ihre Schenkel unter seinen Händen zuckten, saugte er wieder an ihrer Klitoris und blickte an ihr hinauf in ihr Gesicht.

»Mace.«

Und dann kam sie noch einmal. Er leckte ihre Säfte auf und ihm war bewusst, dass er gleich hier und jetzt explodieren würde, wenn er nicht bald in sie hineinkäme. Hastig stand er auf und zog sich die Hose aus, dankbar, dass sie ihre Schuhe an der Tür ausgezogen hatten, weil sie so durchnässt waren. Als er zwischen ihren gespreizten Beinen stand, mit ihren Haaren um seine Hand geschlungen, lächelte sie zu ihm auf. Der Ausdruck in ihren Augen war der einer Frau, die trunken vor Lust war, und er wusste, dass seine wahrscheinlich ebenso aussahen, obwohl er noch keinen Orgasmus gehabt hatte. Wieder stieß er mit dem Mund auf ihren hinab. Sein Verlangen nach ihr steigerte sich bis zu einem Punkt, an dem er nicht mehr wusste, ob es jemals nachlassen würde, zumindest nicht ganz.

»In der Schublade sind Reservekondome«, keuchte sie. Sie hatte ihre Beine um seine Taille geschlungen und ihre Muschi presste sich heiß und feucht gegen seinen Bauch. Er war verdammt froh, dass sie sich daran erinnert hatte, ein Kondom zu benutzen, denn sie war in diesem Augenblick so sexy, dass er sie beinahe ungeschützt gefickt hätte, und das wollte keiner von ihnen beiden.

»Reserve?«, fragte er, während er nach der Schublade neben ihm griff. Er fand die Schachtel mit den Kondomen recht schnell, riss sie und danach ein einzelnes Päckchen auf, bevor er sich das Gummi über den Schaft rollte.

»Ich habe mehr davon im Schlafzimmer. Die hier habe ich hier verstaut für den Fall, dass mir die im Schlafzimmer ausgehen. Ich meine, natürlich will ich nicht für ein Kondom vom Schlafzimmer ins Badezimmer laufen, weißt du? Das verdirbt die Stimmung.«

Er wollte sich jetzt wirklich nicht vorstellen, wie ein anderer Mann sie fickte, daher schob er dieses Bild beiseite. »Gott sei Dank ficke ich dich gleich hier auf der Ablage, die Stimmung ist also gerettet.« Er küsste sie heftig, dann zog er sich zurück, sodass er ihr in die Augen blicken konnte, als er in sie hineinglitt, Zentimeter für Zentimeter, bis er bis zum Ansatz in ihrer feuchten Hitze vergraben war.

»Du bist verdammt groß«, flüsterte sie, aber in ihren Augen tanzte ein Lachen. »Und ich kann nicht glauben, dass ich das gerade laut ausgesprochen habe.«

Er grinste und bewegte leicht seine Hüften, sodass er sanft in sie hinein und wieder hinaus glitt. »Nun, ein Mann braucht solche Komplimente. Und du bist wirklich eng. Die perfekte Kombination.«

Sie hob ihre Hüften leicht von der Ablage, sodass er tiefer in sie eindringen konnte. Beide stöhnten.

»Jaaaa«, knurrte er. »Halt dich fest, Addi.«

»Solange du mich zum Kommen bringst.«

Er küsste sie wieder. »Wird gemacht.«

Dann trat er in Aktion.

Mit einer Hand auf ihrer Hüfte drückte er sie so fest an sich, dass er befürchtete, einen blauen Fleck zu hinterlassen. Mit der anderen Hand umfasste er ihren Nacken, sodass ihre Köpfe sich berührten. Die Blicke hatten sie abwärtsgerichtet, um zu beobachten, wie sein Schwanz in sie hinein und hinaus pumpte. Es war der erotischste Anblick, den er jemals genossen hatte. Und als seine Hoden sich anspannten, wusste er, dass sie ihn mit ihrer süßen Muschi zum Lügner machen würde, wenn er sie nicht schnell zum Kommen brächte.

Mace küsste sie noch einmal. Dann löste er die Hand aus ihrem Nacken und führte sie zu ihrer Klitoris, um mit ihr zu spielen. »Komm, Addi. Komm an meinem Schwanz.«

»Du bist ganz schön fordernd.«

Er ließ den Finger über ihre Klitoris schnellen. »Verzweifelt.«

»Ja, zur Hölle«, flüsterte sie. Und dann glaubte sie, in tausend Stücke zu zerspringen, als sie noch einmal kam. Ihre Muschi umspannte seinen Schwanz wie ein Schraubstock und er kam mit ihr. Er schluckte ihren Schrei mit seinem Kuss, als er auf den Wellen ihres Orgasmus mit wilder Leidenschaft in sie hineinstieß.

Bald schon hörte man nur noch ihren keuchenden Atem im Badezimmer. Als er zum Fenster blickte, bemerkte er, dass der Regen fast aufgehört hatte und der Wind nicht mehr am Haus rüttelte.

Dann stürzte die Realität auf ihn ein.

Er würde seine Tochter zu spät abholen, weil er dreißig Minuten lang seine beste Freundin in deren Badezimmer gefickt hatte. Er hatte immer noch seinen verdammten Schwanz in ihr und keiner von beiden hatte etwas gesagt, weil sie beide so heftig gekommen waren, dass er glaubte, für die nächsten Stunden Sterne sehen zu müssen.

Sie hatten einen verdammt großen Fehler begangen und als er ihr in die Augen blickte, wusste er, dass auch sie es wusste. Doch anstatt sie zu küssen, wie er es hätte tun sollen, und ihr zu sagen, alles würde gut werden, zog er sich aus ihr zurück und entledigte sich des Kondoms. Wie konnte alles gut sein, wenn keiner von beiden sich zum anderen über das geäußert hatte, was sie gerade taten? Dieses ... Verlangen nacheinander mochte immer da gewesen sein, aber ihre Reaktion darauf war aus dem Nichts aufgetaucht.

»Ich muss Daisy abholen.«

Adrienne blinzelte, dann schloss sie die Beine und bedeckte ihre Brüste so gut es ging mit einem Arm. Sie nickte. Er war ein verdammter Mistkerl, aber er hatte keine Ahnung, was er sagen musste, damit alles gut wäre.

Er ruinierte seine beste Beziehung, weil er so neben sich stand, und doch hatte er keine Ahnung, wie er die Situation retten konnte.

»Nun geh schon. Sie fragt sich wahrscheinlich, wo du bleibst.« In ihrer Stimme lag kein Vorwurf, keine Verletztheit, aber die Gefühlskälte sprach Bände.

»Dann hole ich dich morgen früh ab?«, fragte er, während er sich die Jeans hochzog. »Wirst du heute Abend Carter anrufen?«

Sie nickte. Sie bedeckte sich immer noch mit ihren Händen, und das obwohl er jeden Zentimeter geschmeckt hatte, den sie nun vor seinen Blicken verbarg. »Ich werde mich darum kümmern.« Sie räusperte sich. »Äh, dann bis morgen.«

Er suchte ihren Blick und wollte es erzwingen, dass einer von beiden etwas sagte, irgendetwas, um die Situation zu retten. Aber sie hatten kein Wort gesagt, bevor sie zur Tat geschritten waren, und er wusste, dass sie es jetzt bei all den aufwallenden Gefühlen auch nicht tun würden.

Noch nicht.

»Na dann. Okay.«

»Okay. Tschüss, Mace.«

Er schluckte heftig. »Tschüss, Addi.«

Dann ließ er seine beste Freundin in mehr als einer Hinsicht nackt auf der Badezimmerablage zurück, ging zur Tür und zog sich sein T-Shirt und die Schuhe an, bevor er aus ihrem Haus trat. Er hoffte verzweifelt, dass er ihre Beziehung nicht für immer vermasselt hatte.

DER NÄCHSTE MORGEN WAR NICHT unangenehm.

Er war verdammt unangenehm.

Nachdem er Adrienne in ihrem Haus zurückgelassen hatte, ohne über das zu sprechen, was wichtig war, denn das hatten sie ja wohl nicht fertiggebracht, war er zum Haus seiner Eltern gefahren, um Daisy abzuholen. Seine Eltern hatten kein Wort darüber fallen lassen, dass er zu spät kam – Daisy übrigens auch nicht –, und er nahm an, dass sie angenommen hatten, es hätte etwas mit dem Wetter zu tun gehabt. Indirekt war es natürlich auch so, sicher, aber er verfluchte sich für die Entscheidung, die er am gestrigen Tag getroffen hatte.

Er hatte sich die ganze Nacht im Bett von einer Seite auf die andere gewälzt, unfähig, den Gedanken loszuwerden, wie seine beste Freundin geschmeckt und sich angefühlt hatte. Er war unzählige Male nahe daran gewesen, ihr eine SMS zu schreiben, hatte aber keine Ahnung, was er ihr sagen sollte. Er bereute nicht, was er gefühlt hatte, als sie zusammen gewesen waren. Aber ganz sicher bereute er es zutiefst, welches Gefühl er ihr vermittelt hatte, als er gegangen war. Sie hätten reden sollen, hätten eine vernünftige Entscheidung treffen sollen, anstatt etwas zu tun, das ihre Beziehung für immer zerstören konnte, ohne sie je reparieren zu können. Aber das hatten sie nicht getan. Sie hatten der Versuchung nachgegeben und jetzt musste er einen Weg finden, um ihr zu zeigen, dass sie ihm immer noch alles bedeutete und dass alles gut werden würde. Er wollte nicht, dass sie sich benutzt fühlte.

Er war ein Hurensohn. Ein kranker Hurensohn.

Und dann war die ohnehin schon peinliche Situation noch beschämender geworden, als er sie am Morgen bei sich zu Hause abgeholt hatte. Sie hatte auf der Veranda auf ihn gewartet, ohne dass sie sich wie früher SMS geschickt hatten. Er hatte den ganzen Morgen nur eine Tasse Kaffee zu sich genommen, während er Daisy für die Schule fertig gemacht und währenddessen kein Wort von seiner besten Freundin gehört hatte. Wenn er keinen Weg fände, dieses Problem bald zu lösen, wusste er ehrlich nicht, wie er weitermachen sollte. Adrienne war mit jedem Aspekt seines Lebens verknüpft, und das hatte er stets zu schätzen gewusst. Wenn er das verlieren würde ... zur Hölle, dann wusste er nicht, was er tun sollte.

Sie hatten sich höflich über das Wetter unterhalten – wobei sie Stürme und heftigen Regen wohlweislich ausgelassen hatten – und über ihre jeweiligen Projekte an diesem Tag. Sie hatten ebenfalls darüber gesprochen, dass Carter bereits Adriennes Wagen am Parkplatz abgeholt hatte, bevor Mace überhaupt aufgewacht war, da der Mann merkwürdige Arbeitszeiten hatte. Die beiden hatten kein Wort darüber verloren, was zwischen ihnen geschehen war, und er wusste, wenn er das Problem beheben wollte, musste er etwas sagen. Aber was sollte er sagen, ohne ins Fettnäpfchen zu treten oder einen Tritt in die Eier zu bekommen, was er verdient hätte? Er hatte keine Ahnung, aber er musste unbedingt etwas sagen, um die Lage zu klären.

Und jetzt, nach ein paar Stunden, in denen Adrienne mit Shep an einem kompletten Rückentattoo gearbeitet hatte, und Ryan am Telefon hing und sich mit einem Kunden abgab, der sich zum ersten Mal tätowieren lassen wollte, saß sie in ihrem Sessel und arbeitete an einem Entwurf für ihren nächsten Kunden. Mace dachte sich, sobald die anderen beiden nach Hause gegangen wären, würde er sich überlegen, was er sagen wollte, bevor er und Adrienne das Studio schließen würden. Er war doch erwachsen, verdammt noch mal, das konnte er doch wohl schaffen. Als hätte er noch nie in seinem Leben Sex gehabt! Aber eben zum ersten Mal mit seiner besten Freundin – weshalb er sich wie ein Wahnsinniger benahm.

Er ignorierte den Druck, etwas unternehmen zu müssen, ging zu seinem Arbeitsplatz und begann, an seinem nächsten Projekt zu arbeiten. Es handelte sich um ein Tattoo, das vollständig den Rücken eines ehemaligen Hauptfeldwebels bedecken sollte, der sich während seiner gesamten Dienstzeit kein Tattoo zugelegt hatte. Mace wusste, dass dieser Schritt für den Mann höchst wichtig war, und daher wollte er es perfekt machen. Er nahm sich also Zeit und gab sein Bestes.

Plötzlich rieb eine Hand über seinen Arm und als er über die Schulter blickte, erstarrte er.

Adrienne stand hinter ihm, mit geweiteten Augen und den Händen im Haar. »Du hattest Marmelade auf deinem T-Shirt.«

Er blinzelte und veränderte dann die Position auf seinem Stuhl, um sie anblicken zu können, auch wenn er zu ihr aufschauen musste, um ihr Gesicht zu sehen. »Oh, äh, es war heute Morgen etwas stressig, alles für Daisy vorzubereiten und ihr Mittagessen und so.«

In ihren Augen tanzte ein Lachen, bevor es erlosch und durch die jetzt vertraute peinliche Berührtheit ersetzt wurde. »Nun, jetzt ist sie weg.«

Er räusperte sich und versuchte, sich nicht an ihre Berührung zu erinnern. Sie hatte kaum seine Schulter angefasst, um die Marmelade abzuwischen, und doch hatte sein Körper sich allein bei dem Gedanken an ihre Nähe aufgeheizt. Sie mussten das in Ordnung bringen, und zwar bald.

»Äh, willst du eine Tasse Kaffee mit mir trinken?« Das ungesagte *Wir müssen reden* schwebte in der Luft.

Sie legte den Kopf schräg und musterte sein Gesicht, dann nickte sie langsam. »Okay. Ich hole meine Tasche.«

Sie ging los und er nahm die Kaffeebestellungen der anderen entgegen, da dies seine faule Ausrede legitimierte, mit Adrienne reden zu können. Dabei vermied er es absichtlich, Shep in die Augen zu sehen.

»Jeder von uns beiden hat in dreißig Minuten einen Kunden, also sollten wir uns beeilen. Colorado Icing oder den Delikatessenladen?« Colorado Icing war Theas Bäckerei und dort gab es weit besseren Kaffee. Als er dies erwähnte, lächelte Addi, doch das Lächeln erreichte ihre Augen nicht. Er musste unbedingt ihr Problem lösen.

Sie mussten nicht weit gehen, bis sie vor der Tür des Ladens standen. Daher hielt er sie am Arm fest. »Wir müssen reden.«

Sie schob die Hände in die Taschen ihrer Jacke und wippte auf den Füßen vor und zurück. »Das dachte ich mir.«

Er hatte keine Ahnung, was er sagen sollte, um sie aus dem Dilemma zu erlösen, daher begann er zu schwafeln. Er hoffte verzweifelt, dass er die richtigen Worte fand, die wie zufällig über seine Lippen kamen.

»Es war eine einmalige Sache, richtig? Weil wir beste Freunde sind, Addi. Wenn wir das vermasseln, weiß ich nicht, was ich tun werde. Es war ein Fehler, zu tun, was wir getan haben, ohne vorher darüber zu reden. Es war dumm. Ich möchte dich nicht verlieren, Addi. Wir haben nicht nur zusammen einen neuen Laden eröffnet, sondern du bist auch noch mein Boss und ich bin jetzt ein Vollzeit-Vater und zur Hölle, ich finde nicht die richtigen Worte, aber wir dürfen nicht aufs Spiel setzen, was wir haben. Was wir haben, ist etwas Besonderes, und das will ich nicht riskieren. Denn wenn wir es vermasseln, dann wird es mich zerstören. Du bist meine beste Freundin, Adrienne. Der einzige Mensch außerhalb meiner Familie, der eine Konstante in meinem Leben ist. Ich möchte nicht, dass das, was geschehen ist, sich zu einem so großen Problem auswächst, dass wir verlieren, was wir haben.«

Ihre Augen wurden schmal und ihr Kiefer spannte sich an, bevor sie schließlich das Wort ergriff. »Erstens hast du es schon wieder einen Fehler genannt, was wir getan haben, und dafür werde ich dir in die Eier treten müssen. Wir können das nicht noch einmal tun und wir werden niemals mehr darüber reden, aber sag mir – oder irgendeiner anderen Frau – niemals ins Gesicht, sie wäre ein Fehler. Hast du mich verstanden, Knight?«

Er fuhr sich mit der Hand übers Gesicht. »Mein Gott, ich sage nichts Richtiges.« Er holte tief Luft, bevor er ihr Gesicht umfasste und ihr in die Augen blickte. »Ich habe jeden Moment geliebt, in dem ich mit dir zusammen war, Addi. Jede verdammte einzelne Sekunde. Aber wir hätten vorher reden müssen. Und offensichtlich finde ich jetzt, danach, nicht die richtigen Worte. Ich weiß weder, was als Nächstes kommt, noch weiß ich, ob wir dies auf eine ... nun, egal, aber was ich weiß, ist, dass ich dich auf jeden Fall in meinem Leben haben will. Ich werde alles tun, um dich nicht zu verlieren. Alles.«

Sie schmiegte sich an ihn und entspannte sich. Sie stieß den Atem aus. »Ich weiß, es waren nur die Hitze des Augenblicks und das verrückte Wetter oder was auch immer, aber ich habe es auch geliebt. Und ich weiß nicht, was wir jetzt tun sollen, außer vielleicht zu versuchen, es nicht wieder zu tun, obwohl ich zugeben muss, dass es verdammt guter Sex war, oder etwa nicht?«

Eine ältere Frau, die zu ihrem Wagen ging, starrte sie an, aber es war ihm egal. Sie standen mitten in einer Einkaufsstraße, um über dieses Thema zu diskutieren, aber die Sache konnte nicht warten.

»Also wir vergessen weder noch ignorieren wir, was geschehen ist, aber wir versuchen andererseits, es nicht noch einmal geschehen zu lassen, ohne noch einmal darüber zu reden?«

Sie nickte. »Bedeutet das, es könnte wieder geschehen?«

Er leckte sich die Lippen. Er war sich bewusst, dass er jetzt nichts Falsches sagen durfte, denn dann hätte er sie verlieren können. »Vielleicht? Ich weiß es nicht, Addi. Alles, was ich darüber gesagt habe, dass du mein Boss bist und ich herausfinden muss, wie ich meine Rolle als alleinerziehender Vater ausfüllen kann, habe ich ernst gemeint.«

»Und ich bin vollkommen ausgelastet damit zu versuchen, den Kopf über Wasser zu halten, um uns durch die ersten sechs Monate des Studios zu bringen. Aber ...«

Er nickte. »Es war verdammt gut.«

»Natürlich war es verdammt gut. Bei uns beiden kann es doch nicht anders sein.«

Er senkte den Kopf und lehnte seine Stirn gegen ihre. »Ich werde das Wort *Fehler* nicht mehr erwähnen, aber lass uns unsere Beziehung nicht vermasseln.«

»Wir hatten keine Ahnung, was wir taten«, flüsterte sie. »Keine Ahnung.«

»Nein. Aber lass uns damit weitermachen.«

Er hatte keine Ahnung, was um alles in der Welt das zu bedeuten hatte, aber sie steckten beide tief in dieser Geschichte und er betete, dass er nicht noch mehr vermasselte.

Kapitel Fünf

Adrienne wölbte die Hüften ihrer Hand entgegen, die sie zwischen ihre Beine geschoben hatte. Sie stellte sich vor, wie Mace' rauer Bart über ihre Schenkel kratzte, während er sie oral befriedigte. Wie heiß ihre Fantasien zuvor auch gewesen sein mochten, jetzt, da sie genau wusste, wie sich seine Zunge an ihrer Muschi anfühlte, konnte sie sich noch mehr erregen, wenn sie masturbierte. Sie ließ ihre Finger zwischen ihre Falten gleiten. Dann pumpte sie erst mit einem, dann mit zwei Fingern in ihre Öffnung hinein, bevor sie ihre Feuchtigkeit auf ihrer Klitoris verteilte. Mit einer Hand umfasste sie eine ihrer Brüste und spielte mit sich, bis sie kam. Sie erbebte, als der Orgasmus sie überrollte, und ihr Körper kribbelte von den Zehen bis zu den Brustwarzen.

»Ich bin verloren«, flüsterte sie, während sie immer noch träge ihre Klitoris streichelte. »Ich bin wirklich verloren.«

Vor zwei Tagen hatte sie mit ihrem besten Freund den besten Sex ihres Lebens gehabt. Und obwohl sie darüber gesprochen hatten, war sie immer noch verwirrt.

Sie hatten über Folgendes gesprochen:

Der Sex war großartig.

Sie sollten es wahrscheinlich nicht noch einmal tun.

Der Sex war großartig.

Sie würden es wahrscheinlich noch einmal tun.

Der Sex war großartig.

Sie konnten alles ruinieren, weil der Sex großartig war.

Sie legte sich flach auf den Rücken, die Hände an den Seiten, und rang nach Atem. Ihre morgendliche Angewohnheit, sich selbst zu befriedigen, war jetzt dank des Herrn mit dem großen Schwanz und den wie zum Ficken gemachten Hüften viel komplizierter geworden.

Und falls sie ihm das jemals ins Gesicht sagen würde, würde sie vor Scham sterben.

Sie sollte überhaupt nicht an Mace und an Sex denken. Sie sollte ihre Urteilsfähigkeit wiedererlangen und beginnen, sich wie früher auf die Arbeit und die Familie zu konzentrieren. Stattdessen lag sie im Bett und befriedigte sich selbst, noch bevor der Wecker klingelte, und stellte sich vor, Mace' begabte Zunge würde ihre Finger ersetzen.

Ich bin wirklich verloren.

Seufzend rollte sie sich aus dem Bett und griff nach ihrem Telefon, um den Wecker abzuschalten. Dabei wäre sie beinahe hingefallen, weil ihr Höschen immer noch um ihre Knöchel gewickelt war.

Wie graziös, Adrienne Montgomery!

Sie streifte sich das Höschen von den Knöcheln und schlenderte ins Badezimmer, um sich für den Tag fertig zu machen. Sicher, sie konnte keinen Blick auf die Ablage werfen, ohne zu erröten und die Beine zusammenzupressen. Sie war zwar gerade erst gekommen, aber sobald sie die Stelle sah, an der Mace sie gefickt hatte, war sie schon wieder bereit.

»Ich nehme an, dass ich aus diesem Grund diesen speziellen Duschkopf besitze«, murmelte sie, um sich erneut der Sünde hinzugeben, während sie sich Mace zwischen ihren Beinen vorstellte. Diesmal benutzte sie das heiße Wasser anstatt ihre Hände. »Und wieder einmal verloren.«

Ihr Körper schmerzte und sie war sich ziemlich sicher, dass ihre niederen Regionen dank der Fantasien über Mace für immer geschwollen und erregt bleiben würden, aber schließlich war sie doch auf dem Parkplatz angekommen, um den Laden zu öffnen. Sie brauchte unbedingt Koffein. Vielleicht würde sich heute etwas ändern und sie würde sich nicht dauernd wünschen, ihren besten Freund zu ficken, während sie sich aber gleichzeitig am liebsten vor einem Zusammentreffen gedrückt hätte.

Es konnte nichts Gutes daraus entstehen, mit seinem besten Freund Sex zu haben.

Nichts.

Außer natürlich diese fantastischen Orgasmen, aber daran wollte sie jetzt nicht denken. Nicht schon wieder. Sie musste arbeiten, verdammt.

Adrienne bemühte sich nach Kräften zu vergessen, was sie an diesem Morgen – und an jedem anderen – getan hatte, während sie an Mace gedacht hatte. Sie stieg aus ihrem Wagen. Carter, ihr Schwager, hatte einige Teile an ihrem Fahrzeug ausgetauscht, aber sie konnte sich beim besten Willen nicht daran erinnern, um was es sich gehandelt hatte. In ihrem Haus und im Studio konnte sie vieles reparieren, falls nötig, aber den Namen eines Autoersatzteiles vergaß sie sofort. Abgesehen davon hatte Carter ihr erklärt, ihr Wagen läge in den letzten Atemzügen, aber er bemühte sich, ihn weiter am Laufen zu halten. Sie mochte ihren Schwager, auch wenn er ihr diese Hiobsbotschaften überbrachte. Aber es war nichts, was sie nicht ohnehin schon gewusst hatte.

Als sie dann vor ihrem Studio stand, erstarrte sie. Vor dem Gebäude standen bereits einige andere Geschäftsinhaber und starrten auf das Tattoostudio.

»Oh mein Gott«, flüsterte sie und umklammerte das Telefon in ihrer Hand, während sie versuchte zu verarbeiten, was sie sah.

»Adrienne!«, rief Thea und lief mit ihrem Telefon in der Hand auf sie zu. »Ich wollte dich gerade anrufen. Ich werde jetzt Shep informieren. Es tut mir so leid, Süße. Ich weiß nicht, was diese Wahnsinnigen sich dabei gedacht haben.«

Adrienne nickte und ließ sich von ihrer kleinen Schwester so bemuttern, wie sie selbst es früher gern andersherum getan hatte. Sie konnte nur ihren Laden anstarren und was die Ungeheuer damit angerichtet hatten.

Die Fassade war mit leuchtend roten, grünen, schwarzen und blauen Farbflecken beschmiert. Jemand hatte mit einer roten Spraydose die Fenster mit Schimpfwörtern und anderen Beleidigungen verunstaltet, die ihr für immer ins Gedächtnis eingeprägt bleiben würden. Sicher, zu ihrem eigenen Vokabular gehörten auch Wörter wie *Schlampe* und *Verpiss dich*, aber zu sehen, wie diese Wörter auf ihrer Scheibe prangten, im Kontrast zu der schönen Kulisse des Vorgebirges und dem makellosen Anstrich der anderen Gebäude, erschreckte sie doch.

Jemand hatte ihren Laden beschmiert, und das gründlich.

Sie konnte keinen klaren Gedanken fassen, wie sie nun weiter vorgehen sollte, aber Thea ergriff die Initiative, rief die Polizei an und erklärte, was geschehen war. Eigentlich wäre das Adriennes Aufgabe gewesen und nicht die ihrer Schwester. Immerhin ging es um ihren Laden. Um ihren und Sheps.

Da wurde ihre Taille plötzlich von starken Händen umfasst und sie wirbelte mit geballten Fäusten herum, hielt aber inne, als ihr bewusst wurde, dass Mace vor ihr stand.

»Was soll das, Addi?«, fragte er, aber da er auf den Laden starrte und nicht auf Addi, wusste sie, dass seine Worte nicht darauf bezogen waren, dass sie ihn beinahe geschlagen hätte, sondern auf die Zerstörung an ihrem Arbeitsplatz.

»Ich weiß es nicht.« Sie schluckte heftig, aber dann bekam sie sich in den Griff, denn sie hatte jetzt viel zu tun und musste ihr Geschäft retten. »Aber wir werden es herausfinden.« Sie wandte sich an Thea. »Ist die Polizei auf dem Weg?«

Ihre Schwester nickte. »Ja. Wir sollen weder hineingehen noch irgendetwas berühren. Nur für den Fall.«

Adrienne nickte. Sie machte keine Anstalten, sich von Mace zu lösen, da er ihr den Halt gab, den sie in diesem Augenblick verzweifelt brauchte. Sie würde doch nicht jemanden abwehren, an den sie sich lehnen konnte, wenn sie es am meisten brauchte! Zumindest hoffte sie, dass dies der Grund wäre.

»Okay. Ich werde Shep anrufen. Mace, kannst du Ryan Bescheid geben? Er soll herkommen, wenn er kann. Sobald die Polizisten die Aussagen aufgenommen und Fotos gemacht haben, müssen wir mit dem Säubern anfangen. Wir haben heute Kunden zu bedienen und wir werden dies auf keinen Fall so lassen, wenn wir können.«

»Adrienne ...«, begann Thea, aber Adrienne schüttelte den Kopf.

»Danke für alles«, sagte sie. Dann wandte sie sich an die Menge der wohlmeinenden Leute, einschließlich der Besitzerin des Teeladens nebenan, der auch neu war. »Gehen Sie wieder an die Arbeit. Es tut mir leid, wenn dies Ihr heutiges Geschäft beeinträchtigt, aber wir werden dies hoffentlich bald beseitigt haben.«

Sie war so sauer. In diesem Viertel wurden Läden wie ihr Studio bereits ohnehin wie ein Schandfleck betrachtet und jetzt war er der einzige, der von Leuten beschmiert worden war, die sich während der Nacht einen Spaß gemacht hatten. Sie wünschte, sie könnte umgehend mit dem Reinigen beginnen, aber sie musste das Prozedere einhalten, und das bedeutete, sie musste warten.

Aber sie wollte nicht warten.

Abby, die Inhaberin von *Teas'd*, dem Geschäft, das Biotee anbot und kurz vor *Montgomery Ink Too* eröffnet worden war, kam mit zwei Bechern zu ihr, in denen sich Tee befand, wie Adrienne annahm.

»Weiße Schokolade und Pfefferminze«, erklärte Abby. »Im Augenblick der Renner. Trinken Sie und warten Sie auf die Polizei. Ich weiß, es ist bitter, aber sobald Sie mit der Reinigung beginnen dürfen, sind wir alle für Sie da.« Sie blickte in die Runde. Die anderen Ladeninhaber einschließlich Thea nickten. »Wir sind hier ein Team. Und wir haben es nicht gern, wenn einem von uns Schaden zugefügt wird.«

Adrienne nahm den Tee dankbar an und probierte

bedächtig einen Schluck. Ihr traten beinahe die Augen aus den Höhlen. »Der schmeckt großartig.«

Abby zwinkerte. »Ich werde klammheimlich alle von dem ungesunden Kaffee weglocken.«

»Da sind Sie bereits auf dem Weg«, bemerkte Mace an ihrer Seite. Er hatte ihre Hüften losgelassen, als Thea gesprochen hatte, und dafür war Adrienne ihm dankbar, denn Thea bekam viel zu viel mit.

Obwohl Adrienne die anderen gebeten hatte, zu ihrer Arbeit zurückzukehren, blieben sie alle, bis die Polizei eintraf, um Aussagen aufzunehmen und Fotos zu machen. Shep und Ryan waren bald darauf eingetroffen und die Wut auf ihren Gesichtern war beinahe spürbar. Als die Polizisten fertig waren und ihnen versichert hatten, sie würden von ihnen hören und sie könnten jetzt mit dem Säubern anfangen, fühlte Adrienne sich immer noch nicht besser. Tatsächlich verspürte sie immer noch den gleichen Zorn, fühlte sich so verletzt und verloren wie zuvor, aber jetzt hatte sie zumindest eine Liste zur Verfügung, was sie zu tun hatte. Jemand hatte es gewagt, den Montgomerys Schaden zuzufügen, und sie sollte verflucht sein, wenn sie sich davon hinunterziehen lassen würde. Sie würden den Schuldigen finden und dann ... nun, das würde sie der Polizei überlassen. Aber sie würde dafür sorgen, dass ihr Studio als Ausdruck ihrer Hoffnung wieder blitzblank dastehen würde, denn sie würde sich auf keinen Fall von einem Arschloch mit Farbe das Ergebnis ihrer harten Arbeit ruinieren lassen. Diesmal nicht.

Bald fand sie sich am Telefon wieder. Sie verschob den Termin mit einem Kunden von heute Morgen auf den Nachmittag. Sie würden das ganze Team brauchen, um das Chaos zu beseitigen, das die Vandalen angerichtet hatten. Und ehrlich gesagt wollte sie auch nicht, dass ihre Kunden den Laden so sahen, wie er jetzt aussah. Glücklicherweise waren weder Scheiben zerbrochen noch bleibende Schäden entstanden. An einem Oktobertag in Colorado eine so gründliche Säuberungsaktion durchzuführen würde nicht gerade Spaß machen, aber zumindest schneite es nicht. Sie würden die Farbe abschrubben, die Fassade falls nötig mit einem Hochdruckgerät reinigen und dann neu streichen. Glücklicherweise hatten sie noch Farbe im Lagerbereich im hinteren Teil des Ladens, da sie ja gerade erst fertig geworden waren und Farbe übrig gehabt hatten.

Das Studio hatte noch nicht einmal einen vollen Monat geöffnet und schon versuchte jemand, es zu zerstören. Sie bemühte sich nach Kräften, sich das nicht allzu sehr zu Herzen zu nehmen.

Sobald sie das Gespräch mit dem Kunden beendet hatte, schlang sich ein Arm um ihre Schultern und sie schmiegte sich in die Umarmung ihres großen Bruders. Seine Umarmung würde sie überall wiedererkennen. Shep war einige Jahre älter als Adrienne und der einzige Mann in der unmittelbaren Familie. Er war vor so langer Zeit nach New Orleans gezogen, dass es merkwürdig war, ihn wieder in Colorado Springs zu sehen. Früher, als Heranwachsender, hatte er die Wochenenden mit Austin in Denver verbracht, weil er so viel älter gewesen war und nicht nur mit seinen Schwestern hatte spielen wollen. Adrienne hatte das nichts ausgemacht, denn so konnte sie ausspionieren, was die Jungs mit Thea und Roxie machten, wenn Austin sie besuchte.

Jetzt jedoch war ihr Bruder erwachsen und mit Frau und Kind nach Hause zurückgekehrt. Adrienne war so froh, dass sie nun als reale Tante agieren konnte anstatt in einem Videochat, doch in diesem Augenblick konnte noch nicht einmal der Gedanke, Livvy in den Armen zu halten, das Lächeln auf ihren Lippen echt erscheinen lassen.

»Wie kommst du damit zurecht?«, fragte Shep, dann küsste er sie auf den Scheitel. Sein Bart war jetzt so lang, dass er sich in ihrem Haar verfing. Sie löste sich von ihm und blickte ihn blinzelnd an.

»Ganz gut. Wir bekommen das wieder hin. Wir müssen lediglich die Punkte von dieser Liste abarbeiten. Wir können heute noch öffnen.«

Shep schüttelte den Kopf. »Ich glaube nicht, dass wir heute noch öffnen können, Süße. Morgen sicher, aber heute? Ich denke, wenn wir all diesen Mist von den Wänden entfernt und uns selbst gesäubert haben, wird der Tag beinahe vorüber und wir physisch und emotional so ausgelaugt sein, dass wir keinen Sinn für noch mehr Aktion haben werden.«

»Wir werden eine große Wiedereröffnung haben«, bemerkte Ryan, der einen Stapel Eimer in Händen hielt und sich einen Wasserschlauch über die Schulter gehängt hatte.

»Das kann man doch nicht machen, drei Wochen nach der ersten Eröffnung«, erwiderte sie leise, dann ging sie zu ihm, um ihm etwas von seiner Last abzunehmen. »Wo ist Mace?« Sie hatte ihn nicht mehr gesehen, seitdem er aufgetaucht war und sie an sich gedrückt hatte. Sie hatte vorgehabt, heute mit ihm zu reden ... nun, sie hatte wirklich nicht gewusst, wie das Gespräch verlaufen würde, aber jetzt war sie sich ziemlich sicher, dass es an diesem Nachmittag überhaupt nicht stattfinden würde. Mace hatte recht, ihrer beider Leben war bereits viel zu kompliziert, um noch etwas hinzuzufügen, das alles zerstören konnte.

Ryan hob den Kopf und wies mit dem Kinn in eine bestimmte Richtung. »Er holt den Rest der Sachen aus seinem Pick-up.«

»Ich helfe ihm«, sagte Shep und lief aus dem Laden zu der Stelle, wo Mace geparkt hatte. Inzwischen waren mehr Leute aus ihren Geschäften getreten, um zu helfen. Aber so dankbar Adrienne auch dafür war, so wollte sie wirklich nicht, dass alle anderen sahen, was mit ihrem Studio geschehen war. Sie hasste es, dass es so öffentlich war, und während manche Leute sich sehr nett verhielten, warfen andere ihr Blicke zu, die für ihren Geschmack viel zu mitleidig waren.

Und jetzt war sie weinerlich, und das hasste sie. Daher straffte sie die Schultern und ging los, um Mace zu helfen, seinen Pick-up zu entladen. Er und Ryan hatten sich angeboten, die notwendigen Hilfsmittel herbeizuschaffen, während sie und Shep im Laden geblieben waren, um mit den Kunden zu telefonieren und schon einmal mit dem, was sie hatten, mit der Reinigung zu beginnen.

Sobald sie ihren Eimer und einen Schwamm in der Hand hielt und Hüfte an Hüfte neben Mace stand, stieß sie den Atem aus und starrte auf die Worte auf der Wand, die mit jedem Augenblick im Kontrast zu dem cremefarbenen Originalanstrich größer und leuchtender zu werden schienen.

Mace beugte sich zu ihr hinunter und flüsterte in ihr Ohr, wobei sein warmer Atem ein Zittern an ihrer Wirbelsäule entlangschickte. »Du weißt doch, Addi, dass du nicht allein bist?«

Unbewusst lehnte sie sich an ihn. Sie wusste, dass ihr Bruder sie anstarrte, aber im Augenblick war ihr das gleichgültig. Für die Außenwelt waren Mace und sie Freunde, und sich an ihn zu lehnen war nicht so ungewöhnlich. Zumindest hoffte sie das.

»Wir schaffen es«, sagte sie. »Weil wir es schaffen müssen.«

»Du weißt es, Baby. Du weißt es.«

Als sie schliesslich jeden Zentimeter der Fassade des Studios und einen Teil des angrenzenden

Teeladens gesäubert hatten – sie hatte erst beim näheren Hinsehen bemerkt, dass Letzterer auch betroffen gewesen war –, waren die fünf schmutzig, verschwitzt und mit Dreck und Farbe bedeckt. Abby hatte sich nicht gedrückt, als Adrienne ihr erklärt hatte, dass sie sich auch um ihren Laden kümmern würden, sondern hatte sich Seite an Seite mit ihnen dreckig gemacht und war gerade erst losgefahren, um ihre Tochter vom Babysitter zu holen. Adrienne kannte die Frau nicht gut, aber sie wusste dennoch, dass der Vater der Tochter von der Bildfläche verschwunden war, ohne jedoch das Warum und Wie zu kennen. Sie hatte lediglich Gerüchte gehört und wusste nicht, ob sie denen trauen sollte.

Auch Shep hatte gezwungenermaßen gehen müssen, da er am Nachmittag bei Livvy bleiben musste, da Shea arbeitete. Adrienne hatte auch Ryan nach Hause geschickt. Ihr Bruder hatte recht behalten. Sie waren auf keinen Fall mehr in der Lage, nach diesem langen Arbeitstag das Studio für die wenigen verbleibenden Stunden zu öffnen, daher hatte sie nachgegeben und sich gesagt, sie würde nicht weinen, bis sie allein zu Hause wäre, mit einem Glas Wein in ihrer Badewanne.

Bald schon fand sie sich allein mit Mace in ihrem Laden wieder und obwohl sie wusste, dass sie reden mussten, konnte sie nicht anders, als ihm die Arme um die Mitte zu schlingen und sich in seinen Armen zu vergraben. Nach einem Tag wie heute brauchte sie ihren besten Freund mehr als alles andere, und er wusste es.

»Alles wird gut, Addi. Es sieht jetzt aus wie neu und

morgen wird das Geschäft wieder laufen.« Er fuhr ihr mit der Hand über den Rücken und küsste sie auf den Scheitel. Und obwohl Shep früher am Tag das Gleiche getan hatte, war an der Art, wie Mace sie hielt und berührte, nichts Brüderliches.

»Es ist einfach so nervig. Ich würde mich gern ein wenig im Selbstmitleid suhlen.« Sie klammerte sich fester an ihn und seufzte. »Musst du Daisy bald abholen?«

»Sie ist noch ein paar Stunden länger in der Schule. Danach holen meine Eltern sie ab. Sie möchten sich jetzt gern stärker einsetzen und Daisy öfter sehen. Und Daisy ist gern bei ihnen. Die Routine bekommt ihr gut, denn manchmal habe ich keine Ahnung, was ich tue.«

Sie blickte ihn stirnrunzelnd an. »Du machst das alles ziemlich gut, Mace. Du musstest dich von einem Wochenende pro Monat auf einen Vollzeitjob als Vater umstellen und du hast alles gegeben. Und du nimmst die Hilfe deiner Familie an. Ich weiß, deine beiden Schwestern kommen jederzeit, wenn du sie darum bittest.«

Mace hatte zwei Schwestern, die in Denver lebten. Sie waren bereits am vergangenen Wochenende aufgetaucht, um Zeit mit Daisy zu verbringen, aber sie hatten lange Arbeitsstage und konnten die lange Fahrt nicht jeden Abend auf sich nehmen, obwohl sie wusste, dass sie es gern getan hätten.

»Du bist ziemlich klug, weißt du das?«

Sie klimperte kokett mit den Wimpern. »Natürlich weiß ich das.«

Er grinste, dann überraschte er sie, indem er sich zu

ihr hinabbeugte und sie auf den Mund küsste. Dann leckte er mit der Zunge entlang ihrer Unterlippe und sie öffnete sich für ihn. Sie begehrte ihn mehr, als sie es je für möglich gehalten hätte.

»Hast du die Tür verschlossen?«, fragte er mit rauer Stimme. Er umfasste ihr Gesicht und sie musste blinzeln, um seine Worte zu verarbeiten.

»Ja?«

»War das eine Antwort oder eine Frage?«, neckte er sie, bevor er in ihre Unterlippe biss.

Sie sog scharf die Luft ein, dann zog sie sich ein wenig zurück, behielt die Hände jedoch auf ihm. »Die Vordertür ist verschlossen und die Rollos sind heruntergelassen. Aber warum fragst du?«

»Ich frage eigentlich nicht wirklich. Aber ich überlege, ob ich dich nicht in den Lagerraum bringen und mich mit dir vergnügen soll, damit du mal all den Mist um dich herum vergisst und auf andere Gedanken kommst.« Er küsste sie wieder. »Dafür sind Freunde doch da, Addi. Und ich bin ein Freund, gleichgültig, was ansonsten zwischen uns läuft, ich bin dein Freund.«

Sie schluckte heftig. Sie wusste nicht, was sie dazu sagen sollte. Daher küsste sie ihn auf die Wange. Er neigte den Kopf, um ihr zu gestatten, seine Lippen in Besitz zu nehmen. Als er ihren Hintern umfasste und sie hochhob, sodass sie die Beine um seine Taille schlingen konnte, wusste sie, dass sie wahrscheinlich wieder einen Fehler begingen, aber sie konnte dem Verlangen nach ihm nicht widerstehen.

Sie wusste nicht, was als Nächstes geschehen würde, aber sie konnte ihre Sehnsucht nach Mace Knight nicht unterdrücken.

Nicht mehr.

Egal, um welchen Preis.

Kapitel Sechs

Mace setzte Adrienne auf einem Stapel Kisten im Lagerraum ab, sodass er die Tür hinter ihnen schließen konnte. Sie waren nun die Einzigen, die sich noch im Studio aufhielten. Und die Vordertür mochte zwar verschlossen sein, aber Shep besaß einen Schlüssel. Sollte der Mann Mace dabei überraschen, was dieser mit seiner Schwester anstellte, so wäre das nicht gut für Mace' Gesundheit.

»T-Shirt ausziehen«, befahl er und zog es ihr über den Kopf.

»Wir sind schmutzig und mit Farbe beschmiert und wer weiß mit was noch. Nicht gerade der günstigste Zeitpunkt, um uns gegenseitig zu befriedigen.«

Er senkte den Kopf, um ihren süßen Mund zu küssen. »Dann werde ich an deinen Nippeln und deiner Muschi saugen und dich danach hart ficken. Wir müssen ja nichts lecken, was mit Farbe beschmiert ist.«

Sie zog eine Braue in die Höhe, griff jedoch nach dem Verschluss ihres BHs im Rücken und löste ihn. Die Spitze fiel auf ihren Schoß und nun waren ihre Brüste seinen Blicken frei zugänglich. Er liebte den Anblick ihrer Brustwarzen, die sich rosig gegen ihre blasse Haut abhoben. Sie trug ein Tattoo an der Seite, das einen Schriftzug und Äste aufwies und sich auch über eine Brust erstreckte. Er konnte nicht umhin, den Linien mit einem Finger zu folgen.

Dies war sein Werk und das schwierigste Projekt seines Lebens. Nicht nur, weil es für seine beste Freundin gewesen war, sondern weil er die ganze Zeit einen höchst unprofessionellen Ständer gehabt hatte.

»Ich liebe dieses Tattoo.«

Sie glitt mit der Hand unter sein T-Shirt und fuhr über seine Seite. »Mein Tätowierer ist wirklich gut.«

Er fuhr über den Rest ihrer Tätowierung, dann umfasste er die Brust. »Ja, das ist er.«

Sie lachte, dann stöhnte sie, als er in ihren Nippel kniff. »Du solltest eigentlich jetzt eine Bemerkung über die großartige Leinwand für deine Arbeit fallen lassen.«

Er beugte sich vor und leckte zuerst die eine, dann die andere Brustwarze. »Du weißt, dass ich deine Haut liebe.« Er küsste sie zwischen die Brüste, bevor er sich zwischen ihre Beine kniete. »Wie du schmeckst.« Lecken. »Wie du dich anfühlst.« Streicheln. »Deine Hitze.« Ein Biss.

Bevor er mit der Zunge weiter nach unten

vordringen konnte, stieß sie ihn jedoch zurück und erhob sich. »So gern ich auch deinen Mund an meiner Muschi habe, so gibt es doch etwas, das ich zuerst erledigen muss.«

Er zog eine Braue in die Höhe, grinste aber, als sie in die Knie ging und an seine Hüfte tippte. »Ach ja?«

»Auf die Füße, Knight. Ich brauche diesen Schwanz in meinem Mund. Jetzt sofort.«

Sie leckte sich über die Lippen, als sie zu ihm aufblickte. Er musste tief Luft holen, um nicht in seine Jeans zu kommen. Wie sie das anstellte, jedes Mal, wenn sie seinem Schwanz nahe kam, wusste er nicht, aber er bekam langsam Komplexe.

Zusammen öffneten sie mit zitternden Fingern seine Hose. Er hatte nicht gewusst, dass er lachen konnte, wenn eine Frau seinem Schwanz so nahe war, aber offensichtlich brachte Adrienne das Beste in ihm zum Vorschein. Und schon war seine Hose bis über die Hüften hinuntergeschoben und feuchte Hitze umgab seine Männlichkeit. Er fuhr mit einer Hand durch ihr Haar. Seine Hoden spannten sich an, als sie die Spitze seines Schwanzes einsaugte.

»Mein Gott, Addi, du hast einen wunderbaren Mund.«

Sie zwinkerte und öffnete ihren Mund ein wenig, dann entspannte sie ihre Zunge und nahm ein wenig mehr von ihm in sich auf. Jetzt klammerte er sich an ihre Haare und er konnte nicht anders, als immer wieder in ihren Mund hineinzustoßen. Sie hielt den Mund für ihn geöffnet und er beschleunigte sein Tempo. Er fickte ihren Mund so behutsam, dass er ihr nicht wehtat, aber doch mit genügend Kraft, um mit der Spitze seines Schwanzes hinten in ihrer Kehle anzustoßen. Die Tatsache, dass sie ihn das tun ließ und sogar dabei stöhnte, machte es ihm verdammt schwer, nicht seine volle Ladung gleich in ihren Mund abzuspritzen. Aber er wollte nicht in ihren Mund kommen, nicht jetzt. Er musste in ihr sein und dafür sorgen, dass sie auch kam. Obwohl das nicht leicht war, zog er sich zurück, beugte sich hinunter, griff ihr unter die Achseln und zog sie hoch, um sie auf den Mund zu küssen. Als er die kleinen Tropfen, die an der Spitze seines Schwanzes ausgetreten waren, auf ihrer Zunge schmeckte, stöhnte er. Dann presste er sich fest an sie und sein feuchter Schwanz hinterließ eine Spur auf ihrem nackten Bauch.

»Ich war noch nicht fertig«, keuchte sie, klammerte sich aber an ihn. Ihre nackten Brüste pressten sich gegen seinen Oberkörper und er wünschte sich nichts mehr, als an ihren Nippeln zu saugen, bis diese glänzten und strahlten und sich nach ihm sehnten.

Also beugte er sich hinunter und sog einen in seinen Mund. Er saugte und knabberte daran, bis sie sich in seinen Armen wand. Erst als sie zu beben begann, ließ er los und wechselte zur anderen Brustwarze, wo er dasselbe tat.

»Mace ... ich brauche ... ich brauche ...«

Er hob den Kopf, nahm ihre Lippen in Besitz und stöhnte in ihr Ohr. »Ich weiß, was du brauchst.«

Hastig zog er ein Kondom aus der Gesäßtasche, das er eingesteckt hatte, weil er wusste, dass er sich nicht allzu lange von Adrienne fernhalten konnte. Er drehte sie herum, sodass ihre Brüste gegen die Wand vor ihnen gedrückt wurden. Schnell zog er sich das Kondom über und schob sich die Hose bis zu den Knien hinunter, um mehr Bewegungsfreiheit zu haben.

»Was tust du?«, fragte sie atemlos. »Ich dachte, du wolltest mit meinen Brüsten spielen.«

Er strich ihre Haare beiseite und saugte an ihren Lippen. »Deine Nippel sind bereits feucht und kirschrot von meinem Mund.« Er drückte ihren Oberkörper fester gegen die Wand, während er mit der Hand um sie herumlangte, um ihr die Jeans aufzuknöpfen. »Wie fühlen sie sich an der kalten Wand an? Kannst du jeden Zentimeter von dir spüren? Feucht und begierig?«

Sie warf den Kopf in den Nacken und er leckte über die andere Seite ihres Halses. »Du bist ein Teufel. Und jetzt mach, dass du deinen Schwanz in mich hineinbekommst.«

Als ihre Hose und ihr Höschen schließlich bis unter ihren köstlichen Hintern hinuntergeschoben waren, glitt er mit dem Schwanz zwischen ihre Pobacken und stieß spielerisch zu. »Eines Tages werde ich deinen Hintern nehmen. Ist er noch jungfräulich? Das hoffe ich nämlich, Baby. Ich möchte der Erste dort in dir sein, der Erste, der dich auf alle erdenklichen Arten nimmt.«

»Jetzt mach schon, ich will dich in mir haben.« Sie machte eine Pause. »Nicht in meinem Hintern. Nicht ... nicht jetzt. Aber in meiner Muschi? Ja, mach schon.«

Sie drehte den Kopf zur Seite, damit er ihre Lippen mit seinen einfangen konnte. Dann zog er sich zurück, spreizte sie von hinten und stieß mit einem einzigen Stoß in ihre feuchte Hitze. Sie zog sich um ihn herum zusammen. Dann erstarrten sie beide. Er brach allein von dem Gefühl und ihrer verlockenden Gegenwart in Schweiß aus.

»Oh, verdammt«, stöhnte sie und ließ den Kopf nach hinten auf seine Schulter fallen. »Ich habe vergessen, wie groß du bist.«

»Dehne ich dich zu sehr?«, knurrte er. »Dehne ich deine enge Muschi? Wirst du morgen vorsichtig gehen müssen, damit niemand merkt, dass du meinen großen, dicken Schwanz in deine Muschi gelassen hast?« Er begann, immer wieder in sie hineinzustoßen, mit kleinen Bewegungen, die Hitze ihre Wirbelsäule entlang und in seine Hoden schickten.

»Ich wusste nicht, dass du so schmutzig daherreden kannst, Mace.«

Er küsste sie wieder und beschleunigte das Tempo, während er sie heftig gegen die Wand fickte. »Es stellt sich also heraus, dass es über mich noch mehr zu entdecken gibt, Addi? Willst du mir eine Chance geben?«

Sie blinzelte ihn an. Ihre Wange presste sie ebenso wie den Rest ihres Körpers gegen die Wand, während er in ihre süße Muschi hineinpumpte. »Ich, äh ... ja? Ja, ich will es versuchen.«

Mace schluckte heftig, dann grub er die Finger in ihre Hüften, als er noch mehr Tempo zulegte. Sie streckte den Hintern raus und kam ihm Stoß für Stoß entgegen, bis sie den Namen des anderen schrien und an Armen und Beinen zitterten, als sie schließlich gemeinsam kamen. Ihre Muschi krampfte sich beinahe schmerzhaft um ihn herum zusammen und sie wusste, sie würde am nächsten Tag wund sein, so wie er sie genommen hatte. Und obwohl er ihr auf keinen Fall wehtun wollte, erweckte der Gedanke, dass sie in gewisser Hinsicht durch ihn gebrandmarkt war, den Wunsch in ihm, sie noch einmal zu ficken. In diesem Augenblick war er durch und durch ein Höhlenmensch, aber dann erinnerte er sich daran, dass auch er Spuren von ihr auf seinem Rücken trug, er war also nicht der Einzige, der in Besitz nehmen wollte.

Und nun standen sie da, gegen die Wand gelehnt, mit seinem Schwanz immer noch in ihr, während sie beide um Atem rangen.

»Haben wir gerade ... haben wir gerade gesagt, dass wir es versuchen?«, flüsterte sie. »Oder habe nur ich davon geredet?«

Er zog sich langsam aus ihr zurück, sodass er sie herumdrehen konnte. Für dieses Gespräch mussten sie einander anblicken. »Das warst nicht nur du, aber ...« Er schluckte heftig. »Ich habe dir bereits gesagt, wir können nicht zerstören, was wir haben.«

Sie streckte die Hand aus und umfasste seine Wange. Sie waren beide halb nackt, aber aus irgendeinem Grund trug er noch sein T-Shirt und das benutzte Kondom hing immer noch an seinem Schwanz.

Sie hätten nicht lächerlicher aussehen können, aber das kümmerte ihn nicht, nicht wenn das, worüber sie sprachen, so viel mehr bedeutete als die Position, die sie gerade einnahmen.

»Okay, wir zerstören nichts. Wir machen so weiter.«

»Beste Freunde, die großartigen Sex miteinander haben?«, fragte er neugierig. »Aber wir können nicht behaupten, dass keine Gefühle im Spiel sind. Es werden immer Gefühle involviert sein, wenn es um uns beide geht.«

»Gefühle, ja. Aber wir können darauf achten, dass wir in nichts hineinschlittern, bei dem wir uns mehr versprechen, als wir halten wollen.«

Er senkte den Kopf und presste seinen Mund auf ihren. »Also nur du und ich. Was auch immer dies ist, wie lange auch immer wir dies zu unserem Leben dazugehören lassen, nur du und ich.«

Bei dem Gedanken an sie mit einem anderen Mann hätte er schreien können und darüber würde er nachdenken müssen, wenn er allein wäre. Denn es gab keinen unverbindlichen Sex, nicht wenn es um sie beide ging.

»Abgemacht.« Sie blickte nach unten und grinste. »Und jetzt sollten wir uns wieder anziehen, denke ich, denn wir sehen nicht so aus, als würden wir Inventur machen, oder?«

»Ich könnte jetzt einen Witz machen und sagen, ich

hätte dein Inventar begutachtet, aber das erscheint selbst mir ein wenig zu krass.«

Sie verdrehte die Augen und gab ihm einen Stoß gegen die Brust, sodass er nach hinten zurückwich, wobei er darauf achtete, nicht über seine Hose zu stolpern, die ihm immer noch um die Knöchel hing.

»Aber entsorge das Kondom nicht hier im Mülleimer. Es wäre doch schwierig, unser Ding für uns zu behalten, wenn wir überall Sperma hinterlassen.«

Er schüttelte den Kopf und kümmerte sich um das Kondom, bevor er sich wieder anzog und sie keinen Moment aus den Augen ließ, als auch sie sich herrichtete. Wieder einmal wurde ihm bewusst, dass sie höchstwahrscheinlich einen Fehler begingen, aber er sagte nichts. Sein Verlangen nach Adrienne wurde zur Besessenheit und damit würde er sich auseinandersetzen müssen – Fehler hin oder her.

AM NÄCHSTEN MORGEN HÄTTE DIE SITUATION eigentlich peinlicher sein müssen, als sie es dann wirklich war, aber aus irgendeinem Grund verhielten sie sich, als wäre nichts geschehen, obwohl Mace wusste, etwas hatte sich verändert. Wenn er nicht schon zuvor verwirrt gewesen wäre, dann war er es jetzt ganz sicher.

Shep arbeitete bereits an einem Tattoo, das wahrscheinlich den ganzen Tag in Anspruch nehmen würde. Er hatte sich vollkommen selbst vergessen. Er hörte

Musik mit einem Ohrstöpsel, während sein Kunde schlief. Es handelte sich um ein Rückentattoo und manche Leute konnten scheinbar alles verschlafen, sobald die Endorphine zuschlugen.

Ryan würde später kommen und die letzte Schicht vor Schluss übernehmen. Er hatte sich wirklich gut in die Kerntruppe eingearbeitet. So harmonisch war es nicht immer gewesen. Im alten Studio hatten sie keine so geschlossene Einheit wie hier gebildet, aber Ryan war nicht nur begabt, er wurde auch schnell zu ihrem Freund.

Adrienne arbeitete an dem Schultertattoo eines Laufkunden, was höchstens eine Stunde dauern würde. Sie beugte sich über die Bank und konzentrierte sich so, dass sie sich auf die Unterlippe biss. Er bemühte sich, es sich nicht anmerken zu lassen, dass er sie am liebsten noch ein wenig mehr vornübergebeugt und von hinten genommen hätte, als er sah, wie sie sich in ihr köstliches Fleisch biss.

Während alle anderen arbeiteten, wartete Mace darauf, dass sein Kunde auftauchte. Er hatte bereits zwanzig Minuten Verspätung, aber das war keine Überraschung. Der Mann war in dem alten Studio sein Dauerkunde gewesen und kam ständig zu spät. Daher baute Mace vorsichtshalber um den festgesetzten Termin herum einen Zeitpuffer ein. George, der Kunde, kam stets für die ganze Zeit auf, daher störte es Mace nicht allzu sehr, doch er ging trotzdem unruhig auf und ab, da er nicht wusste, wann der Kerl tatsächlich auftauchen würde. Adrienne ärgerte sich sehr darüber, aber Mace fand sich einfach damit ab. Es lag schließlich außerhalb seiner Macht, was George tat, und ehrlich, er wollte nicht, dass irgendein anderer Künstler an seinen Tätowierungen herumpfuschte.

»Ist George schon wieder zu spät dran?«, fragte Adrienne, die sich gerade von ihrer Arbeit zurücklehnte und sie säuberte.

Mace nickte, dann ging er zu Adriennes Arbeitsplatz hinüber, um sich das fertige Kunstwerk anzusehen. »Mann. Das ist fantastisch.«

Sie hielt eine Hand in die Höhe und schüttelte den Kopf. »Sag nichts, bevor Tracy es selbst betrachten kann.« Sie lächelte dabei und Mace verdrehte die Augen. Sie bestand beinahe übertrieben darauf, dass man keine Bemerkung zu einem Tattoo fallen ließ, bevor der Kunde es gesehen hatte, und obwohl Mace mit ihr einer Meinung war, wollte er doch die Welt wissen lassen, wie talentiert seine Fr- ... äh, beste Freundin war.

Zur Hölle, beinahe hätte er sie *seine Frau* genannt.

Sie gehörte nicht ihm, nicht auf diese Art. Und weil sie sich strenge, wenn auch fadenscheinige Grenzen gesetzt hatten, würde sie es auch niemals werden. Sie waren beste Freunde, die im Augenblick Sex hatten – allerdings ausschließlich miteinander. Und offensichtlich hielten sie das geheim, dem er zustimmte, denn er wollte sich nicht mit all den wissenden Blicken und endlosen Fragen abgeben, die gezwungenermaßen auftauchen würden, wenn es um sie beide ging. Alle fragten sich stets, ob sie wohl miteinander ins Bett gingen, und jetzt, da dies der Fall war, hatte er das Gefühl, alle würden es bemerken.

Und ... jetzt war er wieder in Highschool-Zeiten gelandet. Er musste sich zusammenreißen.

Tracy, eine Frau im mittleren Alter, mit strahlenden Augen und langem, rotbraunem Haar, sprang von der Liege und hüpfte quasi zu dem langen Spiegel am Ende des Ganges zwischen den einzelnen Kabinen. Mace fing Adriennes Blick ein und unterdrückte ein Lächeln. Tracy war viel zu energiegeladen, nachdem ihr immer und immer wieder eine Nadel in den Arm gestochen worden war ... aber jedem das Seine.

Adrienne reichte Tracy einen Handspiegel, sodass sie ihre Tätowierung begutachten konnte. Die Frau kreischte auf wie ein fünfzehnjähriges Mädchen und nicht wie eine Frau in den Vierzigern. Das Tattoo auf ihrer Schulter war ausgefallen gut. Addi hatte den leuchtenden Blau- und Violetttönen Schatten und Tiefe gegeben, sodass es aussah, als würde die Elfe sich direkt von Tracys Schulter in die Luft erheben und jedem Vorübergehenden einen Scherz zuflüstern. Für ein Tattoo für eine Laufkundin ohne viel Vorbereitung hatte Addi sich selbst übertroffen. Jeder im Studio hatte sein Spezialgebiet und Adrienne hatte mit dieser Art von Kunstwerk sicher ihren eigenen Weg gefunden.

»Ich liebe es. Das ist die perfekte Elfe. Ist es eine gute Elfe? Eine böse? Das hängt vom jeweiligen Tag ab. Mein Mann wird in Ohnmacht fallen, wenn er das sieht. Ich kann es kaum erwarten, ihn damit zu überraschen.«

Sie schwang die Hüften und vollführte einen Freudentanz und Mace konnte nicht umhin, mit ihr zu lachen. Die Begeisterung der Frau war ansteckend.

Noch als Tracy gegangen war, hing ihr Lachen in der Luft. Shep war immer noch mit dem Rückentattoo beschäftigt und kehrte gerade von einer Erfrischungspause zurück, Adrienne räumte ihren Arbeitsplatz auf und Mace konnte endlich mit der Arbeit an Georges Tattoo beginnen. Er arbeitete heute an einer farbigen Tätowierung auf einem Oberschenkel des Mannes und Mace wollte endlich beginnen und sich in die Arbeit vertiefen.

George saß jetzt im Sessel und Mace straffte die Schultern, bereit, mit dem Rückenschmerzen bereitenden Teil zu beginnen. Heute würde er an den Konturen arbeiten und Farbe und Schatten während ihres nächsten Termins hinzufügen. Es wäre für sie beide zu anstrengend, das komplette Tattoo in einem Arbeitsgang fertigzustellen. Außerdem neigte Georges Haut dazu anzuschwellen, daher wollte Mace das Ergebnis nicht aufs Spiel setzen, indem er zu schnell und zu hart vorging.

Adrienne gesellte sich zu ihm, nachdem ungefähr dreißig Minuten vergangen waren, und setzte sich auf den zusätzlichen Hocker in der Kabine. Obwohl die Hitze, die sie ausstrahlte, ihm einen leichten Ständer bereitete, war er professionell genug, um den Blick und die Aufmerksamkeit auf seine Arbeit gerichtet zu halten und nicht auf die Frau neben ihm.

»Das sieht gut aus, George.«

Der Mann zwinkerte ihr zu. »Du weißt, ich will nur das Beste.«

Adrienne zog eine Braue in die Höhe und Mace bemühte sich, ein Lächeln zu unterdrücken. George war ein netter Kerl, aber manchmal dachte er nicht nach, bevor er den Mund aufmachte. Mace fragte sich, warum er trotz dieser schlechten Eigenschaft des Mannes und seiner Neigung, unpünktlich zu sein, so gern an ihm arbeitete.

George schien zu merken, dass er etwas Dummes gesagt hatte, und zog sich schnell zurück. Mace musste sich aufrichten und die Nadel absetzen, da George seinen Schenkel anspannte, als er um Verzeihung bittend beide Hände hob.

»Ich meine ... Mist. Ich wollte damit nicht sagen, dass du nicht die Beste bist. Nur dass Mace einer der Besten ist. Du bist die andere Beste.«

Hinter ihnen räusperte sich Shep und Mace konnte nicht anders, als in Adriennes Lachen einzustimmen. »Ich stehe genau hinter euch, wisst ihr«, sagte sein Boss und Freund mit gespielter Ernsthaftigkeit. »Ich meine, kommt schon.«

»Alles gut, George.« Sie tätschelte ihm den Arm und lächelte breit. »Aber du solltest wissen, dass Mace zwar der Beste ist, aber ich die Beste der Besten bin.«

Mace trat sie gegen das Schienbein. »Wie du meinst, Babe. Die Antwort liegt im Tattoo verborgen.«

Sie schnaufte und lehnte sich an seine Schulter. Er schluckte heftig und bemühte sich, sich langsam zurückzuziehen, ohne dass Shep seine wahre Reaktion bemerkte. Mace und Adrienne hatten sich früher auch schon berührt und aneinander angelehnt, aber jetzt war alles anders. Er hatte gewusst, dass sich alles ändern würde, sobald sie zusammen schlafen würden. Und obwohl sie sich gegenseitig versichert hatten, dass sich außerhalb des Schlafzimmers nichts ändern würde, war es eine Lüge gewesen. Eine notwendige Lüge, aber nichtsdestotrotz eine Lüge. Und da Shep ihnen so nahe war und sie genauestens beobachtete, bewegten sie sich auf einem schmalen Grat, und er wusste nicht, wie sie den Spagat bewerkstelligen sollten, ohne dass es Konsequenzen hatte.

Bevor er sich jedoch zu tief in seinen Gedanken verlieren konnte, öffnete sich die Tür und alle Anwesenden richteten den Blick auf den Eingangsbereich, als ein Mann in einem Anzug und mit einem Klemmbrett in der Hand hereinmarschierte und sich stirnrunzelnd umblickte.

»Ist ...«, der Mann blickte auf seine Unterlagen hinunter, »... ist hier jemand namens Adrienne oder Shep Montgomery anwesend?«

Mace straffte sich, als Adrienne sich erhob und sich die behandschuhten Hände an der Hose abrieb. »Das bin ich«, sagte sie mit freundlicher, aber fester Stimme.

»Und ich«, fügte Shep hinzu, wobei seine Stimme etwas tiefer als normal klang.

Seitdem der Unbekannte ins MIT gekommen und sie bedroht hatte und außerdem die Fassade mit Graffiti beschmiert worden war, waren sie alle etwas nervös. Wer immer dieser Mann auch sein mochte, Mace hatte kein gutes Gefühl dabei. Und er war nicht der Einzige, der so empfand, gemessen an der Art, wie angespannt und doch professionell Adrienne und Shep reagierten. Sogar George und Sheps Kunde schienen wachsam zu sein, da beide Stammkunden und Freunde des Teams waren.

»Mein Name ist Andrew Berry«, sagte der Mann und zog seine Brieftasche hervor. »Gesundheitsamt. Bei uns sind einige Anrufe und Beschwerden eingegangen. Ich muss eine Inspektion durchführen, gemäß Paragraf …«

Der Mann rasselte Paragrafen herunter und Dinge, die er prüfen musste. Mace unterdrückte einen Fluch. Die drei Zwischenfälle schienen bis jetzt keine Verbindung zu haben, da sie alle aus dem Nichts heraus geschehen und zu unterschiedlich waren, aber Mace war misstrauisch. Die Eröffnung von MIT lag noch nicht allzu lange zurück und bereits jetzt mussten sie sich mit all diesem Mist abgeben?

Schnell säuberte er George, denn er wusste, dass er das Tattoo heute nicht mehr fertigbekommen würde. Der Mann und Sheps Kunde zeigten Verständnis, aber Shep wusste, wenn sich nicht etwas änderte, hätte das Studio bald mit noch mehr Problemen zu kämpfen. Falls das Gerücht herumging, dass sie Sauberkeitsprobleme hätten, als ein Tattoostudio? Sie wären aufgeschmissen.

»Geht nach Hause«, sagte Adrienne eine Stunde später, als Mr. Berry fertig war. »Es hat keinen Sinn, dass ihr bleibt, wenn hier alles so ruhig ist. Ryan ist auf dem Weg hierher und wir haben noch geöffnet, er kann also noch einen terminierten Kunden bearbeiten.« Ihre Stimme klang so niedergeschlagen, dass Mace ahnte, dass sie Zeit für sich brauchte, um ihren Kopf klar zu bekommen, bevor sie den nächsten Schritt in Angriff nahm – wie immer der auch aussehen mochte.

»Ich kann bleiben. Es gibt genug zu tun. Obwohl die Liste, die dir das Arschloch gegeben hat, ja glücklicherweise nicht allzu lang ist.« Er hatte jetzt hier im Studio keinen festen Termin mehr, da er eigentlich mit George beschäftigt gewesen wäre. Da dies jetzt dank des unvorhergesehenen und unnötigen Besuchs vom Tisch war, würde er zusammen mit Ryan und Adrienne Laufkunden übernehmen.

Sie blickte auf das Papier in ihrer Hand hinunter und machte ein finsteres Gesicht. »Hier stehen zwei Punkte und es handelt sich nicht einmal um Beanstandungen, sondern Vorschläge für eine bessere Handhabung. Der Mann wirkte verärgert, dass er überhaupt hatte herkommen müssen, und sagte, er würde sich erkundigen, wer es für ein gute Idee gehalten hatte, seine Zeit zu verschwenden. Aber ich bin trotzdem sauer.«

Shep lehnte sich neben ihnen an die Wand und runzelte die Stirn. »Irgendjemand will uns Ärger machen. So fühlt es sich an. Und ja, ich mag so klingen, als redete ich über die Mafia oder so, aber wir haben vier Monate gebraucht, um das Studio auszubauen, und jetzt, da wir hier sind, haben wir ein Problem nach dem anderen, und alle laufen darauf hinaus, unsere Kunden zu vergraulen. Mir gefällt das nicht. Kein bisschen.«

Auch Mace war misstrauisch und daher widerstrebte es ihm zu gehen. Aber da Adrienne so in sich verschlossen war und er nur einen Weg kannte, sie aufzumuntern, nämlich ihre finstere Miene wegzuküssen, dachte er sich, er sollte sie besser mit ihrem Bruder und Ryan allein lassen, sodass sie ihre Gefühle in den Griff bekommen konnte.

»Wir werden das herausfinden«, sagte Adrienne, immer noch mit finsterem Gesicht. »Wir sind Montgomerys. Wir lassen uns von anderen Leuten nicht fertigmachen.«

»Zur Hölle, nein«, sagte Shep, dann drückte er ihr die Schulter und ging nach vorn, wo gerade sein nächster Kunde in den Laden trat. Glücklicherweise hatten sie nicht alle Termine absagen müssen.

»Ich werde nach Hause fahren und mich um Daisy kümmern«, sagte Mace. »Ich werde sie heute früh bei meinen Eltern abholen.« Er stieß Adrienne mit der Schulter an. »Ich habe einen Eintopf gemacht, bevor ich gegangen bin. Also komm herüber, wenn du fertig bist, da du den Laden heute nicht schließen musst. Ich werde dir sogar die Enden von den Baguettes überlassen, die ich gekauft habe.«

Sie lachte leise und er entspannte sich. Wenn sie lachen konnte, wenn auch nur ein bisschen, dann würde sie sich erholen. Er hoffte nur, sie könnten herausfinden, was vor sich ging – im Studio und zwischen ihnen.

»Eintopf klingt gut«, erwiderte sie.

Mace hatte gewusst, dass alles komplizierter werden würde, sobald sie den neuen Pfad in ihrem Leben eingeschlagen hatten, aber da ihnen ein Ungemach nach dem anderen widerfuhr, hatte er das Gefühl, nur ahnen zu können, wie sich alles verändern würde.

Er nickte und verabschiedete sich, bevor er sich auf den Weg zu seinen Eltern machte, um Daisy abzuholen. Er befürchtete, niemals ganz zu verstehen oder wertzuschätzen, wie sein Dasein sich verändert hatte. Daisy war jetzt ständig in seinem Leben und er musste nicht mehr mit ihr telefonieren, wenn er mit ihr reden wollte.

»Ich mag Eintopf«, stellte Daisy fest, die über die Kante der Arbeitsplatte spähte. Sie stand auf dem kleinen schwarz-violetten Klappstuhl, den er im Baumarkt gekauft hatte. »Hm, lecker, schlecker. Schön warm im Bauch.«

Mace konnte nicht umhin zu lachen und schüttelte den Kopf. »Wirklich? Ich mag die Kartoffeln am liebsten. Und du?«

Daisy legte einen ihrer winzigen Finger an die Lippen, als müsste sie angestrengt nachdenken. Es gefiel ihm, dass sie immer so genau nachdachte, um die richtige Antwort zu finden – oder zumindest die richtigen Worte für ihre Antwort.

»Ich mag die würzigen Sachen, die nicht so scharf sind.« Sie legte den Kopf schräg und blickte prüfend in den Topf. »Was ist das noch mal?«

»Das ist Knoblauch. Den mag ich auch.« Er unterdrückte ein lautes Auflachen, da ihre Antwort so unerwartet und doch so typisch Daisy war. »Nächstes Mal mache ich vielleicht eine Meerrettichsoße für obendrauf.«

Sie rümpfte ihre kleine Nase. »Meer und Rettich? Warum willst du eine Soße mit Meerwasser machen? Ich will keinen Salzrettich.«

Mace nahm sich Zeit, um ihr zu erklären, was Meerrettich war. Dann hob er sie hoch und warf sie sich über die Schulter. Ihr Kichern beruhigte ihn nach dem ereignisreichen, langen Tag. Adrienne würde bald kommen und sie würden zusammen zu Abend essen und versuchen, den Rest des Abends zu genießen, ohne sich über die Probleme in ihrem Leben zu sorgen – zumindest konnten sie es versuchen. Er hatte jeden Tag etwas von Jeaniene gehört, seitdem sie abgereist war, was ihn überraschte, obwohl es das nicht hätte tun sollen. Sie wollte an Daisys Leben teilhaben, wenn auch nicht so, wie sie es vorgehabt hatten. Er wusste nicht, ob er seiner Ex das jemals würde vergeben können, so wie er ihr bis jetzt nicht verziehen hatte, sie ihm damals entzogen zu haben.

Seine Tochter sprang im Raum herum und sang ein Lied, das sie am Tag zuvor gedichtet hatte, und er bemühte sich, sich keine Sorgen zu machen, so wie er es sich vorgenommen hatte. Aber als es an der Tür klingelte und Adrienne eintrat, wusste er, er hatte sich selbst belogen.

Er würde sich um alles sorgen, was er falsch machte, aber in diesem Augenblick wollte er mit seinen beiden besten Mädels zu Abend essen und einfach das Leben genießen.

So gut wie möglich.

Kapitel Sieben

Nach der Woche, die Adrienne hinter sich hatte, war sie sich ziemlich sicher, dass sie in ihr Kissen geschrien hätte, wenn nicht der Sex mit Mace und der bevorstehende *feucht-fröhliche Pinsel* Abend gewesen wäre.

Und ja, der Sex mit ihrem besten Freund stand ganz oben auf ihrer Liste.

Sie war eine Montgomery mit einer Schwäche – Mace Knight in all seiner dickschwänzigen Pracht.

Adrienne legte den Kopf aufs Lenkrad und stieß einen leisen Schrei aus. Sie hatte keine Ahnung, was sie tun sollte, und ihr fiel nichts anderes ein, als insgeheim unreife Witze über die Größe von Mace' Schwanz zu reißen, während sie die Stunden zählte, bis sie ihn entweder wieder im Mund hatte oder auf ihm reiten konnte, bis sie beide verausgabt waren.

Dies hätte nicht sein dürfen. Sie hätte ihn nicht so

begehren dürfen. Es hätte nur eine Nacht sein sollen, wenn überhaupt. Und jetzt musste sie sich jedes Mal maßlos anstrengen, ihn nicht zu berühren, wenn er in ihrer Nähe war, und noch schwerer fiel es ihr, sich von ihm fernzuhalten. Und wenn sie so weitermachte, würden die anderen bemerken, dass sich zwischen ihnen beiden etwas geändert hatte.

»Ich habe keine Ahnung, was ich tue«, sagte sie zu sich selbst und ihre Stimme klang merkwürdig laut in dem stillen Fahrzeug. »Keine verdammte Ahnung.« Aber wenn sie hier sitzen blieb und weiter mit sich selbst sprach, dann konnte sie noch einen kranken Geisteszustand auf ihre ohnehin schon lange Liste der verwirrenden Dinge des letzten Monats setzen.

Also anstatt zu grübeln, wer ihnen das Studio vermiesen wollte und wie sie den Entwurf für den Mann fertigbekommen konnte, der seine Krebserkrankung überlebt und dies mit einem wilden Tattoo manifestieren wollte, und anstatt darüber zu jammern, was sie mit Mace tat, hatte sie vor, den Abend mit ihren Schwestern und Freundinnen zu genießen.

Immerhin hatten sie heute ihren Frauenabend und die zweite monatlich stattfindende *feucht-fröhliche Pinsel* Zusammenkunft. Sie würde malen und Wein trinken und mit ihren Freundinnen Spaß haben. Dabei wurden sie beobachtet und angeleitet von der fürsorglichen – und normalerweise geduldigen – Lehrerin Kaylee.

Adrienne hatte ein gutes Auge, was Malerei betraf, denn immerhin war sie Künstlerin. Außer dass sie die

Tinte gravierte und ihre Leinwand aus Haut bestand. Aber heute würde sie mit wunderschönen Farben zeichnen und herumspielen, während sie mit ihren Freundinnen zusammen war, die sie sehr schätzte.

Gerade als Adrienne aus ihrem Fahrzeug stieg, bog ihre Schwester Roxie auf den Parkplatz ein. Sie wartete, bis Roxie geparkt und sie eingeholt hatte.

»Hallo. Sind wir zu spät?«, fragte ihre Schwester, als sie sie fest in die Arme schloss. »Ich hasse es, zu spät zu kommen.«

Adrienne warf einen Blick auf die Uhr und schüttelte den Kopf. »Nein. Gerade zur rechten Zeit, aber ich wette, Thea, Abby und Shea sind bereits da, da sie dazu neigen, früher aufzutauchen.« Sie warf einen vielsagenden Blick auf Roxies zerzaustes Haar und die falsch zugeknöpfte Bluse unter dem geöffneten Mantel. »Warum bist du nicht früher dran?«

Roxie errötete und lächelte sie schüchtern an. »Äh, Carter kam früher von der Arbeit heim und nun ...«

Adrienne lachte, legte den Arm um die Schultern ihrer kleinen Schwester und ging auf die renovierte Lagerhalle zu, in der Kaylee ihr Studio eingerichtet hatte. »Gut zu wissen, dass ihr immer noch in der Phase der Frischvermählten seid, die ständig übereinander herfallen.« Die beiden hätten gegensätzlicher nicht sein können nach allem, was Adrienne mitbekommen hatte, aber sie wusste, sie liebten sich – auch wenn es so aussah, als hätten sie sich übereilt in die Ehe gestürzt. Aber natürlich wusste sie nicht genau, was in der Beziehung vor sich ging, und sie, die insgeheim ihren besten Freund fickte, sollte den Mund nicht zu voll nehmen.

»Er ist *mein* Carter.« Roxie gab einen verträumten Seufzer von sich, der dem entnervten so gar nicht ähnelte, den sie beim letzten Mal abgelassen hatte, als sie über ihren neuen Ehemann geredet hatte. »Was soll ich sagen?«

»Du bist glücklich, das macht mich auch glücklich. Außerdem ist er ein sexy Mechaniker, daher ...«

Roxie lachte. »Er ist *mein* sexy Mechaniker. Ich bin froh, dass er deinen Wagen reparieren konnte.«

Adrienne stöhnte, während sie die Tür zur Lagerhalle öffnete. »Fürs Erste. Ich werde ihn bald entsorgen und einen neuen kaufen müssen. Nun, vielleicht keinen neuen, aber einen neueren als ich jetzt habe.«

»Du fährst diesen seit beinahe zehn Jahren. Es überrascht mich, dass er überhaupt so lange durchgehalten hat.« Sie hingen ihre Mäntel an die Kleiderhaken neben der Tür und gingen in den hinteren Teil, wo heute Abend das Treffen stattfinden sollte.

»Ohne Carter wäre er letztes Jahr auf dem Schrottplatz im Autohimmel gelandet. Also gib ihm einen Kuss von mir.« Sie zwinkerte. »Ich wollte erst sagen, mach es ihm mit der Hand, aber dann fiel mir ein, dass er jetzt mein Schwager ist und mich für so etwas nicht gut genug kennt.«

Roxie lachte nur und stieß sie mit der Hüfte an. »Ich glaube nicht, dass Carter diesbezüglich Unterstützung braucht. Im Gegenteil, ich werde am Ende noch eine

Bandage für mein Handgelenk brauchen, wenn ich nicht langsamer mache.«

Und darüber lachten die beiden so herzlich, dass sie weinten, als sie das Atelier betraten und sich neben Abby, Thea und Shea setzten. Ihre Mutter war beim ersten Mal auch dabei gewesen, aber diesmal hatte sie ausgesetzt, da sie eine Verabredung mit ihrem Vater hatte. Die Tatsache, dass ihre Eltern sich immer noch verabredeten wie zu einem Rendezvous, ließ Adriennes romantisches Herz anschwellen. Sie mochte zwar ihren Beruf und die Kunst viel zu lange über ihr Liebesleben gestellt haben, aber sie glaubte an die Liebe und alles Warme und Gefühlvolle drumherum.

»Ich will es gar nicht wissen«, bemerkte Thea. Ihre Stimme nahm einen mütterlichen Tonfall an, mit dem sie aber niemanden täuschen konnte. Thea konnte ebenso schmutzig daherreden wie die anderen, auch wenn sie sie gern liebevoll bevormundete.

»Wahrscheinlich doch«, erwiderte Adrienne zwinkernd, während sie sich den Schal vom Hals wickelte. Es wurde jeden Abend kälter und sie wusste, sie würde bald den Herbst- gegen den Wintermantel austauschen müssen. Sie hasste das, denn neuerdings konnte sie ihren schicken Ledermantel nicht sehr lange tragen, da der Winter sie jedes Jahr schneller einzuholen schien.

»Wer auch immer diese Idee gehabt hat, ist brillant«, stellte Thea fest, die an einem Glas Rotwein nippte. Sie alle tranken normalerweise nur ein Glas, da sie alle noch Auto fahren mussten, aber nichtsdestotrotz hatten sie Spaß und genossen die gemeinsamen Stunden.

»Das finde ich auch«, stimmte Abby zu. Ihr gehörte *Teas'd*, der Teeladen direkt neben MIT. Sie war mit Thea befreundet, seitdem sie einige Monate vor Adrienne in das Gebäude gezogen war. »Ich habe gehört, dass es diese Treffen jetzt überall im Land gibt, und da ich so etwas immer als Letzte mitbekomme, werden sie sicher nicht mehr lange so beliebt sein. Ich bin immer die Letzte, die so etwas bemerkt.«

Adrienne schnaufte. »Da bist du nicht allein. Ich weiß auch nie, was im Augenblick in ist. Aber Wein und Malerei? Darauf stehe ich.«

»Ist das besser als dein Strickkreis?«, fragte Thea mit funkelnden Augen.

Adrienne bemühte sich, die anderen nicht merken zu lassen, wie sie ihrer Schwester den Mittelfinger zeigte, aber die ältere Frau hinter ihrer Gruppe streckte bereits ihre Nase in die Höhe. Wie dem auch sei. Sie und ihre Schwestern waren die Gruppe mit den Tattoos und Piercings – auch wenn zwei von ihnen Buchhalterinnen waren, die ihrem Job zuliebe ihre Tätowierungen verbargen – und gewöhnt an neugierige Blicke. Sie waren schließlich Montgomerys, die gern aus der Menge hervorstachen.

»Stricken?«, wollte Abby wissen. »Du strickst?«

Adrienne verzog das Gesicht. »Ich habe es versucht. Meine Cousine Meghan hat versucht, es mir und meiner angeheirateten Cousine Jillian beizubringen.

Jillian war besser. Ich habe mich nur so durchge-schummelt.«

Abby runzelte die Stirn, legte den Kopf schräg und blickte sie nachdenklich an.

»Was ist los?«, fragte Roxie.

»Sprichst du von Meghan und Jillian Montgomery? Die Luc und Wes geheiratet haben?«

Adrienne setzte sich gerade hin. »Ja, Meghan und Wes sind unsere Cousine und unser Cousin.«

»Wir haben ungefähr vierzig davon«, warf Roxie trocken ein.

»Woher kennst du sie?«, erkundigte Shea sich.

Ein trauriger Ausdruck erschien in den Augen der Frau, bevor sie ihn wegblinzelte. »Oh, ich kenne Murphy Gallagher, dessen Bruder mit Maya verheiratet ist. Unserer Cousine.«

»Die Welt ist klein«, stellte Roxie fest. Die anderen begannen, über all die Montgomerys und ihre verschie-denen Partner und Kinder zu reden. Adrienne konnte nie ganz mithalten, und ehrlich, ihre Gedanken galten auch mehr dem, was Abby gesagt hatte, als dem allge-meinen Gerede.

Sie hatte bereits von Abby gehört und nicht nur, weil sie zu der Gruppe gehörte, der Adrienne sich ange-schlossen hatte. Aber Adrienne glaubte nicht, dass Abby wollte, dass irgendjemand anderes ihre Geschichte zu Ohren bekam, zumindest noch nicht, also behielt sie sie für sich. Aber die andere Frau tat ihr leid. Sie versuchte aber trotz alledem, ihre fröhliche

Miene beizubehalten, damit Abby nicht merkte, dass Adrienne schon von den schrecklichen Erfahrungen gehört hatte, denen sie ausgesetzt gewesen war. Und Adrienne nahm an, dass sie noch nicht einmal die Hälfte kannte.

In diesem Augenblick betrat Kaylee das Studio und riss Adrienne aus ihren Gedanken. Endlich begann ihr Abend der *feucht-fröhlichen Pinsel*. Adrienne mochte Kaylee. Sie war ein paar Jahre älter als sie selbst und besaß eine Aura, die ausstrahlte, dass sie schon alles durchgemacht hatte, wenn nicht sogar zweimal, und nur stärker daraus hervorgegangen war. Außerdem war sie eine fantastische Künstlerin mit einer so großen Begabung, dass sich jemand, der nicht wusste, dass es wichtig war, anderen die Kunst nahezubringen, fragen mochte, warum sie ihre Zeit mit Abenden wie diesen verschwendete.

»Ich heiße euch alle herzlich willkommen«, begann Kaylee lächelnd. »Ich sehe, der alkoholische Teil des Abends ist bereits in Schwung gekommen.« Sie zwinkerte und jeder hielt sein hübsch dekoriertes Weinglas in die Höhe. Jedes Glas war mit einem von Hand gemalten Spruch und niedlichen Verzierungen entlang des Stiels geschmückt. Adrienne nahm an, dass Kaylee sich ein Wochenende lang einen Spaß daraus gemacht hatte, die Gläser alle zu bemalen, oder sie stammten von einer anderen Veranstaltung und die Teilnehmer hatten sie für andere Gäste zurückgelassen, damit diese auch ihren Spaß daran hatten. Beides war möglich, soweit sie die

Künstlerin kannte. »Und jetzt lasst uns mit dem Malerei-Teil beginnen.«

Und damit zog sie den Spitzenschal von dem Gemälde auf der Staffelei hinter ihr. Während die anderen keuchten, lachten oder zu kichern begannen, zog Adrienne die Augenbrauen zusammen und musterte das Bild eingehend. Dies war der Teil, den sie liebte, und sie wollte sicher sein, dass ihre Kopie so gut wurde wie irgend möglich. Obwohl dies kein Wettkampf war und niemand im Ernst die Werke miteinander vergleichen würde, so war Adrienne doch zu sehr Künstlerin, um es nicht vermasseln zu wollen. Dies war schließlich nicht Malen nach Zahlen und es gab stets Spielraum für Individualität, aber Adrienne blieb gern so nahe am Original wie möglich, um ihre Fähigkeiten zu pflegen.

Die Mondlandschaft vor ihr war schlicht und wunderschön. Im Vordergrund gab es ein paar Bäume und es würde Spaß machen, mit den Weiß-, Violett- und Blautönen zu spielen, während sie sie auftrug. Dies hier war so viel besser als der gescheiterte Strickversuch. Meghan und Jillian mochten vielleicht geglaubt haben, sie hätte den Dreh herausbekommen, aber sie hatte stundenlang üben müssen, ohne wirklich einen Erfolg zu erzielen, und sie hatte niemals ein Muster korrekt ausführen können. Malen hingegen war ihr Ding und im Kreis von Familie und Freunden machte es so viel Spaß.

Als sich alle an die Arbeit machten, steckten Shea und Abby, die am Ende ihrer Reihe saßen, die Köpfe zusammen und lachten über einen Witz, während Adrienne zwischen einer entschlossen wirkenden Thea und einer verzweifelten Roxie saß. Letztere biss sich auf die Zunge, während sie sich bemühte, die Konturen richtig zu zeichnen. Adrienne wusste, dass es ihre jüngere Schwester ärgerte, dass sie als Einzige von den vier Geschwistern Probleme mit jeglicher Art von Zeichnen und Malen hatte. Sicher, Adrienne und Shep waren Tätowierer und Thea war Konditorin, die Kuchen und Plätzchen verzieren konnte wie kein anderer. Jeder von ihnen besaß seine besondere Stärke, aber sie wusste, dass Roxie es hasste, nicht dieselbe Begabung zu besitzen wie ihre Geschwister.

»Warum ist das so hart?«, murmelte Roxie und hieb mit dem Pinsel auf die Leinwand ein.

»Was du nicht sagst«, erwiderten Thea und Adrienne gleichzeitig, woraufhin sie heftig zu kichern begannen.

Roxie verzog die Lippen, doch dann schloss sie sich ihnen an. »So reife Damen«, bemerkte sie und schnaufte. Dann legte sie den Pinsel ab, um noch einen Schluck Wein zu trinken. »Können wir nächstes Mal nicht einen Quizabend machen? Das würde mir gefallen.«

»Dann müssten wir Shep einladen«, wandte Adrienne ein. »Er wäre heute gern mit uns gekommen.«

»Da hast du recht«, mischte Thea sich vom anderen Ende der Reihe ein. »Er mag nicht nur Wein, sondern er malt auch gern. Und nur weil wir die Männer von unseren Frauenabenden verbannt haben, ist er jetzt nicht sauer auf uns.«

Adrienne konnte nicht anders, sie musste lächeln. Nachdem ihr großer Bruder zehn Jahre am anderen Ende des Landes gelebt hatte – okay, New Orleans war nicht so weit von Colorado entfernt, aber es fühlte sich so an –, gefiel es ihr, den nun erwachsenen Shep und seine Befindlichkeiten kennenzulernen.

»Ich würde ihn immer noch schlagen«, sagte Roxie. Sie reckte ihr Kinn in die Höhe, obwohl ihre Augen lachten. »In irgendetwas muss ich ihn doch schlagen.«

Adrienne tätschelte Roxies Schulter. »Nimm dir das nicht so zu Herzen.« Sie deutete auf das Gemälde ihrer Schwester. »Du willst immer alles perfekt machen und Dinge wie diese müssen nicht immer so perfekt sein.«

Roxie streckte die Zunge heraus, bevor sie noch einen Schluck Wein trank. Dann stellte sie das Glas wieder ab. »Das sagt Carter auch, aber manchmal denke ich, keiner von euch versteht mich.« Sie verdrehte die Augen und machte einen Scherz daraus, aber Adrienne fragte sich unweigerlich, ob hinter ihren Worten mehr steckte.

Adrienne drehte sich ein wenig herum, um mit Thea einen Blick auszutauschen, aber keiner von beiden sagte etwas als Antwort auf Roxies Feststellung. Was auch immer zwischen ihrer Schwester und Carter vorgehen mochte, ging sie nichts an – noch nicht. Sicher, soweit sie wusste, ging überhaupt nichts vor sich und sie interpretierte viel zu viel in Roxies Worte hinein. Immerhin erlebten sie Carter nur liebevoll und fürsorglich, wenn er mit dem Rest der Familie zusammen war. Und sogar am heutigen Abend war Roxie wunderbar zerzaust zu der Veranstaltung erschienen.

Sie trank einen Schluck aus ihrem Glas. Ihr war bewusst, dass ihre Gedanken sich nur im Kreis um die Ehe ihrer Schwester drehten, weil dies bequemer war, als sich zu fragen, was sie mit ihrer eigenen Beziehung anfangen sollte.

Sie malten noch etwas und unterhielten sich derweil über Nebensächliches, bis Shea sich erkundigte, wie es Molly, Theas bester Freundin, ging.

Thea setzte den Pinsel ab und runzelte die Stirn. »Ich weiß es nicht. Sie redet mit mir weder über Dimitri noch darüber, was sie angesichts der Scheidung empfindet. Sie verhält sich, als wäre alles gut und die ganze Geschichte nur eine neue Phase ihres Lebens.«

Adrienne verzog das Gesicht. »Das hört sich nicht gut an.«

»Nicht wahr?« Thea leerte ihr Weinglas, dann stellte sie es mit ein wenig mehr Schwung als nötig auf der mit einem Tischtuch bedeckten Bank ab. Glücklicherweise zerbrach das Glas nicht. »Sie macht einfach weiter wie bisher, doch ich weiß, dass Dimitri wahrhaft leidet, aber ich kann weder mit ihm darüber reden noch mich auf seine Seite schlagen, weil –«

»Weil sie deine beste Freundin ist und das bedeutet, dass du automatisch auf ihrer Seite bist.« Adrienne hatte ihr Glas Wein bereits geleert und trank ihr zweites Glas Wasser, da sie gern viel trank. So nahm sie auch jetzt ein paar Schlucke, bevor sie die Luft ausstieß. »Es tut mir leid, dass du zwischen den beiden stehst.«

Dies war ein weiterer Grund, warum sie sich aus Beziehungen heraushielt. Es war alles stets so kompliziert. Jede einzelne Frau am Tisch schleppte eine Tonne an Gepäck mit sich herum, wenn es um Liebe und Männer ging, und doch hatten Shea und wahrscheinlich Roxie es geschafft, ihr Glück zu finden. Thea war ständig Single, genau wie Adrienne. Und Abby? Nun, es lag nicht an ihr, deren Geschichte zu erzählen.

»Aber ich stehe nicht zwischen den beiden, nicht wirklich«, erwiderte Thea und ließ den Blick traurig auf ihrem Gemälde ruhen. »Das geht nicht. Dimitri war zwar auch mein Freund und jetzt ... nun, jetzt kann er das nicht mehr sein, nicht mehr auf dieselbe Art, und das ist bitter.« Sie stieß den Atem aus und widmete sich wieder dem Malen. Damit war das Thema erledigt. Adrienne war es recht so. Wusste sie doch ohnehin nicht, mit welchen Worten sie Thea hätte trösten können.

Sie erwähnte Mace absichtlich nicht und ihr war bewusst, dass sie ein Feigling war. Aber sie hatte auch keine Ahnung, was sie sagen würde oder konnte, falls jemand die Sprache darauf bringen würde. Ihre Schwestern sahen viel zu viel und Adrienne hatte das Gefühl, dass auch Shea und Abby diese Fähigkeit besaßen, Geheimnisse aufzuspüren. Sie alle hatten ihre eigenen Erfahrungen mit Beziehungen hinter sich und sie wusste, dies ermöglichte es ihnen, geradewegs in sie hineinzusehen. Vielleicht war sie aber einfach auch zu vorsichtig und nervös, weil sie nicht wusste, was die anderen sagen würden, wenn sie Mace' Namen erwähnen würde. Immerhin war er ihr bester Freund und daher konnte sie ihn beruhigt erwähnen, umso mehr als sie obendrein zusammen arbeiteten. Sie musste ja nicht der ganzen Welt erzählen, dass sie mit ihm schlief.

Oft.

Und eigentlich schliefen sie auch nicht.

Als sie an ihn dachte, spannten sich ihre Muskeln an und sie verfluchte ihre innere Hure. Und er war auch nicht besser als eine männliche Hure, da er sie ständig zum Kommen brachte, aber nein, sie würde jetzt nicht daran denken ... wie gern sie es auch getan hätte.

»Also, große Schwester«, begann Thea prompt in viel zu beiläufigem Tonfall, »du wirkst im Augenblick viel zu entspannt, als hättest du nicht gerade ein neues Geschäft eröffnet. Wer ist der Mann?«

»Ja, du wirkst gut geschmiert«, mischte Roxie sich mit einem Grinsen auf dem Gesicht ein.

»Natürlich musst du wieder einen Mechaniker-Witz machen«, meinte Adrienne trocken. Sie konnte ihre Schwestern nicht anlügen, jedenfalls nicht gut genug, daher erzählte sie ihnen einen Teil der Wahrheit – den einzigen, den sie verraten durfte. »Nun ja, ich habe mit einem Mann geschlafen. Aber ihr kennt ihn nicht. Ist auch nicht so wichtig. Ich musste nur etwas Spannung ablassen.«

Die anderen stellten ihr keine weiteren Fragen mehr, aber ihre Blicke sagten viel zu viel für ihren Geschmack.

Shea warf ihr einen Blick zu und Adrienne versteifte sich. Sobald sie die Worte ausgesprochen hatte, hatte sie gewusst, dass sie einen Fehler begangen hatte. Sie hatte sich viel zu verletzend ausgedrückt. Aber sie hatte einfach nicht gewusst, wie sie den anderen beibringen sollte, dass es nichts Ernstes war. Wenn Mace das jemals herausfände ...

Sie brach den Gedanken ab und widmete sich wieder ihrem Gemälde. Die anderen folgten ihrem Beispiel und sie hoffte, dass keiner von ihnen bemerkte, dass ihre Hand zitterte. Nur ein wenig.

»UND WIE LÄUFT DAS STUDIO?«, ERKUNDIGTE Thea sich ein wenig später, als sie alle ins Freie traten und zu ihren Fahrzeugen gingen. »Ich weiß, dass Shep sich stresst, weil irgendjemand versucht, MIT zu schaden. Und was glaubst du?«

Adrienne wickelte sich den Schal fester um den Hals und lehnte sich gegen Sheas Wagen. Die anderen hatten den Parkplatz bereits verlassen, daher hatten die beiden Gelegenheit, unter vier Augen miteinander zu reden. Weder sie noch Shea schienen das geplant zu haben, aber es war in Ordnung für Adrienne.

»In finanzieller Hinsicht geht es dem Laden sehr gut, wie du weißt. Jeden Tag werben wir neue Kunden und haben bereits Wartelisten. Aber was die Frage anbelangt, wer uns zu schaden versucht? Außer den einen

Verdacht betreffs des geheimnisvollen Mannes am Anfang habe ich keine Ahnung. Wen wir auch in der Umgebung befragen, niemand weiß, wer es gewesen sein könnte. Das erscheint mir merkwürdig. Uns allen.«

Shea nickte. »Ich weiß. Und ich bin nicht von hier, also habe ich keine Ahnung, wer in diesem Viertel Beziehungen haben könnte und deinen Laden aus dem Weg haben will. Ich hoffe nur, dass ihr alle nicht gefährdet seid, weißt du? Ich möchte nicht, dass jemand verletzt wird.«

Adrienne drückte Sheas Arm. »Wir sind vorsichtig. So vorsichtig, dass die Jungs alle zu Höhlenmenschen geworden sind und uns abends nicht allein zum Auto gehen lassen. Nicht einmal Thea und Abby, wenn sie es schaffen.«

»Es ist hilfreich, dass Mace und du miteinander schlaft. So kann er besser auf dich aufpassen.«

»Nun ja, aber ich glaube nicht, dass das etwas miteinander zu tun hat.« Adrienne schloss schnell den Mund. Ihre Wangen wurden heiß, da Shea eine Miene zeigte wie eine Katze vorm Sahneschälchen.

Und nun hüpfte sie von einem Fuß auf den anderen und wies mit dem Finger auf Adrienne. »Ich wusste es. Ich wusste es.« Sie tanzte herum und wackelte mit den Hüften. Adrienne spürte, wie ihr alles Blut aus dem Gesicht wich.

»Wie ... Du hast mich ausgetrickst!« Sie blickte Shea böse an, aber diese hörte nicht auf mit ihrem verrückten Hüftwackel-Tanz.

»Ja, das stimmt. Und ich bin stolz darauf. Ich lerne jeden Tag mehr, eine Montgomery zu sein.« Sie hörte auf zu tanzen – Gott sei Dank – und ergriff Adriennes Arme. »Erstens freue ich mich für dich. Und zweitens habe ich nur geraten, weil ich beim letzten Mal, als ich euch im Studio zusammen gesehen habe, gewisse Schwingungen zwischen euch aufgefangen habe. Drittens, Shep hat keine Ahnung. Viertens, ich werde es ihm auch nicht erzählen, weil es doch einen gewissen Ehrenkodex gibt. Aber es gibt eine Ausnahme: Falls er mich aus irgendeinem Grund direkt fragt, werde ich es ihm erzählen müssen, weil ich meinen Mann nicht anlüge.«

Adrienne stieß schaudernd die Luft aus. »Aber ... aber sorge einfach dafür, dass er keinen Grund hat, dich zu fragen.«

Shea trat an sie heran und umarmte sie fest. »Ich werde mein Bestes tun. Ich freue mich für dich.« Den letzten Satz hatte sie geflüstert und aus irgendeinem Grund füllten Adriennes Augen sich mit Tränen.

»Es ist ... es ist nichts. Es muss *nichts* sein. Okay?«

Shea nickte, dann runzelte sie die Stirn. »Ich verstehe. Aber Adrienne? Nenn Mace nicht noch einmal unwichtig. Ich denke, du tust euch beiden keinen Gefallen damit.«

Adrienne antwortete nicht, sondern beobachtete schweigend, wie die andere Frau in ihren Wagen stieg und davonfuhr. Adrienne blieb zurück und fühlte sich wie eine verlogene Idiotin, die noch nicht einmal eine gute Notlüge hatte finden können, die niemanden verletzte.

Nachdem sie in ihren Wagen gestiegen war, summte ihr Handy. Sie blickte auf den Bildschirm.

Mace: *Bist du gut nach Hause gekommen?*

Sie weigerte sich, angesichts seiner Fürsorge Wärme zu empfinden.

Adrienne: *Ich bin immer noch auf dem Parkplatz. Shea und ich haben uns noch ein wenig unterhalten.*

Sie ließ den Wagen an, dann rief sie ihn über Bluetooth an. Ihr Fahrzeug mochte zwar alt sein, aber diesen Service bot es zumindest, da die entsprechende Technik nicht allzu neu war.

»Entschuldige, dass ich dich anrufe. Ich wollte endlich losfahren, aber nicht unterwegs eine SMS eintippen.«

Als das tiefe Grummeln seiner Stimme durch die Lautsprecher drang, befürchtete sie, einen Fehler gemacht zu haben, ihn jetzt anzurufen. Soviel zur Ablenkung.

»Ich bin froh, dass du das nicht tust während des Fahrens. Hattest du Spaß mit den Mädels?«

Sie nickte, aber dann erinnerte sie sich daran, dass er sie nicht sehen konnte. Zur Hölle, er löste verrückte Reaktionen bei ihr aus, die nichts mit dem einen Glas Wein zu tun hatten, das sie vor mehr als einer Stunde geleert hatte.

»Es war bombig. Und außerdem habe ich jetzt ein hübsches Gemälde, das ich in mein Haus hängen kann.«

Sein Lachen fuhr ihr direkt zwischen die Schenkel. Verdammt! »Eines Tages wirst du hundert solcher Bilder haben und mir am Ende ein paar überlassen.«

»Du klingst, als möchtest du sie nicht haben«, neckte sie ihn. »Und für diese Unhöflichkeit werde ich dir dies hier schenken.«

»Ich fühle mich geehrt«, erwiderte er trocken, aber sie wusste, er scherzte.

»Äh ... ich muss dir etwas sagen, was mir sehr unangenehm ist.« Sie bog in ihre Straße ein und war froh, dass es keine lange Fahrt war, da sie nicht am Steuer sitzen wollte, wenn sie ihm dies erzählte. »Warte mal eine Minute und lass mich den Motor abstellen. Dann kann ich mein Handy benutzen, ohne dass die Nachbarschaft mithört.«

Das war ihr nämlich einmal passiert, weil sie vergessen hatte, dass die Lautsprecher selbst noch durch geschlossene Fenster hindurch zu hören waren. Und das hatte sie nie verwunden.

»Okay«, sagte er, wobei er das Wort in die Länge zog. »Soll ich kommen und dich holen? Geht es dir gut?«

Sie schluckte heftig und die Tränen stachen ihr wieder in die Augen, als sie ihr Telefon ans Ohr presste. »Es geht mir gut, wirklich. Aber ja, nun, die Mädels haben bemerkt, dass ich, äh, sagen wir entspannt aussah.«

Mace sagte nichts. Sein Schweigen lastete schwer auf ihr.

»Also mit anderen Worten, sie wussten, dass ich mit jemandem schlafe.«

»Und was hast du gesagt?«, fragte er. Aber sie konnte seinen Tonfall nicht deuten. Normalerweise musste sie seine Augen sehen, um seine Gefühle zu erraten. Am Telefon hatte sie das noch niemals gut gekonnt.

»Ich habe zugegeben, dass ich mit jemandem schlafe. Dann habe ich gelogen, Idiotin, die ich bin. Ich habe gesagt, es wäre jemand, den sie nicht kennen, und er wäre nicht wichtig.« Sie sprach schnell, sodass ihm keine Zeit blieb, alles zu verarbeiten. »Sobald ich es ausgesprochen hatte, wusste ich, es war das Schlimmste, was ich sagen konnte, weil du alles andere als unwichtig für mich bist. Ich war dumm und es tut mir sehr leid, dass ich dich so bezeichnet habe. Ich weiß, dass wir uns auf einem schmalen Grat bewegen, während wir herausfinden, was wir miteinander haben, und ich hätte dich nicht als unwichtig bezeichnen dürfen, als wärst du nichts. Es tut mir verdammt leid. Oh, und übrigens: Shea weiß von uns. Sie hat es erraten und mir vorgeworfen, dass ich dich als unwichtig bezeichnet habe. Aber sie will es Shep nicht verraten.« Sie hörte auf zu reden und atmete stoßweise und keuchend, als ihr bewusst wurde, dass sie alles herausgeplappert hatte, ohne Luft zu holen.

»Babe?«

»Ja?«

»Das war eine Menge.«

»Ich weiß.«

»Erstens, ich verstehe, warum du das gesagt hast. Zur

Hölle, ich hätte wahrscheinlich das Gleiche gesagt und später vor dir herumgestammelt. Ich weiß, dass ich wichtig für dich bin, und ich hoffe, du weißt, dass ich dich andersherum als ebenso wichtig für mich betrachte. Und was Shea anbelangt? Ich dachte mir bereits, dass jemand es eines Tages herausfinden würde, da wir beide uns ständig mit den Augen ausziehen. Versteh mich nicht falsch. Ich liebe es, mir vorzustellen, wie du dich über die verschiedenen Möbelstücke im Laden beugst, aber wenn wir dies für uns behalten wollen, dann müssen wir uns vielleicht zurückhalten und es nicht tun. Und betreffs der Möglichkeit, dass Shea es Shep erzählt?« Er machte eine Pause. »Nun, wenn wir bereit sind, den Leuten zu sagen, was wir tun – sobald wir es selbst wissen –, werde ich mich allem stellen, was er zu sagen hat.«

Sie legte den Kopf aufs Lenkrad und war sich bewusst, dass sie bald ins Haus gehen musste. »Dies wird inzwischen ziemlich kompliziert.«

Er war so lange still, dass sie bereits befürchtete, ihn verloren zu haben.

»Ja, das stimmt, aber wir waren bereits kompliziert.«

»Auch wahr. Ich ... ich will dich aber nicht als Freund verlieren, Mace.«

»Du wirst mich niemals verlieren, Addi. Auch wenn wir wieder zu einer reinen Freundschaft zurückkehren, wirst du mich niemals verlieren.«

Bei dieser merkwürdigen Feststellung setzte sie sich wieder gerade hin und fragte sich, was sie da tat.

»Gute Nacht, Mace.«

Er seufzte. »Nacht Addi, mein Mädchen.«

Dann herrschte wieder Stille, denn die Verbindung brach ab. Sie starrte auf ihr Telefon und fragte sich, ob der Anfang bereits seinem Ende nahe war ... und ob ihr *bester Freund der Welt* sie gerade angelogen hatte.

Kapitel Acht

Mace musste lächeln, als Daisy sich in die
Arme seiner Eltern warf und dabei ohne Punkt und
Komma drauflos plapperte, wie ihr Tag ausgesehen hatte.
Gemäß der üblichen Auffassung, Kinder wären wider-
standsfähig, hatte Daisy seit ihrem ersten Tag in seinem
Haus bis heute erstaunlich gut Fuß gefasst. Sie telefo-
nierte zwar immer noch täglich mit ihrer Mom und sah
sie dreimal pro Woche auf Skype, aber sie hatte sich viel
leichter in Mace' Leben und seinen Alltag eingefügt, als
er es erwartet hatte.

»Hey, großer Bruder.«

Mace drehte sich herum und sah, dass Sienna auf
dem Bürgersteig auf ihn zukam, gefolgt von seiner
anderen Schwester Violet. Beide Mädchen lebten und
arbeiteten in Denver und schafften es nicht so oft wie
früher, nach Colorado Springs zu fahren. Vor den
monatlichen Familienabendessen konnte sich jedoch

niemand drücken. Und jetzt, da er Daisy bei sich hatte, machte es Mace nicht allzu viel aus.

»Hey, du.« Er schlang ihr einen Arm um die Schultern und den anderen um Violets, dann drückte er sie beide. »Ich habe euch vermisst, ihr Gören.«

Violet kniff ihn in die Seite und er zuckte zusammen. Sie besaß verdammt kräftige Finger und konnte auf jahrelange Übung zurückgreifen, wenn es darum ging, ihn so zu kneifen, dass ihre Eltern es nicht bemerkten. So benahmen Geschwister sich nun einmal. Und da er sie nun einmal in den Armen hielt, nahm er sie beide in den Schwitzkasten, was ihm erzürnte Schreie von seinen Schwestern und einen strengen Blick von seiner Mutter bescherte.

Schnell ließ er die beiden los, aber nicht, ohne sie zuvor noch einmal zu drücken. Sie waren zwar alle schon lange erwachsen, aber es gab doch nichts Schöneres, als mit Sienna und Violet herumzuspielen, wie sie es als Kinder getan hatten. Er war keinesfalls der böse große Bruder, der seine Schwestern ärgerte, sondern revanchierte sich mit ebensolcher Härte, wie sie ihn attackierten, und das funktionierte gut zwischen ihnen. Er hatte es gehasst, als sie nach Denver aufs College gegangen waren, denn obwohl die Stadt nur etwas mehr als eine Stunde entfernt war, so hatte es sich doch weiter angefühlt, da er sie nicht mehr hatte täglich sehen können wie früher.

Er folgte den Frauen ins Haus und beobachtete, wie seine Eltern seine Tochter vergötterten. Sie waren nicht glücklich gewesen, als sie erkannt hatten, was seine Ex getan hatte, aber die Tatsache, dass sie nun ungehinderten Zugang zu ihrer Enkeltochter hatten, hatte ihren Ärger wettgemacht.

»Du wirst so schnell groß«, sagte Jeff, sein Vater, mit einem tiefen Lachen zu Daisy. »Gerade passt du noch in meine Handfläche und im nächsten Augenblick bist du schon so groß wie ich.«

Daisy hüpfte von einem Fuß auf den anderen und lachte bis über beide Ohren. »So groß bin ich noch nicht, Grandpa. Ich muss immer noch viel gewachst.«

»Wachsen«, verbesserte Mace und verdrehte die Augen, während er seinen Schwestern einen Blick zuwarf, die ihr Lachen kaum unterdrücken konnten. Sie hatten ihn noch nicht oft in seiner Rolle als Vater erlebt. Bis vor Kurzem hatte er nicht so viel Zeit mit Daisy verbringen können, wie er es sich gewünscht hätte, daher musste seine Familie sich erst an diese für ihn selbst nicht mehr so neue Seite gewöhnen. Inzwischen gewöhnte er sich an seine Rolle in Daisys Leben.

»Wachsen«, wiederholte Daisy und strahlte Mace an, bevor sie sich wieder ihrem Großvater zuwandte. »Aber ich bin trotzdem schon ein großes Mädchen. Sooooo groß.«

Mace war froh, dass seine Tochter in diesem Moment nicht in seine Richtung schaute, denn er war sich sicher, dass er blass geworden war, während er daran dachte, wie viele Jahre bereits in ihrem Leben vergangen waren. Sie hatte zwar noch Jahre vor sich, bis sie den Meilenstein erreicht haben würde, ein Teenager und später eine Jugendliche zu sein, aber die Tatsache, dass er sich nun wahrscheinlich allein mit alledem auseinandersetzen musste, war mehr als überwältigend. Er hatte keine Ahnung, was Jeanienes nächster Schritt sein würde, was ihren Job anbelangte, oder was geschehen würde, wenn sie in ein paar Monaten wieder ins Land zurückkehren würde. Aber eins wusste er, gleichgültig, was auch geschehen mochte, er würde Daisy nicht kampflos gehen lassen. Beim ersten Mal war er unfähig gewesen, das Richtige zu tun, weil er so daneben gewesen war und Jeaniene alle Trümpfe in der Hand gehalten hatte. Aber nach dem, was sie sich diesmal geleistet hatte, wäre einiges anders, wie ihm sein Anwalt versichert hatte. Er würde sich mit allem abfinden müssen, falls alles um ihn herum zusammenbräche, aber niemals würde er zulassen, dass seine Beziehung zu Daisy zu dem zurückkehrte, was sie zuvor gewesen war.

Dani, seine Mom, kam herbei und schloss jeden von ihnen fest in die Arme. »Da sind ja meine Babys.« Er beugte sich zu ihr hinunter, damit sie ihn auf die Wange küssen konnte. Sie tätschelte ihm die Wange. »Dein Bart wird langsam zu lang. Ich habe immer Angst, er könnte mich kratzen, wenn ich dich auf die Wange küsse, aber er ist so weich.« Sie tätschelte ihn noch einmal, bevor sie seine Schwestern anblickte, die die Augen verdrehten.

»Er hat einen Bartpflege-Plan«, bemerkte Sienna grinsend. »Alle Lumbersexuellen haben das.«

»Was ist ein Lumbersex?«, fragte Daisy und Mace

starrte seine Schwester böse an, die immerhin den Anstand hatte zusammenzuzucken.

Mace hob Daisy hoch und setzte sie sich auf die Hüfte. Sie war inzwischen beinahe zu groß dafür, aber er wollte es solange wie möglich genießen, wenn sie von ihm so gehalten werden wollte.

»Es heißt Lumbersexueller und wurde von Leuten erfunden, die nicht verstehen, warum Männer Bärte tragen wollen, wie die Lumbers, die Holzfäller.« Er warf seiner anderen Schwester einen vielsagenden Blick zu, als diese etwas sagen wollte, wahrscheinlich um seine Erklärung mit Fakten zu untermalen, aber er war nicht in der Stimmung dazu.

Daisy legte ihm ihre winzige Hand aufs Gesicht und warf ihm einen ernsten Blick zu, der ihm ins Herz schnitt. »Ich liebe deinen Bart, Daddy. Und wenn du kein Lumbersex sein willst, dann bist du eben keiner.«

Diesmal konnten weder Sienna noch Violet ihr Gelächter unterdrücken und auch seine Eltern stimmten mit ein. Er blickte sie mit gespielt bösem Gesicht an, dann blies er Daisy spielerisch seinen Atem in den Nacken. Das kleine Mädchen schrie schrill auf, bevor es sich aus seinen Armen wand.

»Benutze dieses Wort nicht wieder, okay, Daisy-Maus? Das ist ein Wort für Erwachsene.«

»Okay. Wie Arschloch und verdammt, richtig? Mommy hat gesagt, das wären schlechte Wörter, aber Tante Adrienne sagte, dass ich sie benutzen darf, sobald ich ein großes Mädchen bin und wenn sie mir dabei helfen, mich durchzusetzen. Oder so.«

»Daisy«, ermahnte er sie scharf. Sie blickte schuldbewusst auf ihre Füße hinunter.

»Tschuldigung.«

Er würde seine beste Freundin erwürgen müssen. Und beißen. Ja, beißen wäre gut. Und dann schob er diese Gedanken schnell beiseite, denn er wollte vor seiner ganzen Familie keinen Ständer bekommen.

»Wenn du so groß bist wie ich, darfst du diese Wörter benutzen. Was hältst du davon?«

Sie nickte. Mace versuchte, die neugierigen Blicke seiner Schwestern zu übersehen, die sie ihm zuwarfen, als Adrienne erwähnt wurde. Keine der beiden hatte je geglaubt, dass er und Addi nie zusammen geschlafen hatten, und da er im Augenblick so halb mit ihr zusammen war, wusste er, dass er sich auf einem schmalen Grat bewegte, wenn er das Geheimnis wahren wollte.

»Und jetzt, da wir uns um diese Angelegenheit gekümmert haben«, mischte seine Mutter sich ein, »zieht euch endlich die Mäntel aus und dann gehen wir ins Wohnzimmer. Ich habe die Pilze zubereitet, die ihr alle so gern mögt.«

Daisy wippte auf ihren Fußballen vor und zurück und Mace beugte sich zu ihr hinunter, um ihr die kleine Mütze, den Schal und die Jacke auszuziehen. Sie hatte schon viel zu lange mit ihren Wintersachen im Flur gestanden und er wollte nicht, dass sie sich überhitzte.

Über Nacht war eine Kaltfront herangerollt und er hatte das Gefühl, der Winter würde lang werden. Seine Schwestern zogen sich die Jacken aus und er folgte ihrem Beispiel und hing sie dann an den Haken, der schon dort gewesen war, als er noch ein kleines Kind gewesen war und seine Mutter ihm noch die Jacke ausgezogen und für ihn aufgehängt hatte. Es gefiel ihm sehr, dass dieses Haus und seine Eltern eine Konstante in seinem Leben waren, gleichgültig, wie sein Leben sich verändern mochte. Der Gedanke, dass seine Eltern langsam in die Jahre kamen, da sie ein bisschen gewartet hatten, bevor sie ihn bekommen hatten, und danach sogar noch länger, bis Sienna und Violet geboren wurden, schwirrte stets in seinem Hinterkopf herum, aber er bemühte sich, ihn zu ignorieren. Er wollte viel Zeit mit seiner Familie verbringen und würde ewig dankbar dafür sein, dass sie nun so viel von Daisy hatten.

Und wenn Sienna und Violet eine Familie gründen und Kinder haben würden, dann würden seine Eltern ihm vielleicht nicht mehr so viel in den Ohren liegen, dass er ein alleinerziehender Vater war. Sicher, der Gedanke, eine seiner perfekten Schwestern könnte einen Mann finden, erweckte in ihm als großem Bruder alle Alarmglocken zum Leben, aber er wusste, dass das lächerlich war. Er wollte, dass sie glücklich waren, aber falls nötig würde er definitiv den übertrieben beschützerischen Bruder spielen. Dafür war er schließlich da.

»Pilze mit Käse?«, fragte Sienna. »Das esse ich am liebsten.«

Sie streckte die Hand aus, Daisy ergriff sie und dann folgten sie ausgelassen seinen Eltern ins Wohnzimmer.

Mace schüttelte nur den Kopf; ein Lächeln umspielte seine Lippen.

»Ich dachte immer, Sienna wäre so kühl und beherrscht«, meinte Violet, ohne ihr Lachen zu verbergen. »Aber sieh nur, wie sie in diesen Schuhen herumhüpft.«

Mace hatte die Schuhe mit den Bleistiftabsätzen bemerkt und konnte nicht umhin, jetzt auf Violets ähnliches Schuhwerk hinabzublicken. »Kannst du in deinen nicht hüpfen?«

Sie stieß ihm den Ellbogen in den Magen. Er zuckte zusammen.

»Du wirst mit fortschreitendem Alter ziemlich gewalttätig, meine Liebe.«

»Du bist ein Idiot und manchmal weiß ich wirklich nicht, warum ich dich liebe. Und was das Hüpfen anbelangt, ich weiß meine Knöchel zu schätzen und deshalb versuche ich es erst überhaupt nicht. Sienna ist eine tapferere Seele als ich. Obwohl, wirklich, ich würde alles dafür geben, dich so wie sie in hochhackigen Schuhen herumhüpfen zu sehen.«

»Ich glaube nicht, dass es für meine Größe Schuhe mit hohen Absätzen gibt.«

»Transvestiten finden welche, also kannst du es sicher auch. Und jetzt lass uns hineingehen, denn sonst bekommen wir vielleicht keine Pilze mehr, weil Daisy sie alle bei sich auf dem Teller hortet. Das kleine Mädchen ist eine Rebellin.«

Er lächelte breit. »Ja, das ist sie. Sie erinnert mich tatsächlich an dich als Kind.«

Violet lächelte geschmeichelt. »Das ist das Beste, was du sagen konntest. Aber das bedeutet auch, dass sie als Teenager den totalen Terror veranstalten wird. Ich kann kaum erwarten, das zu erleben.«

»Du bist gemein. Und weil du das gesagt hast, wird dein eigenes Kind später einmal dreimal so schlimm wie du werden.«

Sie schauderte. »Okay, das war grausam.«

Er küsste sie auf den Scheitel, dann nahm er neben Sienna Platz, da Daisy vor ihr kniete und die Pilze mit dem Ausdruck höchster Konzentration musterte. Sie tippte sich mit einem Finger an die Lippe, was sie in letzter Zeit öfter tat – eine Gewohnheit, die sie von Adrienne übernommen zu haben schien –, bevor sie auf einen deutete.

»Ich glaube, dieser ist für Tante Sienna. Und dieser ist für Tante Violet. Und dieser ist für Grandpa. Dann dieser ... für Grandma. Und einer für mich.«

Er beugte sich zu ihr hinunter und strich ihr das Haar aus dem Gesicht. »Und was ist mit mir? Bekomme ich keinen?«

Sie blickte über die Schulter und lächelte. »Aber natürlich, Daddy.« Sie wandte sich wieder um und deutete auf den größten Pilz auf dem Teller. »Dieser ist für dich. Tante Adrienne sagt, du wächst noch und deshalb isst du immer den Rest von ihrem Teller und sie muss dann nicht alles aufessen.«

Wieder einmal ignorierte er das Gelächter und die wissenden Blicke seiner Familie, während jeder sich den Pilz nahm, den Daisy ihm zugewiesen hatte.

»Danke, Daisy-Maus, der ist perfekt.« Er nahm einen Bissen von seinem und dankte den Göttern für die Kochkünste seiner Mutter. Wenn er nicht so oft trainiert hätte, hätten diese monatlichen Essen ihm gut und gerne zwanzig Pfund mehr auf die Rippen gezaubert.

Sie verzehrten ihre Pilze, dann gingen sie für den Rest der Mahlzeit ins Esszimmer hinüber. Sie unterhielten sich über Themen wie Arbeit, Persönliches, Politik und ... alles mögliche andere. Sie waren alle recht offen bezüglich ihres Lebens – zumindest glaubte er das, aber da er selbst eine ziemlich große Sache geheim hielt, hatte er keine Ahnung, ob die anderen nicht auch etwas verbargen. Dieser Gedanke ließ ihn innehalten und auf seine Schwestern achten, die sehr genau auswählten, was sie ihm über ihr Privatleben erzählten. Wie auch immer, wenn er sie aus seiner Geschichte heraushalten wollte, dann musste er andersherum auch seine Nase aus ihren Angelegenheiten halten – vorerst.

Als Daisy auf der Couch für ein Nachmittagsnickerchen einschlief, deckte er sie mit dem von seiner Mutter gestrickten Überwurf zu und gab ihr einen Kuss auf den Scheitel, bevor er wieder ins Wohnzimmer zurückkehrte, wo seine Familie sogleich beginnen würde, ihn zu löchern, wie er annahm.

Und damit lag er nicht falsch.

»Was wirst du tun, Mace?«, wollte seine Mutter wissen und wrang die Hände. »Wir können sie nicht wieder dieser Frau zurückgeben.«

Er seufzte, denn er hasste es, wenn sie Jeaniene *diese Frau* nannte.

»Ich weiß es nicht, Mom. Im Augenblick habe ich das Sorgerecht, da sie außer Landes ist. Auf jeden Fall wird mein Anwalt dafür sorgen, dass wir unterschriebene Papiere bekommen, die dies festlegen. Wir wollen sichergehen, dass wir die Basis schaffen, damit ich das volle oder das geteilte Sorgerecht bekomme, sobald sie zurückkehrt.«

»So viel würdest du ihr zugestehen? Fünfzig Prozent Mitspracherecht?«, fragte seine Mutter mit schmalen Augen.

»Sie ist Daisys Mutter«, wandte Sienna ein. »Ja, sie hat schreckliche Entscheidungen getroffen, was Mace' Beziehung zu Daisy anbelangt, aber am Ende ist sie doch die Mutter des kleinen Mädchens und nicht nur das Gericht wird etwas dazu sagen, sondern auch Daisy selbst.«

Mace nickte; seine Gedanken stimmten mit Siennas überein, aber bevor er etwas sagen konnte, ergriff Violet das Wort.

»Und? Sie hat Daisy ohne Vorankündigung hiergelassen. Sie verdient keine einzige Sekunde mehr mit diesem Kind.«

Mace hielt eine Hand in die Höhe, weil ihre Stimmen

lauter wurden und er seine Tochter nicht aufwecken wollte. »Erstens wissen wir nicht, was in den nächsten Monaten und Jahren geschehen wird. Wir werden das durchstehen. Aber am Ende geht es nicht darum, was mir gefällt, sondern was meine Tochter braucht. Und obwohl die Art, wie alles abgelaufen ist, bestimmt nicht in ihrem Interesse war, braucht Daisy doch ihre Mutter. Aber ich werde ihr nicht das volle Sorgerecht überlassen. Was auch geschehen mag. Ich werde kämpfen, um dafür zu sorgen, dass ich mehr Zeit mit ihr verbringen kann als früher.«

Die anderen begannen, durcheinander zu reden, um ihre Meinungen kundzutun, doch Mace lehnte sich zurück und tauschte einen Blick mit seinem Vater. Sein Dad hatte die ganze Zeit geschwiegen, weil die beiden bereits unter vier Augen in zahllosen Gesprächen überlegt hatten, welche rechtlichen Schritte unternommen werden mussten. Denn gleichgültig, wie sehr alle sich auch wünschten, dass Daisy ganz bei Mace bleiben konnte, so wurde die Entscheidung am Ende doch vom Gericht getroffen. Und Jeanienes Familie besaß Geld und Freunde in hohen Positionen. Mace würde kämpfen, aber letztendlich würde er abwarten müssen, ob er eine Chance bekäme, weiterhin der Vater zu sein, der er gern sein wollte und musste.

Als sie ihr Dessert verspeist hatten und Mace die inzwischen hellwache Daisy in ihrem Kindersitz angeschnallt hatte, war er emotional und physisch erschöpft. Er hatte am Morgen eine halbe Schicht gearbeitet und

Daisy mit ins Studio genommen, wo sie dann von Shea abgeholt worden war, die mit ihr einen Mädchen-Morgen verbringen wollte. Ihm war bewusst, dass er das nicht oft machen konnte. Irgendwie musste er nicht nur einen Vollzeit-Babysitter oder eine Tagesmutter finden, sondern auch das Geld dafür aufbringen. Bis jetzt hatte er Unterhalt gezahlt und jetzt wartete er auf die Papiere, die ihm sagen würden, was nun seitens seiner Ex geschehen würde. Alles war so verkehrt, dass es nicht mehr lustig war, aber nichtsdestotrotz musste er dafür sorgen, dass Daisy alles normal erschien. Das würde stets das Wichtigste sein.

»Können wir einen Film anschauen?«

Er blickte zu Daisy hinunter und nickte. »Ja, wir haben noch Zeit, bevor du ins Bett musst. Warum ziehen wir uns nicht beide vorher unsere Schlafanzüge an und putzen uns die Zähne? Dann müssen wir nicht mehr aufstehen, falls wir einschlafen.«

»Okay!« Sie hüpfte in ihr Zimmer, um sich umzu-ziehen. Er schüttelte den Kopf. Er gab ihr dreißig Minuten – höchstens –, bis sie bei dem Film einschlafen würde. Sie mochte zwar ein Nickerchen gemacht haben und gerade hyperwach sein, aber das würde nicht lange vorhalten. Sie hatte üblicherweise kurz vor dem Zubett-gehen einen ungewöhnlich hohen Energieschub, nach dem sie dann ziemlich schnell einschlief. Er hatte eine Weile gebraucht, bis er sich daran gewöhnt hatte.

Er ging in sein Zimmer, um sich auch Schlafanzug-hose und Oberteil anzuziehen, obwohl er normalerweise nicht darin schlief. Aber er wollte nicht in Gegenwart seiner Tochter nur mit Boxershorts bekleidet herumlaufen. Seine Routine hatte sich radikal geändert und er nahm möglichst alles so, wie es gerade kam.

Die beiden trafen zur selben Zeit im Wohnzimmer ein. Er packte sie an seine Seite unter eine Decke, die sie sich teilten. Dann gingen sie die Filme durch, die sie beide interessierten. Mit anderen Worten: Er würde wieder einmal den Disney-Film mit der langhaarigen Prinzessin im Turm aussitzen müssen. Aber da ihm der Held namens Flynn gefiel und Adrienne ihn auch mochte, störte es ihn weniger, diesen zu sehen, als manch anderen.

Apropos Adrienne, er hatte eine SMS von ihr verpasst, in der sie ihn gefragt hatte, wie es ihm ging, daher schickte er ihr schnell eine Antwort, als der Film begann.

Mace: *Entschuldige, ich habe deine SMS verpasst. Wir sind gerade von meinen Eltern zurückgekehrt. Wir sitzen hier und schauen uns deinen Lieblingsfilm an.*

Addi: *Gib Flynn einen Kuss von mir.*

»Ist das Tante Adrienne?«, fragte Daisy, die auf sein Telefon blickte.

Er nickte. »Ja. Sie will, dass wir Flynn für sie küssen.«

Daisy machte kleine Kuss-Geräusche, bevor sie sein Handy tätschelte. »Kann sie herkommen und mit uns den Film anschauen?«

Er schüttelte den Kopf. »Nicht heute Abend, Süße. Wir haben bereits unsere Schlafanzüge an.«

Sie nickte. »Okay. Nächstes Mal? Ich liebe Tante Adrienne. Sie ist meine Lieblingstante.«

Er sog die Luft ein. Er befürchtete, sein kleines Mädchen könnte sich so sehr in seine beste Freundin verlieben wie er. Aber Letzteres würde er niemals laut zugeben. Also konnte er nichts anderes tun, als Daisy einen Kuss auf den Scheitel zu geben.

»Vielleicht.«

»Okay, sag ihr, ich liebe sie und gute Nacht, ’kay?« Dann kuschelte sie sich an ihn, ohne sich bewusst zu sein, dass sie ihm das Herz brach.

Alles war schon vorher viel zu kompliziert gewesen, aber Adrienne hatte seit Daisys Geburt zu deren Leben gehört – eine Tatsache, die Jeaniene nicht entgangen war, und sie hatte das nicht sehr geschätzt. Während er sich also jetzt noch viel vorsichtiger würde verhalten müssen, so konnte er Addi nicht aus Daisys Leben reißen, gleichgültig, wie sehr es auch als bessere Lösung erscheinen mochte, um Herzschmerz zu vermeiden.

Mace: *Daisy sagt, sie möchte, dass du dir beim nächsten Mal den Film mit uns zusammen anschaust. Und du wärst ihre Lieblingstante.*

Mace: *Und sie liebt dich.*

Addi: *Sag ihr, ich liebe sie auch und beim nächsten Mal bin ich dabei, wenn ihr Flynn Rider dabei zuseht, wie er in seinen heißen Sachen herumstolziert.*

Mace: *Du bist schräg.*

Addi: *Und das liebst du doch am meisten an mir. Und jetzt kuschle mit deinem Mädchen. Wir sehen uns morgen.*

Mace schickte keine Antwort, weil er das, was ihm als Erstes in den Sinn kam, unmöglich zu ihr sagen konnte, nicht solange so vieles ungesagt war.

Er durfte sich nicht in Addi verlieben, gleichgültig, wie leicht das geschehen konnte. Denn das Verlieben selbst war der einfache Teil. Aber die Landung danach und wenn man damit leben musste, das zerriss einen am Ende in Stücke.

Kapitel Neun

Gleichgültig, wie viele Yoga-Dehnübungen Adrienne machte, sie hatte das Gefühl, ihr Rücken würde noch wochenlang schmerzen, nachdem sie dieses ganz bestimmte Tattoo fertiggestellt hatte. Ihre Handgelenke schmerzten und ihre Schläfen pochten, was nicht aufhören zu wollen schien. Alles zusammengenommen mochte es so klingen, als bekäme sie eine Erkältung, aber sie wusste, das war es nicht. Sie wurde nicht krank, aber sie musste endlich beginnen, nachts durchzuschlafen.

Sicher, das wäre wahrscheinlich leichter gewesen, wenn sie nicht jede Nacht so lebhafte Träume über Mace und seinen Mund, seine Hände, seinen Schwanz und all die anderen köstlichen Körperteile gehabt hätte. Mace Knight verfolgte sie in ihren Träumen und schlimmer noch, er wurde zu einer sehr realen Ablenkung bei der Arbeit. Sie hatte es nicht gewollt, aber irgendwie konnte sie nicht aufhören, ihn mit Blicken zu verfolgen, wenn sie nicht an einem Tattoo arbeitete, und ihr Körper wusste immer, in welchem Teil des Studios er sich gerade aufhielt. Es war, als besäße sie eine geheime Antenne, die nur auf ihn ausgerichtet war, und gleichgültig, was sie auch tat, um es zu ignorieren, sie konnte stets spüren, wenn er sich ihr näherte.

Wenn andere in der Nähe waren, taten sie allerdings so, als hätte sich nichts verändert. Sie hatten sich stets nahegestanden und alle wussten, dass sie beste Freunde waren, aber jetzt wusste sie mehr über Mace und es fiel ihr schwer, das beiseite zu lassen und sich so zu verhalten, als hätte sich nichts verändert. Wann immer sie allein waren, konnte sie kaum ihre Hände von ihm lassen, doch das musste sie unbedingt. Sie hatten noch nicht einmal definiert, was sie füreinander waren, obwohl sie immer wieder darüber sprachen und um das Problem herumkreisten. Wie konnte sie sich auf ihre Arbeit konzentrieren, wenn er in all seiner sexy Pracht vor ihrer Nase herumturnte und so nachdenklich und edel aussah, mit den weißen Strähnen in seinem Haar, die sich über seinen Kopf verteilten. War er nicht ein sexy, reif wirkendes Exemplar von einem Daddy? Bei diesen Gedanken hätte sie schreien mögen.

Warum konnte sie nicht einfach normal sein?

Nein, stattdessen musste sie zu einer besessenen Verrückten werden, die nicht aufhören konnte, ihren besten Freund anzustarren. Und was noch schlimmer war, sie hatte keine Ahnung, ob er ihr gegenüber ebenso empfand. Und weil sie, ohne es zu wollen, immer wieder auf dieses Thema kam und nicht noch besessener werden wollte, schob sie all diese Gedanken beiseite und arbeitete weiter. Sie wollte nicht so sein, wie sie jetzt war, sie wollte sich nicht fühlen, als würde sie wie in einem Wirbel in ein Loch gezogen, dem Untergang entgegen.

Niemals.

Daher blickte sie auf das Tattoo hinunter, an dem sie arbeitete, ignorierte ihre Schmerzen und Wehwehchen und wurde zu dem, was sie sein wollte.

Einer verdammt guten Tätowiererin.

Verflucht!

Heute hatte sie eine sehr tapfere Kundin, die ein volles Brustkorb-Tattoo haben wollte, das über den ganzen Rücken bis zur anderen Seite ihres Körpers verlief. Adrienne hatte zwar auch eine Tätowierung auf dem Brustkorb, unter ihren Brüsten, aber es reichte nicht über den Rücken herum, um sich vorn wieder zu einem einzigen großen Tattoo zu vereinen. Ihres bestand aus kleineren Motiven, die mit der Zeit durch Mace' und Sheps Schattengebungen zusammengewachsen waren. Sie hatte noch viel freie Haut zur Verfügung, aber sie war äußerst wählerisch, wenn es darum ging, was sie für den Rest ihres Lebens auf dem Körper tragen würde. Sie vertraute nur Mace und ihrem Bruder, es gut hinzubekommen. Sie wollte keine Tattoos, nur um der Sache selbst willen, und sie wusste, dass der alte Spruch, keinem Tätowierer zu trauen, der nicht selbst tätowiert war, nicht immer zutraf. Sie hatte zwar Tätowierungen, aber die meisten waren unter der Kleidung verborgen. Zumindest bis jetzt.

Aber bei dieser Kundin würden der ganze Rücken und die Seiten tätowiert sein, sobald Adrienne mit ihrer Arbeit fertig wäre. Sie würde mindestens vier Sitzungen brauchen, vielleicht sogar fünf, wenn einer von ihnen beiden zu müde werden oder die Haut nicht gut reagieren würde. Sie war ehrlich echt begeistert bei der Arbeit – obwohl ihr Körper sie im Augenblick hasste. Nach dem hier würde sie vielleicht eine Arbeit am Kreuz oder Oberarm übernehmen, um ihre gestressten Muskeln zu dehnen. Es gab weiß Gott Leute im Überfluss, die Tattoos an den besagten Stellen begehrten, und sie arbeitete gern an ihnen. Ihr Job war es, ihre Kunst dauerhaft auf den Körper eines Menschen zu bringen. Sie vertrauten ihr ihre Körper an und etwas, das sie für den Rest ihres Lebens tragen würden. Und das nahm sie nicht auf die leichte Schulter. Daher hatte sie auch drei ihrer begabtesten Lieblingskünstler in ihrem Studio. Shep, Ryan und Mace waren mehr als talentiert und sie fühlte sich geehrt, mit ihnen arbeiten zu dürfen – obwohl sie gern irgendwann eine Frau einstellen würde, sobald sie sich einen fünften Tätowierer leisten konnte, denn es lag ein bisschen viel Testosteron in der Luft.

Ihre Kundin zuckte zum fünften Mal nacheinander zusammen und Adrienne wusste, für heute mussten sie Schluss machen. Jenn hatte den höchsten Punkt ihres Endorphinlevels überschritten und spürte nun jeden Einstich der Nadel auf ihrer wunden und geschwollenen

Haut. Sie waren am ersten Tag ziemlich weit gekommen und würden bald weitermachen. Bis jetzt hatte sie die Konturen des Tattoos auf der einen Seite und auf dem Rücken stechen können. Auf keinen Fall hätte Adrienne beide Seiten an einem Tag gemacht, nicht wenn Jenn sich während einer Sitzung am wohlsten im Liegen fühlte. Das hätte nur zusätzlichen Schmerz bedeutet.

»Okay, Süße, wir sind fertig für heute. Wie fühlst du dich?« Sie setzte sich aufrecht hin und reinigte den bearbeiteten Bereich der Haut, um ihn für den Verband vorzubereiten, den Jenn ein paar Stunden lang tragen musste.

Jenn dehnte sich nicht, da es wahrscheinlich wehgetan hätte, aber sie atmete erleichtert auf. »Ich bin okay, aber froh, dass es für heute vorbei ist. Ich habe mich eine Weile gut gefühlt, aber dann war es plötzlich kaum noch erträglich.«

Adrienne war froh, dass sie die Lage richtig eingeschätzt hatte, und gab Jenn Anleitungen, wie sie die frische Tätowierung pflegen musste, während sie ihr half, sich aufzusetzen. Mace brachte Saft und Kuchen, für den Fall, Jenns Blutzucker wäre niedrig gewesen. Die Frau nahm dankbar an. Ihre Augen verdunkelten sich ein wenig, als sie Mace wahrnahm.

Adrienne musste sich zusammenreißen, um nicht auf der Stelle Besitzansprüche an Mace geltend zu machen, aber natürlich war sie klug genug, sich auf der Arbeit nicht wie eine Idiotin zu benehmen. Ihr bester Freund war verdammt heiß und der Gedanke, dass er ständig von zahllosen Frauen mit interessierten Blicken verfolgt wurde, war etwas, an das sie sich gewöhnen musste, sollte sie mit ihm zusammen sein – wie auch immer das aussähe.

»Danke«, schnurrte Jenn und Adrienne konnte nur schwer dem Drang widerstehen, die Augen zu verdrehen. Vor ein paar Minuten, nach stundenlanger Arbeit an ihr, hatte sie noch Schmerzen gehabt, und jetzt benahm sie sich wie ein rolliges Kätzchen und versuchte, Mace zu umwerben. Aber natürlich tat sie das. »Mace, richtig?«

Mace schenkte der Frau sein höfliches Lächeln, nicht das, wovon Adriennes Höschen feucht wurde, weil sie die schmutzigen Worte und Gedanken kannte, die dahinter lauerten, und diesmal musste sie ein schadenfrohes Lächeln verbergen. Ja, sie hatte keine Ahnung, was sie tun sollte, aber Mace gehörte ihr allein.

In ihrem Kopf begannen alle Alarmglocken zu klingeln, die verdächtig nach dem roten Alarm aus *Star Trek* klangen, aber sie bemühte sich, sie zu ignorieren. Nur weil Mace ihr gehörte und sie ihn für sich beanspruchen wollte, bedeutete das nicht, dass sie sich in ihn verliebte oder etwas ähnlich Falsches tun würde. Es bedeutete lediglich, dass sie ihr Territorium verteidigte, wenn es um jene ging, mit denen sie gelegentlich schlief, während sie wusste, dass es keine wirklichen Versprechen gab, außer dafür zu sorgen, dass es nicht zu ernst wurde.

Und wenn sie sich das immer wieder mit strenger Miene sagen würde, dann würde sie es vielleicht tatsächlich glauben.

»Ja, der bin ich. Addi hat fantastisch gearbeitet. Ich kann es kaum erwarten, das Endergebnis zu sehen.«

Wieder lächelte Jenn und diesmal erhob sie sich mit wackelnden Hüften von der Liege, um sich neben Mace zu stellen. Mace trat schnell vor, um ihr zu helfen, und Jenn sank praktisch in seine Arme.

Okay, das wurde jetzt aber ein bisschen zu ärgerlich, aber eigentlich hatte Adrienne kein Recht, die Eifersucht zu empfinden, die ihr den Magen herumdrehte, und außerdem reagierte Mace nicht auf Jenn. Tatsächlich verhielt er sich normal professionell. Adrienne musste sich zusammenreißen. Schnellstens.

»Ich zeige es dir gern, wenn es fertig ist«, erwiderte Jenn und lehnte sich an ihn.

»Ich bin sicher, dass Addi es mich sehen lässt. Ich liebe es, mir ihre Arbeit anzuschauen.« Adrienne bemühte sich, angesichts Jenns enttäuschtem Blick nicht schadenfroh zu lächeln. Stattdessen schaltete sie auf rein professionell und erklärte Jenn genau, wie es weitergehen musste, bevor sie zum Empfangstresen ging, um den nächsten Termin festzulegen.

Als Jenn schließlich gegangen war, hatte Adrienne immer noch Kopfschmerzen. Nur Ryan arbeitete noch an einem Kunden, da Mace und sie stets eine dreißigminütige Lücke zwischen den Terminen hatten. Sie mussten ihren Arbeitsplatz aufräumen, ein bisschen an den Büchern arbeiten und nachsehen, was morgen anstand, da sie wusste, dass es nur geschäftiger werden würde.

Gerade als sie in ihre Nische zurückkehren wollte, legte Mace ihr eine Hand auf den Arm und hielt sie fest.

»Was?«, fragte sie. Sie war sich bewusst, dass sie nicht allein im Raum waren. Ryan mochte zwar arbeiten, aber er konnte sich jeden Augenblick in ihre Richtung drehen.

»Wir müssen reden.« Er zog an ihrem Arm und sie folgte ihm, während sich ihr Magen zusammenzog.

Von diesen gewissen Worten kam niemals etwas Gutes, wer auch immer sie aussprechen mochte, und das wussten sie beide. Nun, es war gut, solange es gedauert hatte, richtig? Schließlich hatten sie nichts Ernstes miteinander gehabt. Sie nahm an, dass sie nun damit aufhören würden, was auch immer es sein mochte, was sie taten, zumindest konnte sie also ihren Normalzustand zurückgewinnen und nicht mehr so verdammt eifersüchtig sein, wenn jemand mit Mace flirtete. Alles in sich zu verschließen machte sie langsam krank und rief Reaktionen in ihr hervor, die ihr nicht mehr ähnelten. Und sie wusste nicht, ob ihr diese neurotische Person gefiel, die nur noch an ihre Gefühle dachte, anstatt Aufgaben zu erledigen.

»Ryan, wir gehen nach hinten. Achtest du auf die Eingangstür?« Mace' tiefe Stimme riss sie aus ihren Gedanken. Ihr Mund klappte auf. Was zur Hölle würde Ryan jetzt denken, nun, da die beiden sich im Lagerraum verkrochen? Zusammen. Bei höchstwahrscheinlich geschlossener Tür.

»Kein Problem«, erwiderte Ryan. Seine Stimme

klang ein wenig gedehnt, auf die Art, die Frauen in Ohnmacht fallen ließ. Nicht sie selbst, denn sie war noch nie in ihrem Leben ohnmächtig geworden. Aber dennoch. Sicher, wenn sie jetzt genauer darüber nachdachte, könnte es gut sein, dass sie in Ohnmacht fallen würde, falls Mace mürrisch und fordernd werden würde. Aber darüber wollte sie jetzt nicht nachdenken. Aus vielen Gründen, aber auch weil es ihr nicht gefiel, wie sehr sie sich verändert hatte. Ryan warf ihnen einen neugierigen Blick zu, sagte aber nichts, wofür sie dankbar war. Sie wusste ohnehin nicht, was sie hätte sagen sollen.

Adrienne ließ sich von Mace in den Lagerraum führen, da sie wusste, wenn sie sich wehren und eine Szene machen würde, wäre alles nur noch viel schlimmer. Aber sobald er die Tür hinter ihnen geschlossen hatte, entzog sie ihm ihren Arm und schob ihn weg.

»Du wirst dich nicht noch einmal wie ein Höhlenmensch verhalten und mich durch mein Studio zerren. So funktioniert das nicht. Hast du mich verstanden, Knight?«

Mace verschränkte die Arme vor der Brust und zog die Augenbrauen zusammen. »Ich verstehe dich, Addi. Aber du bist mit mir gegangen, ohne dich zu beschweren. Wenn du deinen Arm auch nur andeutungsweise weggezogen hättest, hätte ich dich losgelassen. Du weißt doch, dass ich dir nie wehtun würde.«

Wusste sie das? Nein, mittlerweile war das wahrscheinlich nicht mehr der Fall. Oh, körperlich würde er ihr sicher nicht wehtun. Auch nicht absichtlich. Aber emotional? Sie befürchtete, bereits den falschen Weg eingeschlagen zu haben, ohne hoffen zu können, den Weg zurück unbeschadet zu finden.

Er hatte recht, sie hatte nicht versucht, sich von ihm zu lösen. Sie war freiwillig mitgegangen und hatte seine Berührung sogar als tröstlich empfunden, auch wenn sie sich ängstlich fragte, was die anderen mitbekamen und was im Busch war. Er hatte sie so verwirrt, dass sie befürchtete, nie wieder einen klaren Kopf zu bekommen.

»Das weiß ich«, erwiderte sie. »Aber wir sind auf der Arbeit, Mace. Ryan fragt sich wahrscheinlich, was wir hier allein im Lagerraum tun, obwohl es doch noch einiges zu tun gibt. Mich hier hereinzuzerren war nicht gerade umsichtig«, fügte sie trocken hinzu.

Mace drängte sie in die Enge. Ihr Puls raste, als er sie mit dem Rücken gegen dieselbe Wand presste, gegen die er sie heftig gefickt hatte. Sie konnte sich noch gut an das Gefühl erinnern, wie ihre Brüste sich gegen die kühle Farbe auf der Wand gedrückt hatten und wie er in sie hineingepumpt hatte und sie daraufhin ihren Saft über seinen Schwanz verteilt hatte. Sie hätte beinahe sie beide durchnässt und sie wusste, sie hätte ihn gern wieder als ihr gehörend gebrandmarkt.

Er überragte sie und sein warmer Atem strich über ihren Nacken. Sie wölbte sich ihm entgegen, denn ihr Körper sehnte sich nach ihm, ohne dass sie es wusste.

»Mace. Das können wir nicht tun.«

Er biss sie in den Hals. Ihr Höschen wurde feucht.

»Ich werde dich nicht hier ficken, nicht wenn der Laden noch geöffnet ist und jeder hereinmarschieren kann. Ich habe die Tür nicht verschlossen, Addi. Jeder könnte hereinkommen und sehen, wie ich mich über dich hermache. Jeder könnte dein Verlangen riechen, denn ich weiß, du bist in diesem Augenblick verdammt feucht für mich.«

Er fuhr mit dem Finger zwischen ihren Beinen über die Naht ihrer Jeans und sie biss sich auf die Lippe, um ein Wimmern zu unterdrücken. »Du fühlst dich so heiß an meinem Finger an. Ich weiß, wenn ich deine Hose öffnen und meinen Finger in deine Muschi gleiten ließe, würdest du meine Hand einsaugen und meine Finger. Aber das werde ich nicht tun.«

Sie presste die Beine zusammen und hielt so seine Hand zwischen ihren Schenkeln fest, während sie sich immer wieder an ihn presste. Als Mace ihr eine Hand auf die Hüfte legte, um sie ruhig zu halten, hielt sie ein weiteres Wimmern zurück. Dieser Mann brachte sie Zentimeter für Zentimeter auf köstliche Art um.

»Wir müssen wieder nach vorn gehen«, sagte sie und versuchte, die Kontrolle wiederzuerlangen, die sie einst so sehr geschätzt hatte.

»Das werden wir.« Er leckte über die Stelle an ihrem Hals, wo er sie gebissen hatte. Sie würde ihre Haare für den Rest des Tages darüber fallen lassen müssen oder jeder, der hinblickte, würde sehen können, dass er sein Zeichen hinterlassen hatte. »Aber zuerst müssen wir etwas klarstellen.«

Sie blickte ihm in die Augen und löste sich von ihm, sodass sie sich konzentrieren konnte. »Was?«

»Ich habe gesehen, wie du mich angeschaut hast, als Jenn mich angemacht hat. Sie ist nicht du, Addi. Es sind nur wir beide, du und ich, erinnerst du dich? Egal, wer versucht, sich zwischen uns zu drängen, es spielt keine Rolle, denn am Ende bleiben immer nur wir beide zusammen. Ich habe gesehen, wie Männer den Laden betraten und den Blick nicht von deinen Titten lassen konnten, als du herumgingst. Sie haben beobachtet, wie sie schwingen, denn du hast viel mehr als nur eine Handvoll. Ich werde sie eines Tages ficken müssen. Aber ich schweife ab.«

Sie blinzelte und unterdrückte ein Lachen angesichts des ernsten Ausdrucks auf seinem Gesicht, als er davon redete, ihre Titten zu ficken. Nur Mace Knight.

»Du warst diejenige, die dies geheim halten wollte, und ich habe zugestimmt, weil ich Daisy nicht verwirren will. Also machen wir so weiter, behalten es aber für uns. Oder zumindest außerhalb ihres Wahrnehmungsbereichs, damit wir uns nicht verderben, was wir haben und was sie mit jedem von uns beiden hat. Wir werden darauf achten müssen, dass wir weder eifersüchtig wirken noch so, als wollten wir einander auf jeder glatten Oberfläche im Laden ficken. Glaubst du, du schaffst das, Addi?«

»Du bist so verwirrend.« Sie legte den Kopf in den Nacken und ignorierte ihre Kopfschmerzen.

»Du bist auch nicht viel anders«, erwiderte er. »Aber ehrlich, wir waren doch bereits chaotisch, bevor unsere Beziehung sich verändert hat. Wir sind immer noch beste Freunde, Addi, daran wird sich nichts ändern, aber du musst wissen, ich werde dich nicht betrügen. Ich werde nicht mit einer anderen flirten und mich wie ein Arschloch benehmen.«

»Ich verstehe nicht, warum ich eifersüchtig gewesen bin.« Sie wusste, sie sollte wahrscheinlich nicht so offen über ihre Gefühle reden, aber sie zu verbergen machte alles nur noch schlimmer.

Er rieb mit dem Daumen über ihre Wange. »Ja, das verstehe ich. Es bringt einen neuen Aspekt in unsere Beziehung, nicht wahr?«

Sie blickte ihm in die Augen; das Herz tat ihr weh. »Gerade verändert sich wieder etwas, habe ich recht? Ich denke ... ich denke, wir müssen unsere Beziehung definieren. Denn ohne das fällt alles viel schwerer. Und wie wir bereits gesagt haben, müssen wir uns auf andere Dinge in unserem Leben konzentrieren. Wir dürfen uns nicht wehtun. Wir verbringen so viel Zeit damit, uns darüber zu sorgen, was wir miteinander haben, dass es verwirrend wird.«

»Freunde, die gelegentlich Sex haben, das funktioniert nicht, richtig?« Er runzelte die Stirn und sie stieß den Atem aus.

»Nein, das funktioniert nicht. Aber wir sind auch noch nicht miteinander ausgegangen.«

»Wir essen doch mindestens dreimal pro Woche zusammen zu Abend.« Er zog an ihren Haaren und sie wehrte sich nicht.

»Früher, bevor all dies geschehen ist. Und ehrlich, ich weiß nicht, ob ich bereit bin, großartig auszugehen und all das. Es gefällt mir, was wir tun. Im Bett. Es tut uns gut, denke ich. Zumindest baut es Stress ab. Aber sobald wir aus dem Bett heraus sind? Ich bin so verwirrt.«

Seine Lippen verzogen sich zu einem Lächeln und sie verdrehte die Augen. »Ich weiß, was du meinst.« Er legte seine Stirn an ihre. Sie befürchtete, wenn sie sich weiterhin davor drückten, sich mit ihrem Problem auseinanderzusetzen, würden sie niemals finden, was sie finden mussten. »Warum nimmst du dir nicht etwas Zeit, darüber nachzudenken? Denk darüber nach, was du willst. Ich verspreche dir, ich verlasse dich nicht, Addi. Ja, ich möchte dies von Daisy fernhalten, weil sie meine Tochter ist, meine Welt, aber ich werde mich mit dir nicht vollkommen verstecken.«

Bevor sie noch darüber nachdenken konnte, was sie darauf erwidern sollte, klopfte es an der Tür und die beiden schossen so schnell auseinander, dass sie befürchtete, Mace könnte auf seinem Hintern landen.

»Hey Leute, ich glaube, ihr müsst mal rauskommen. Die Polizei ist hier und die Beamten sehen nicht gerade freundlich aus.«

Sie erstarrte, dann blickte sie Mace an. Polizisten? Was zum Teufel konnten die wollen?

Und schon waren die kleinen Probleme wie das, was sie und Mace nun tun sollten, zur Hintertür hinausgeweht, und die weit wichtigeren Dinge – ihr Leben, ihr

Studio und die Person, die darauf aus war, sie zu ruinieren – traten in den Vordergrund.

Sie drängte sich an Mace vorbei und verließ hastig den Lagerraum, wobei sie an einem ernst dreinblickenden Ryan vorbeiging. Die Miene galt wahrscheinlich nicht ihr, sondern den beiden Beamten, die mit vor der Brust verschränkten Armen und gerunzelter Stirn im vorderen Bereich des Studios standen.

Mace stand hinter ihr und sie wusste, auch Mace hatte jetzt anderes im Kopf als ihre persönlichen Sorgen.

Irgendjemand versuchte, ihren Laden zu ruinieren, ihr zweites Zuhause. Und leider hatte sie das Gefühl, dass dies nur der Anfang war.

Kapitel Zehn

»Die haben wirklich im Ernst geglaubt, ihr würdet Drogen im Studio verkaufen?«

Mace' Freund Landon klang zweifelnd und Mace konnte ihm keinen Vorwurf daraus machen. Auch er konnte kaum glauben, was am Nachmittag geschehen war. Tatsächlich war er während des Besuchs der Polizisten – und sogar noch, nachdem sie wieder verschwunden waren – so wütend gewesen, dass er nach seiner Schicht gegangen war, weil er Raum zum Atmen brauchte.

Adrienne war sogar noch zorniger gewesen und da sie ihre Wut heute Abend nicht beim Sex abreagieren konnten, verbrachten sie den Abend getrennt. Offen gesagt hatte er ohnehin Zeit zum Nachdenken gebraucht. Jetzt war er mit Landon und Ryan auf ein Bier ausgegangen und versuchte, etwas zu entspannen, nach mehreren langen Tagen, während derer er versucht hatte, alles zu verarbeiten, was während der letzten Wochen und besonders am vergangenen Abend geschehen war.

»Ich dachte, sie würden dich umgehend festnehmen«, bemerkte Ryan und hob sein Bierglas in Mace' Richtung. »Als du hinter Adrienne aus dem Lagerraum tratst, hast du mit all deinen Tätowierungen einen ziemlich krassen Eindruck erweckt. Ich schwöre, beiden Beamten haben die Hände gezuckt, als wollten sie gleich zu ihren Waffen greifen.«

Mace fuhr sich mit der Hand übers Gesicht, bevor er Ryan einen Blick zuwarf. »So schlimm war es nun auch wieder nicht. Aber es war nicht leicht, Addi die Führung zu überlassen und ihr nur den Rücken zu decken.«

»Sie ist immerhin die Geschäftsinhaberin, das war also nur logisch«, sagte Landon. »Aber klar, wenn du dich zurückhalten musst, wenn deine Frau sich gegen Anschuldigungen wehren muss, und du nichts weiter tun kannst, als zu nicken und an ihrer Seite zu stehen ... Das ist hart, Mann.«

Ryan verschluckte sich an seinem Bier, bevor er Mace angrinste. »Deine Frau?«

»Sie ist meine beste Freundin und mein Boss. Sie ist nicht meine Frau.« Das war von vorn bis hinten gelogen, aber im Augenblick hätte er nichts anderes sagen können. »Aber das Wichtigste ist doch, dass sie keine Drogen gefunden haben und verdammt sauer waren, dass sie ins Studio hatten kommen müssen. Die Tatsache, dass die Polizei zum zweiten Mal ohne Grund in ebenso vielen Wochen hergerufen wurde ... und dann noch das

Graffiti ... zeigen uns, dass wir ein ernstes Problem haben.«

Ryans Lächeln erstarb und er schüttelte den Kopf. »Irgendjemandem gefällt es nicht, dass wir unser Geschäft dort eröffnet haben. Und obwohl ich normalerweise sagen würde, derjenige kann uns mal am Arsch lecken, so verursacht es uns doch Probleme.«

Mace nickte. »Die Zahl an Laufkunden ist nicht so hoch, wie sie in dieser Zeit des Jahres sein sollte. Shep und Addi beginnen, sich Sorgen zu machen.«

»Du meinst, die Leute lassen sich von den Gerüchten beeindrucken?«, fragte Landon, bevor er sein Telefon hervorholte. »Wie sind eure Referenzen im Internet?«

»Gut, soweit ich weiß, also kann es nur an der Mundpropaganda bezüglich der falschen Anschuldigungen und Probleme liegen.« Mace trank einen weiteren Schluck von seinem Bier, dann nahm er sich einen Hähnchenflügel, denn er brauchte etwas Ungesundes zu essen, um seine schlechte Laune zu überwinden.

Daisy war heute Nacht bei Sienna, denn diese war aufgetaucht und hatte gesagt, sie wolle etwas dafür tun, die Lieblingstante zu werden. Ihm war es recht gewesen und Daisy hatte die Idee gefallen, bei ihrer Tante zu übernachten, daher hatte er sich von seiner Schwester überzeugen lassen. So hatte er Zeit gehabt für ein Abendessen und ein Bier mit Ryan und Landon – für das er keine Zeit mehr gehabt hatte, seitdem seine Tochter zu ihm gekommen war, um bei ihm zu leben. Es war nicht leicht, einen ausgewogenen Rhythmus zu finden, und wenn seine Familie und Adrienne nicht gewesen wären, hätte er vielleicht nicht alles so gut geschafft.

Ryan pulte stirnrunzelnd an dem Etikett seiner Flasche. »Wir machen verdammt gute Tattoos. Unsere treuen Kunden sind uns aus zwei verschiedenen Studios gefolgt und kommen bereits regelmäßig. Und zur Hölle, sogar zu Shep kommen ein paar Leute aus New Orleans, nur seinetwegen. Er hatte es nicht für möglich gehalten, aber sie verbinden es mit einem Urlaub oder so. Es ist ziemlich merkwürdig. Wir haben doch sogar eine Warte-liste für neue Kunden, die von uns gehört haben.«

»Aber es werden nicht mehr so viele Leute aus dem Viertel angezogen wie zu Anfang, die noch nicht von uns gehört haben, die aber lieber zu einem Studio gehen, das nicht weit von ihnen entfernt ist, anstatt quer durch die Stadt zu fahren.« Mace stieß den Atem aus. »Und zur Hölle. Der Stress, den Shep und Addi haben, ist nicht gerade hilfreich. Sie haben eine Menge riskiert – ganz zu schweigen von ihrem Cousin und ihrer Cousine im Norden, die ihr Geschäft so sehr vergrößert haben. Und ich habe das Gefühl, dass noch kein Ende in Sicht ist. Das Arschloch ist zu allem fähig.«

»Es muss sich um diesen Kerl handeln, oder?«, wollte Landon wissen. »Es wäre ein bisschen zu viel des Zufalls, wenn es nicht der Typ wäre, der am Eröff-nungstag hereinkam und euch bedroht hat.«

»Das glauben wir auch.«

»Übrigens, Mann. Es tut mir leid, dass ich es weder geschafft habe, euch zur Eröffnung noch irgendwann später zu besuchen«, bemerkte Landon. »Auf der Arbeit geht es im Augenblick sehr zur Sache, aber ich fühle mich wie ein Arschloch.«

»Ist schon in Ordnung. Du hast doch einen Termin für ein Tattoo, wenn du es also nicht vorher schaffst, dir das Studio anzuschauen, dann wirst du es eben in einem Monat sehen, wenn du freihast.«

Landon arbeitete als Broker mehr Stunden als Mace früher, als er praktisch Nachtschichten geschoben hatte. Und der Mann war der Beste in seinem Job. Tatsächlich war er wahrscheinlich ein bisschen zu gut, denn sein Boss ließ ihn gnadenlos schuften. Mace war ehrlich überrascht, dass Landon sich ihnen zum Abendessen und auf ein Bier hatte anschließen können. Shep hatte nicht kommen können und Carter kam zu spät. Mace kannte Carter nicht sehr gut, aber dieser hatte eine Montgomery geheiratet und das bedeutete, dass er nun auch zur Clique gehörte – auch wenn er es selbst noch nicht wusste.

Und wie es ist, wenn man vom Teufel spricht, so tauchte Carter plötzlich auf, einen Ausdruck der Erschöpfung auf dem Gesicht. Aber immerhin hatte er es geschafft, doch noch zu kommen. Er arbeitete lange, wie Landon, und langsam sah man es beiden an. Auch Mace riss sich den Hintern auf für die Arbeit, sicher, aber er musste auch an seine Tochter und seine Gesundheit denken. Schließlich war er keine zwanzig mehr und kam mit ein paar Stunden Schlaf nicht mehr über die Runden – wie eigentlich keiner der Männer am Tisch.

»Hey, Carter.« Mace deutete auf einen leeren Stuhl. »Schön, dass du kommen konntest.«

Carter lächelte. Seine Augen wirkten nicht annähernd so müde, wie Mace zuerst gedacht hatte. »Ich habe erst noch mit Roxie zu Abend gegessen, bevor ich hierherkam. Ich hoffe, das ist okay. Da bei ihr Fristen anstehen und meine Arbeiter dank der grassierenden Grippe krankfeiern, konnten wir an den meisten Abenden in dieser Woche nicht zusammen essen. Aber ich dachte mir, ich schaue wenigstens noch auf ein Bier bei euch vorbei.«

»Na sieh mal einer an. Du bist ein guter Ehemann«, bemerkte Landon. »Wir alleinstehenden Männer waren gezwungen, scharf gewürzte Hähnchenflügel zu essen, die uns wahrscheinlich später Sodbrennen bescheren, aber du hast mit deiner Frau gut gegessen. Hört sich wie ein perfekter Abend an.«

Mace grinste über seinem Bier. Carter verdrehte die Augen und erklärte, dass keiner der beiden kochen konnte, dass sie es aber gerade lernten. »Eines Tages werden wir etwas Besseres als Thunfischauflauf essen können – den, den man auf der Kochplatte zubereitet, der im Backofen gelingt uns noch nicht.« Ryan schenkte Carter ein Bier ein, da sie heute Abend einen Krug bestellt hatten anstatt einzelne Gläser. Nur Landon hatte in diesem Monat genügend Geld, da alle anderen mitten in Veränderungen ihres Lebens steckten, die sie zwangen, etwas sparsamer zu leben.

»Das nenne ich Liebe. Miserable Mahlzeiten zu verspeisen, die ihr gemeinsam zubereitet habt.« Mace hob sein Bier zu einem Toast in die Höhe und die anderen schlossen sich ihm an.

Carter verdrehte die Augen, trank aber einen Schluck von seinem Bier. »Roxie wird am Ende ein besserer Koch sein als ich, denke ich. Sie ist fest entschlossen.« Da schwang noch etwas anderes in Carters Stimme mit, aber Mace konnte es nicht definieren. Und da es ihn nichts anging, fragte er nicht nach.

»Addi ist eine recht anständige Köchin und wir alle wissen, dass Thea eine verdammt feine Bäckerin und Köchin ist. Und Shep kann auch mithalten, denke ich. Scheint so, als wäre die Begabung nicht auf Roxie vererbt worden.« Mace griff nach einem Hähnchenflügel und schlug Ryans Hand weg, als dieser versuchte, sich einen von seiner Seite aus zu angeln. Er mochte Ryan und betrachtete ihn als Freund, aber niemand durfte sich zwischen ihn und seine Hähnchenflügel schieben.

Carter blickte Mace mit zusammengezogenen Brauen an, während er von seinem Bier trank. »Scheint so, als würdest du viel Zeit mit Adrienne, meiner neuen Schwägerin, verbringen, soweit ich sehe.«

Ryan hustete und sein Lächeln wurde breiter, während Landon mit hochgezogenen Brauen zwischen den dreien hin und her blickte.

»Du und deine Addi?«, fragte Landon, wobei seine Stimme ein wenig zu interessiert klang.

Mace stellte sein Bier ab und blickte die Männer an, die er seine Freunde nannte. »Sie ist meine beste Freundin.« Keine Lüge. Aber auch nicht die Wahrheit. Aber keiner von ihnen beiden war bereit, die Welt wissen zu lassen, was sie einander bedeuteten. Und der springende Punkt dabei war, dass sie eigentlich selbst noch nicht wussten, was sie einander bedeuteten. Denn so sehr sie sich auch selbst loben mochten, dass sie über ihre Beziehung redeten und sich versprachen, einander niemals wehzutun, so wusste er doch, dass sie beide den Kopf in den Sand steckten, wenn es um Definitionen und Gefühle ging.

Und vielleicht, nur vielleicht würde es so mit ihnen funktionieren. Zumindest vorerst.

»Ja? Und?« Carter zwinkerte, bevor er sein Glas abstellte. Er hatte nicht mehr als ein paar Schlucke getrunken und Mace fragte sich, ob der Mann es überhaupt ganz leeren würde. Sie teilten sich alle zusammen einen einzigen großen Krug, da sie alle noch nach Hause fahren mussten. »Erzähl uns nicht, alles wäre wie immer. Denn du musst wissen, dass ich gesehen habe, wie es zwischen euch beiden funkt, als ich im Studio vorbeigeschaut habe. Und ich habe das Gefühl, wenn Roxie und Thea sich eines Tages mit euch im selben Raum aufhalten, werden sie es auch herausfinden.«

»Wenn Shep nicht so auf das Studio und seine Familie konzentriert wäre, dann hätte er es auch bemerkt«, warf Ryan ein. »Als ihr beide im Lagerraum verschwunden seid und mit rotem Gesicht und ganz zerzaust wieder herauskamt, hat mich das stutzig gemacht. Nur um es mal gesagt zu haben.«

Landon warf den Kopf zurück und lachte. Die anderen stimmten ein, als Mace weder bestätigte noch leugnete, was seine Freunde sagten. Schließlich musste er das auch nicht. Sie wussten es bereits. Mace hatte das Gefühl, die Katze wäre aus dem Sack und der Rest von seiner und Addis Familie würde es dann auch sehr bald erfahren, wenn es nach seinen Freunden ging – zumindest verhielten sie sich so.

Glücklicherweise wandte sich das Gespräch nun den Broncos zu und ihren geringen Chancen, in die Endspiele zu kommen. Und bald waren sie mit Hähnchenflügeln und Wasser vollgestopft, da jeder bereits seine ein bis zwei Bier getrunken hatte.

Sie verabschiedeten sich voneinander und da Mace scheinbar eine masochistische Ader besaß oder vielleicht weil er süchtig nach der einen Frau war, die für ihn tabu sein sollte, überraschte er sich dabei, dass er eine Straße früher einbog als die, die zu ihm nach Hause führte, und bald schon vor Adriennes Haus parkte. Er hatte seine Schwester angerufen, um Daisy eine gute Nacht zu wünschen, bevor diese zu Bett ging. Sie hatte erzählt, dass sie in Siennas Schlafzimmer zelteten, komplett mit Bettenburg. Seine Schwester hatte ihm viel Spaß gewünscht und ihn damit geneckt, dass er zu seiner Frau ginge. Er glaubte nicht, dass sie wusste, wer diese Frau war, aber er wollte die Zeit nutzen, die er hatte.

Er hatte ihr weder zuvor eine SMS geschickt noch hatte er sie angerufen, und er hatte keine Ahnung, ob sie zu Hause war oder nicht, weil sie normalerweise ihren Wagen in der Garage abstellte. Das war wahrscheinlich dumm von ihm, aber andererseits war er in letzter Zeit gut darin, idiotische Entscheidungen zu treffen.

Er stellte den Motor ab, aber bevor er aussteigen und in der Hoffnung, dass sie zu Hause war, zu ihrer Tür gehen konnte, piepste sein Handy, um ihm zu signalisieren, dass er eine SMS empfangen hatte.

Addi: *Bist du ein Spanner?*

Er grinste und schüttelte den Kopf, als er antwortete.

Mace: *Wenn du weißt, dass ich hier draußen bin, dann bist du der Spanner, der mich durchs Fenster beobachtet, wie der in dem alten Film mit den Vögeln.*

Addi: *Der Film mit dem Fenster ist nicht derselbe wie der mit den Vögeln, Dummkopf.*

Mace: *Ich scheine ziemlich unwissend zu sein, was Klassiker anbelangt. Kann ich hereinkommen und mir einen anschauen?*

Addi: *…*

Mace: *Was?*

Addi: *Das ist der schlechteste Spruch, den ich je gehört habe. Aber komm herein und ich werde dich zum Kommen bringen.*

Addi: *Ich, äh, ich meinte etwas mehr Damenhafteres, das nicht so klingt, als dächte ich nur an deinen Schwanz.*

Addi: *Aber das tue ich wirklich.*

Addi: *Ich meine, nein, natürlich nicht.*

Addi: *Ich meine, komm einfach rein und lass mich mit deinem Schwanz spielen.*

Mace' Lachen füllte die Kabine seines Pick-ups. Er schüttelte den Kopf, steckte sein Handy in die Tasche und begab sich in die Kälte hinaus. Er schloss den Wagen hinter sich ab und hatte noch nicht einmal die Hand erhoben, um an die Tür zu klopfen, als sie diese aufriss und ihm die Arme um den Hals schlang.

»Hallo, Seemann«, neckte sie ihn. Er umfasste ihren Hintern und hob sie hoch. Sie schlang ihm die Beine um die Taille. Er trug sie ins Haus und machte hinter sich die Tür mit dem Fuß zu.

»Du weißt, dass ich seekrank werde«, sagte er und drehte sich herum, um die Tür zu verschließen, bevor er Adrienne ins Wohnzimmer trug.

»Dann werde ich nett zu dir sein.« Sie küsste ihn und er stöhnte. Er sehnte sich mehr nach ihrem Geschmack als nach dem nächsten Atemzug.

»Es ist also in Ordnung, dass ich hier bin? Dass ich nicht angerufen habe?« Er wollte keine Grenzen überschreiten, denn er wusste, sie brauchten beide ihren Freiraum.

Sie biss ihn in die Wange und grinste. Ihre Augen strahlten. »Du musstest doch auch nicht anrufen, bevor du mich nackt gesehen hast. Und jetzt musst du es auch nicht. Hattest du Spaß mit den Jungs?«

Er küsste sie hinters Ohr. Er liebte es, wie sie sich an

ihn presste und beinahe schnurrte. »Ja. Aber Ryan und Carter haben herausgefunden, was wir tun, und das bedeutet, dass auch Landon es weiß. Ich weiß nicht, wie lange wir es noch vor allen anderen geheim halten können.«

Sie lehnte sich zurück und blinzelte heftig. »Ryan, das dachte ich mir bereits. Aber Carter?«

»Er hat gesehen, dass wir uns angeblickt haben, als wollten wir uns gegenseitig die Kleider vom Leib reißen, und das hat er heute Abend zur Sprache gebracht.«

»Nun dann. Ich denke ... ich denke, wir machen einfach so weiter und lügen nicht.« Sie war so still in seinen Armen, dass er das Gefühl bekam, alles zu vermasseln, wenn er jetzt nicht das Richtige sagte.

»Das hört sich gut an für mich, Addi. Und jetzt, da ich nicht mehr so jung bin wie früher, werde ich dich auf die Kante dieser Couch setzen müssen, damit ich dich gleich hart ficken kann, okay?«

Sie lachte und tat genau das, was er wollte. Sie schlängelte sich aus seinen Armen und setzte sich auf die Couch. »Warum gehen wir nicht in mein Schlafzimmer? Ich habe eine schöne, weiche Matratze. Und nachdem du mich darauf gefickt hast, legst du dich hin und entspannst dich, während ich dich befriedige.« Sie langte zwischen sie und rieb seinen Schwanz durch die Jeans hindurch, was ihm ein Stöhnen abverlangte. »Ich vermisse deinen Schwanz wirklich.«

»Du sagst die nettesten Dinge, Addi.« Er beugte sich zu ihr hinunter und küsste sie. Er war sich bewusst, dass sie an diesem Punkt mehr als Freunde waren, obwohl sie es nicht laut aussprachen. »Die nettesten Dinge.«

Er folgte ihr ins Schlafzimmer und entledigte sich unterwegs seiner Jacke, die er über den Stuhl neben der Tür hing. Dann zog er sich die Schuhe aus. Als er sah, dass sie am Fußende ihres Bettes lehnte und seine Bewegungen beobachtete, lächelte er.

»Siehst du etwas, das dir gefällt?«, fragte er und fummelte am Saum seines Henley-Hemdes herum.

Sie legte den Kopf schräg, als musterte sie ihn prüfend. »Mag sein.«

Er grinste und zog sich das Hemd über den Kopf. »Vielleicht gefällt es dir besser, wenn ich näher bei dir bin, sprich, wenn ich auf dir liege und dich bis zur Bewusstlosigkeit ficke?«

»Jetzt sagst *du* die nettesten Dinge.«

Er konnte sich nicht mehr länger zurückhalten. Er musste sie küssen, er musste sie anfassen. Sie zerrten sich gegenseitig die restlichen Kleider vom Leib und wölbten sich einander entgegen, während sie sich küssten. Ihre Lippen teilten sich nur, um Atem zu schöpfen, sich zu küssen oder die Haut des anderen zu lecken. Er musste sich wirklich beherrschen, um nicht gleich hier wie ein verdammter Teenager auf ihren Bauch abzuspritzen, obwohl er doch ein gestandener Mann war.

Mace leckte eine Spur bis zu ihren Brüsten hinunter. Dann nahm er einen Nippel in den Mund und saugte daran, während er den anderen zwischen den Fingern rollte. Er spürte mehr als dass er es sah, wie ihr der Kopf in den Nacken fiel und die Haare sich den Rücken hinab ergossen, wo sie seine Fingerspitzen berührten, da er sie um die Taille gefasst hatte, um mehr von ihr in seinen Mund zu bekommen. Er knabberte an ihrer Haut und genoss es, wie sie unter der Berührung schauderte, bevor er zu ihrer anderen Brust wechselte. Er leckte und saugte und umfasste beide mit seinen Händen. Schon bald waren ihre Brustwarzen leuchtend rot wie Kirschen und so empfindlich, dass sie kleine Geräusche von sich gab, als er darauf blies.

»Mace, viel mehr kann ich nicht aushalten.«

Er hob den Kopf und küsste sie auf die Lippen. Ihre jetzt wunden Nippel pressten sich gegen seine Brust. »Dann lass mich dich zum Kommen bringen.«

»Ich will dich auch zum Kommen bringen.« Sie langte zwischen sie und umfasste seine Hoden, bevor sie ihre Finger an seinem Schaft entlanggleiten ließ. Er stöhnte und entzog sich ihr, denn er war allein vom Saugen an ihren Brüsten dem Orgasmus ein wenig zu nahe.

»Ich muss mein Gesicht in den nächsten dreißig Sekunden zwischen deinen Beinen haben, oder ich werde mich wieder deinen Brüsten widmen, bis du dich hin und her windest.«

Sie grinste ihn an und er wusste, sie würde jetzt etwas sehr Unanständiges sagen, dem er wahrscheinlich vollkommen zustimmen würde. »Warum machen wir nicht beides gleichzeitig? Ich reite auf deinem Gesicht, während ich an deinem Schwanz saugen darf.«

»Du hast doch immer noch die besten Ideen, Addi.« Sein Schwanz zuckte. Er umfasste ihren Hintern, hob sie hoch und warf sie aufs Bett. Als sie so durchgerüttelt wurde, lachte sie. Er hatte nicht erwartet, dass er beim Sex so viel Spaß haben könnte. Aber er hatte bis vor Kurzem ja auch noch keinen Sex mit seiner besten Freundin gehabt.

Mace legte sich auf den Rücken und Addi kniete sich auf allen vieren umgekehrt über ihn, wobei sie ihre Beine über seinen Schultern spreizte. Ihre feuchte, heiße Muschi schwebte über seinem Gesicht. Er konnte nicht anders, er musste ihre Pobacken umfassen und sie auf sich ziehen, sodass er sie lecken konnte.

Sie stöhnte auf und spreizte ihre Beine noch etwas weiter, sodass er besseren Zugang hatte und sich satt essen konnte. Plötzlich stieß auch er ein Stöhnen aus, als sie ihn praktisch ganz schluckte. Die Spitze seines Schwanzes stieß hinten in ihrer Kehle an und sie stieß ein Summen aus, das ihm direkt in die Hoden fuhr. Sie blieb einen Moment so und bewegte ihre Kehle leicht, sodass sie seinen Schwanz zusammendrückte. Er verdrehte die Augen. Dann spuckte sie ihn mit einem feuchten, saugenden Geräusch aus.

»Ich werde in ungefähr fünf Sekunden kommen, wenn du das weiter so gut machst.«

Sie wackelte mit den Hüften und er drückte ihre Pobacken zusammen, damit sie aufhörte. »Na dann los, mach dich an die Arbeit und leck mich. Bring mich zum Kommen und dann wirst du dich so darauf konzentrieren, wie ich schmecke und wie ich mich anfühle, dass du es ein bisschen länger aushältst, alter Mann.«

Er gab ihr einen Klaps auf eine Pobacke, bevor er mit der Hand über dieses neue, rote Brandzeichen strich, um den stechenden Schmerz zu lindern.

»Böses Mädchen.«

Sie warf sich die Haare über die Schulter und zwinkerte. »Ja und?« Dann saugte sie ihn wieder in ihren Mund und er stöhnte auf, bevor er sich wieder ihrer Muschi zuwandte. Er leckte und saugte an den Falten um ihre Öffnung herum, während seine Finger mit ihrer Klitoris spielten. Sie schmeckte so verdammt gut, dass er sich sicher war, von ihrer Muschi abhängig zu werden, falls er nicht aufpasste. Er kümmerte sich weiter hingebungsvoll um sie, bis ihre inneren Wände sich schließlich um seine beiden Finger zusammenzogen und sie an seinem Gesicht kam. Auch er war seinem Orgasmus so nahe, dass er sie von sich herunterrollen und unter ihr hinweggleiten musste, um nicht zu schnell die Beherrschung zu verlieren.

Im nächsten Augenblick hatte er sie auf den Rücken gedreht, ein Bein an ihren Ohren und das andere Bein um ihn herumgeschlungen, und reizte ihre Öffnung.

»Mist. Kondom.«

»Wir haben doch bereits darüber gesprochen. Wir sind beide gesund und ich verhüte. Und jetzt sieh zu, dass du in mich hineinkommst, oder ich werde die Sache selbst in die Hand nehmen müssen. Wieder einmal. Denn ich weiß, wie ich mich –«

Sie konnte den Satz nicht mehr zu Ende bringen, denn er stieß so heftig in sie hinein, dass er glaubte, seine Zähne müssten klappern. Er wartete einen Augenblick, bis sie sich an seine Größe angepasst hatte, doch dann begann er, in sie hineinzupumpen, als gäbe es kein Morgen mehr. Sie hob die Hüften an und kam ihm Stoß für Stoß entgegen, während sie ihm mit den Händen über den Körper fuhr, als könnte sie nicht aufhören, ihn zu berühren.

Als er dem Punkt nahekam, von dem es keine Umkehr gab, drehte er sie herum, sodass sie ihn ritt. Er umfasste ihre Brüste und beobachtete, wie sie mit den Hüften rollte, während sie mit ihrem ganzen Gewicht auf ihm saß. Sie war großartig und er wusste, er würde niemals genug von ihr bekommen und der Art, wie sie für ihn kam. Es gab nichts Besseres, als ihr dabei zuzusehen, wie sie die Kontrolle über ihre Sexualität übernahm und ihm jeden einzelnen Orgasmus abverlangte.

Er griff nach ihr und zog sie an sich, sodass er ihre Lippen mit seinen einfangen konnte. Bald schon bebten sie beide und lagen einander glitschig vor Schweiß und schlaff in den Armen. Sie hatte ihn ausgewrungen und jeden Tropfen von ihm genommen. Während er daran dachte, dass er sich bewegen und sie säubern musste, konnte er nicht umhin, eine teuflische Befriedigung zu empfinden, dass sie voll auf ihn fixiert war.

Er war ein kranker Hurensohn.

Er wusste, er musste sich diese Gedanken abgewöhnen, denn dies war nicht dauerhaft. Sie würden ihre

Freundschaft nicht ruinieren, besonders nicht mit Gedanken wie seinen.

Er hielt sie eng umschlungen und half ihr, aus dem siebenten Himmel hinabzusteigen. Er versprach sich, dass er einen klaren Kopf bekommen wollte, sobald der Morgen anbrach. Denn er konnte – nein würde – sie nicht verletzen, gleichgültig, wie sehr es ihm gefiel, wenn sie auf ihm ausgebreitet lag.

Er durfte es nicht.

Kapitel Elf

Livvy in all ihrem Ungestüm rannte gegen Adriennes Beine und diese hatte alle Mühe, nicht auf den Allerwertesten zu fallen.

»Du bist hier!«, schrie Livvy und hüpfte auf und ab, während sie sich immer noch an ihre Tante klammerte.

Adrienne musste unwillkürlich lächeln und nahm die Dreijährige auf den Arm. »Hey, meine Kleine. Ja, ich bin hier.«

Sie gab Livvy einen Kuss auf die Wange und drückte sie an sich. Sie liebte ihre Nichte sehr und sie würde Shep und Shea ewig dankbar sein, dass sie sich entschlossen hatten, nach Colorado Springs zu ziehen. Obwohl sie wusste, dass es ihrem Bruder in New Orleans gut gegangen war und er vor allem Shea dort kennengelernt hatte, so fand sie doch das Leben so viel schöner, wenn ihre ganze Familie in der näheren Umgebung wohnte.

Livvy gab ihr einen Kuss auf die Wange, dann auf die

Stirn und noch einen aufs Kinn, bevor sie sich aus ihren Armen wand, um zu einem anderen Erwachsenen zu laufen, den sie dann mit Küssen und Umarmungen überschüttete. Zu Anfang, als sie die Montgomerys noch besser kennenlernen musste, war sie schüchtern gewesen, aber das war definitiv inzwischen nicht mehr der Fall.

»Wie Livvy bereits festgestellt hat, hast du es also geschafft herzukommen«, sagte Katherine Montgomery, als sie sich Adrienne näherte. Ihre Mutter war großartig und sah jünger aus, als sie war. Da sie dieselbe Haarfarbe gehabt hatte, bevor sie silberne Strähnen bekommen und begonnen hatte, ihr Haar zu tönen, hoffte Adrienne, später einmal wie ihre Mutter auszusehen.

Adrienne ließ sich in die Arme ihrer Mutter sinken und seufzte. »Ja. Mace und Ryan halten das Studio am Laufen, sodass Shep und ich hier sein und für einen Nachmittag Montgomerys sein können, anstatt uns zu stressen.«

Ihre Mutter tätschelte ihr die Wange. »Du wärst keine Montgomery, wenn du nicht über irgendetwas in Stress gerietest.«

Adrienne verdrehte die Augen, dann schmiegte sie sich an ihre Mutter. »Ich habe von dir und Dad gelernt, oder etwa nicht?«

Ihre Mutter lachte, bevor sie zur anderen Seite des Zimmers ging, um Livvy bei irgendetwas zu helfen. Die Montgomerys versuchten, zumindest einmal pro Monat gemeinsam zu Abend zu essen. Seitdem ihr Bruder in die Heimat zurückgekehrt war, fand dieses Ereignis öfter als früher statt, was sie sehr genoss, obwohl es jetzt schwerer war, etwas vor ihrer Familie zu verbergen, wenn es sein musste. Und vor der Hochzeit hatte es sogar noch mehr Familientreffen gegeben – zumindest was die Frauen betraf. Roxie hatte keine große Feier haben wollen und so hatte sie die kleine, intime Zeremonie ihrer Träume bekommen. Zumindest glaubte Adrienne das.

Roxie und Carter saßen in ein Gespräch vertieft an einer Seite des Zimmers. Das Paar lächelte einander an, dann wiederum runzelten sie die Stirn. Ihre Mienen wechselten so häufig, dass Adrienne keine Ahnung hatte, worüber sie sich unterhalten mochten. Sie bemerkte jedoch, dass Carter Roxie eine Haarsträhne aus dem Gesicht strich und so auf sie hinablächelte, als wäre sie der einzige Mensch auf der Welt, den er anschauen oder mit dem er zusammen sein wollte. Er war so verliebt in ihre Schwester, dass Adrienne die Tränen zurückhalten musste, als sie sah, wie er Roxie anblickte. Sie hoffte wirklich, das Paar würde sich noch lange mit liebevollen Blicken betrachten und als Liebende zusammenbleiben. Bei diesem Anblick wünschte sie sich beinahe, eine ebensolche Liebe finden zu können. Eigentlich befand sie sich bereits auf dem besten Weg, sich zu verlieben, obwohl das wirklich nicht angebracht war.

Thea stand mit Shea zusammen und lachte über irgendetwas. Aus irgendeinem Grund hatten die beiden sich sofort verstanden und schnell miteinander Freundschaft geschlossen. Obwohl Thea bereits in Molly eine beste Freundin besaß, hatte ihre Schwester Shea mit offenen Armen und ohne den geringsten Widerstand aufgenommen. Adrienne hatte angenommen, ihre Schwägerin würde sich schneller mit Roxie anfreunden, da die beiden Interessen teilten. Aber was die Persönlichkeiten der drei Frauen betraf, so hatten Thea und Shea weit mehr gemeinsam als die ähnlich klingenden Namen.

William, ihr Dad, und Shep kümmerten sich um den Grill und hielten sogar noch durch, als es an diesem kühlen Nachmittag zu schneien begann. Und während jedes einzelne weibliche Wesen im Raum – außer Livvy – wusste, wie man grillte, hatte ihr Vater die Terrasse als sein Territorium beschlagnahmt. Er hatte zwar seinen Töchtern beigebracht, wie man einen Grill benutzt, falls sie in ihrem eigenen Zuhause grillen wollten, aber er war sehr eigen darin, wer seine heiligen Flammen betreuen durfte. Adrienne hatte das Gefühl, Carter würde sich schon bald den beiden Männern am Grill anschließen. Ihr Vater liebte ihn wie einen eigenen Sohn und würde Carter wahrscheinlich willkommen heißen und ihm erlauben, sich seinem kostbaren, gehüteten Grill zu nähern.

Immerhin hatte er Carter auch erlaubt, sich seiner kostbaren, gehüteten Tochter zu nähern.

Adrienne schnaufte angesichts ihres lahmen Witzes und war wirklich froh, dass Mace nicht da war, um jetzt ihr Gesicht zu sehen, nachdem sie diesen schrecklichen Witz gerissen hatte. Auch wenn dies nur in ihrem Kopf stattgefunden hatte. Zur Hölle, sie war aus mehreren Gründen froh, dass er nicht hier war, vor allem deshalb, weil so niemand bemerken konnte, dass sie jede seiner Bewegungen beobachtete. Wenn Carter, Ryan und Shea in der Lage gewesen waren, ansatzweise herauszufinden, was zwischen ihnen beiden vorging, so hätte ihre Familie es in einer Minute geschafft. Sie hatte das Gefühl, dass sie es einzig und allein deshalb noch nicht herausgefunden hatten, weil sie alle so sehr mit ihrem eigenen Leben beschäftigt waren. Sie hatten nicht wirklich darauf geachtet, was sie außerhalb des Studios tat. Und dafür war sie dankbar.

Sie brauchte Zeit, um genau herauszufinden, was sie in Bezug auf ihren besten Freund wollte. Und nachdem sie sich beim letzten Mal, als sie zusammen gewesen waren, in seinen Armen so schnell und vollkommen verloren hatte, wusste sie, dass sie niemals mehr die Frau werden konnte, die sie gewesen war, bevor sie ihn berührt hatte.

Er hatte einen Teil ihrer Seele berührt, sie als die Seine gebrandmarkt, obwohl sie wusste, dass es vielleicht nichts Dauerhaftes war. Die Dinge hatten sich verändert und es erschien ihr inzwischen als falsch zu verstecken, was sie tat, was *sie taten*. Sie wollte ihre Beziehung nicht mehr verheimlichen. Denn sie befürchtete, dass es desto schlimmer für alle werden würde, wenn die Wahrheit herauskäme, je mehr Zeit verstrich. Sie wusste auch, dass es so aussehen könnte, als schämte sie sich für die Gefühle, die sie für Mace hegte. Und das hätte nicht weiter von der Wahrheit entfernt sein können. Sie hatte das Gefühl, sich schon in ihn verliebt zu haben, lange bevor sie das erste Mal seine Lippen auf ihren gespürt hatte. Und das jagte ihr mehr Angst ein als alles andere. Weil sich alles verändert hatte und wenn sie versuchen würden, zu dem zurückzukehren, was sie zuvor gehabt hatten, so wusste sie nicht, ob sie dahin zurückfinden könnten. Sie war sich nicht einmal sicher, ob es in Wahrheit jemals anders zwischen ihnen gewesen war als jetzt.

»Gibt es einen Grund dafür, warum du hier allein mit dieser traurigen Miene herumstehst?« Roxie lehnte sich an sie, während sie sprach, und Adrienne gab sich alle Mühe, sich aus ihren Gedanken zu reißen. Sie konnte kaum glauben, dass sie sich wieder einmal so lange in ihre im Kreis verlaufenden Gedanken verloren hatte, dass sie nicht bemerkt hatte, dass Carter offiziell am Grill akzeptiert worden war und ihre Schwester sich neben sie gestellt hatte. Daher wusste sie nicht, wie lange Roxie sie bereits beobachtet hatte.

»Entschuldige, ich habe nur an die Arbeit gedacht«, log sie. Sofort verfluchte sie sich dafür.

»Du wirst besser lügen müssen, wenn Mom dich fragt, was los ist. Und da wir uns hier mitten im Getümmel befinden, lasse ich dir die Lüge durchgehen. Vorerst. Wie wäre es, wenn wir dir einen Drink besorgen, weil du mit leeren Händen hier stehst und dich an die Wand lehnst, während dir der Mund offen steht wie bei einem Kugelfisch.«

Adrienne kniff ihre Schwester in den Arm und genoss es, als diese einen kleinen Schrei ausstieß, dabei aber lachte. Sie hatte nicht fest gekniffen und würde das auch niemals tun, da sie eine Familie waren und einander liebten, aber manchmal war ihre kleine Schwester ein Miststück. Ein kluges Miststück zwar, aber trotzdem ein Miststück.

»Danke. Ich könnte einen Drink gebrauchen.« Oder vier, aber wer zählte das schon nach.

Sie folgte Roxie in die Küche und ging zum Kühlschrank, um sich ein Getränk zu holen. Ihre Mom hatte bereits eine Flasche Weißwein geöffnet, also schenkte sie sich ein Glas ein und füllte das ihrer Schwester nach. Anstatt ins Getümmel zurückzukehren, lehnten die beiden sich gegen die Arbeitsplatten und redeten miteinander, wie sie es als Kinder getan hatten, wenn sie kleine Naschereien gestohlen hatten, wenn ihre Mutter nicht hingeschaut hatte. Sicher, ihre Mutter hatte es immer gewusst, so wie sie es immer gewusst hatte, wenn sie einander hinter ihrem Rücken Gesichter geschnitten hatten. Der alte Spruch, dass Mütter Augen im Hinterkopf haben, traf auf niemanden besser zu als auf Katherine Montgomery.

»Bist du bereit für die Zeit der Steuerabrechnungen?«, fragte Adrienne. »Sobald Weihnachten vorbei ist, wird auch deine arbeitsreichste Zeit des Jahres beginnen.« Normalerweise bekam Adrienne ihre Schwester während dieser Zeit kaum zu Gesicht, außer anlässlich einiger hastiger Abendessen, die ihre Mutter irgendwie arrangieren konnte. Allein bei dem Gedanken, die Steuern machen zu müssen, drehte sich ihr der Magen um und sie bekam Kopfschmerzen. Sie wusste nicht, wie die beiden, ihre Schwester und ihre Schwägerin, bei einem solchen Job enden konnten, aber sie wünschte ihnen alles Gute damit. Denn ihretwegen blieb es Leuten wie ihr selbst erspart, sich mit all den Zahlen auseinanderzusetzen zu müssen und dabei zu verzweifeln.

»So bereit wie ich nur sein könnte. Carter hat dies schon einmal mit mir durchgemacht, also ist er zumindest darauf vorbereitet, dass er mich vier Monate lang kaum sehen wird. Aber erinnere mich mal in ein paar Monaten an meine Worte, wenn ich mir die Haare raufen werde, weil die Leute dauernd mit Schuhkartons voller zerknitterter Quittungen zu mir kommen und mir viel Glück damit wünschen.«

Adrienne verzog das Gesicht. »Das ist nur ein einziges Mal passiert und dann nie wieder. Ich hatte ein hartes Jahr und arbeitete sogar mehr Stunden als du, um die Miete zu bezahlen. Jetzt habe ich alles so gut wie möglich für dich sortiert und beschriftet.«

»Ja, das stimmt allerdings. Ich kann es mir auch nicht erlauben, noch einmal mit einem Schuhkarton unterm Arm im Büro aufzutauchen. Das war der Horror, Adrienne. Der reinste Horror.« Sie zwinkerte und Adrienne verdrehte die Augen.

»Stopp. So schlimm war es auch wieder nicht. Ich weiß, dass du schon Schlimmeres gesehen hast.«

»Das stimmt, aber da du Familie bist, muss ich dich ein wenig ärgern. Das war bereits festgelegt, als wir geboren wurden.«

»Du bist ein Depp.«

»Mädels, seid nett zueinander. Livvy hält sich im anderen Zimmer auf und ich möchte nicht, dass sie etwas hört und am Ende selbst benutzt. Seid gute Vorbilder für eure Nichte.«

»Es tut uns leid, Mom«, sagten sie beide gleichzeitig, dann blickten sie einander an und auf ihren Gesichtern deutete sich an, dass sie gleich in Lachen ausbrechen würden. Es war, als wären sie wieder zehn und in Schwierigkeiten, weil sie mit den Thompson-Jungs aus der Nachbarschaft beim Fahrradfahren darin gewetteifert hatten, den Lenker hochzureißen und auf dem Hinterrad zu fahren. Den Jungs hatte es nie besonders gefallen, dass sie und ihre Schwester weit bessere Fahrer waren als sie selbst und Adrienne eine Draufgängerin, was gefährliche Kunststückchen anbelangte. Ihre Mom war über all das keineswegs glücklich gewesen, aber Shep hatte ihnen insgeheim immer alles beigebracht, was er konnte, sodass sie den Thompson-Jungs eins auswischen konnten.

»Das sollte euch auch leidtun.« Ihre Mutter lächelte dabei und ihr Tonfall war nicht so scharf wie damals, als sie noch Kinder gewesen waren und stets in Schwierigkeiten gesteckt hatten. »Geht auf die Terrasse und entspannt euch. Euer Vater hat den Heizer eingeschaltet, noch bevor ihr hier eingetroffen seid, also ist es schön warm. Wir wollen doch nicht all den Strom verschwendet haben.« Sie zwinkerte, dann kehrte sie ins Wohnzimmer zurück, wahrscheinlich um mit ihrer Enkelin zu spielen.

Adrienne und Roxie waren wie zu Eis erstarrt, als ihre Mutter plötzlich aus dem Nichts aufgetaucht war, um sie zu ermahnen, aber jetzt entspannten sie sich. Nach einem Augenblick gingen sie auf die mit einem Dach versehene Terrasse hinaus, auf der ein Gasheizer aufgestellt war, wo sie sich entspannten, wie ihre allwissende Mutter es ihnen aufgetragen hatte.

Im Ernst, die Frau musste die Fähigkeiten eines Ninjas besitzen, wenn es darum ging, sie dabei zu erwischen, wie sie etwas taten, was sie eigentlich nicht tun sollten, was es ihnen sehr erschwert hatte, im Haus der Montgomerys ein Teenager zu sein. Shep hatte diesbezüglich mehr Glück gehabt, da er, als die anderen geboren worden waren, bereits etwas älter gewesen war und seine Eltern ihm ein bisschen mehr hatten durchgehen lassen. Aber als dann die Mädchen ins Teenageralter kamen, hatten ihre Eltern bereits Übung und waren bereit gewesen, allen Schwierigkeiten ins Auge zu sehen. Überflüssig zu erwähnen, dass Adrienne nicht wirklich rebelliert hatte, bis sie ausgezogen war und sich in der Kunst vergraben hatte.

Mace war damals glücklicherweise ebenfalls bereit gewesen zu rebellieren, als sie sich kennenlernten, sodass sie herausfinden konnte, welche Sorte Alkohol sie haben konnte und welche ihr gefiel. Und welche sie nach nur einem kleinen Glas dazu brachte, auf dem Tisch zu tanzen. Die Leute dachten immer, es wäre Tequila, aber sie kannte die richtige Antwort. Wodka war das teuflischste Getränk. Mace war auch da gewesen, als sie ihre erste und einzige Zigarette probiert hatte. Offensichtlich war ihr nicht bestimmt gewesen, eine Raucherin zu werden, und dafür war sie dankbar. Der erste Zug hatte ihr eine Woche lang rote, juckende Augen beschert und sie hätte immer noch husten können, wenn sie nur daran dachte.

Und während all dessen war Mace an ihrer Seite gewesen.

»Was hat dieses Lächeln zu bedeuten?«, fragte Thea, die mit einem frisch aufgefüllten Weinglas in der Hand auf die Terrasse hinaustrat. »Du denkst an deinen Kerl, habe ich recht?«

Adrienne erstarrte, ihr war nicht bewusst gewesen, dass sie gelächelt hatte, während sie an Mace gedacht hatte. »Äh, was?«

Roxie legte den Kopf schräg und musterte Adriennes Gesicht. »Weißt du, so lächelt man, wenn man an einen Mann denkt. Ich habe es bereits gesehen, als wir bei unserem *feucht-fröhlichen Pinsel* Abend waren und du dein Geheimnis nicht länger für dich behalten konntest. Also, wer ist er? Ich weiß, du hast gesagt, wir würden ihn nicht kennen, aber hat er einen Namen?«

»Was macht er beruflich?«, fragte Thea, die sich nun neben Roxie auf die Hollywoodschaukel setzte und in die Unterhaltung einstieg. Adrienne saß auf einem Stuhl daneben, die mit Stiefeln beschuhten Füße hatte sie auf einer Gartenottomane abgestützt.

»Ist er gut im Bett?«, fügte Roxie hinzu.

»Wie groß ist sein –«

Adrienne hielt beide Hände in die Höhe; ein Lachen perlte in ihrer Kehle hoch, als sie Thea die Frage abschnitt. »Oh mein Gott, hört auf damit, alle beide. Es ist, als wären wir wieder in der Highschool und ihr könntet es kaum erwarten zu hören, was ich von dem neuen Jungen in der Klasse halte.«

Thea grinste und trank einen Schluck Wein. »Ich kann mich nicht daran erinnern, in der Highschool nach Länge und Umfang gefragt zu haben, denn damals waren nicht alle von uns so … erfahren.«

Adrienne zeigte ihr den Mittelfinger. »Ich hatte nur ein einziges Mal Sex in meiner Highschool-Zeit, Arschloch. Und niemals wieder werde ich Sex auf dem Rücksitz eines Toyota Corolla machen.« Sie schauderte. »Niemals. Wieder.«

»Dieser neue Kerl von dir hat also etwas Besseres?«, fragte Roxie. »Vielleicht … einen Schwanz?« Ihre Schwestern blickten einander an und brachen in Lachen aus. Adrienne schüttelte nur den Kopf.

Sie hatte sie schon einmal angelogen und da es so schien, als wüssten bereits viele ihrer anderen Freunde von ihr und Mace – zumindest in groben Zügen, da sie ja noch nicht einmal selbst wusste, was vor sich ging –, musste sie ehrlich zu ihnen sein.

»Also, äh, ich war nicht ehrlich zu euch neulich … es ist Mace.« Sie schloss den Mund schnell wieder, sobald sie mit seinem Namen herausgeplatzt war, und hoffte inständig, sie hätte keinen Fehler gemacht. Seit Kurzem wünschte sie sich dies ziemlich häufig.

Ihre Schwestern hörten auf zu lachen und starrten sie an. Roxies Mund öffnete und schloss sich wie bei einem Fisch, während sie nach Worten suchte. Theas Augen begannen zu strahlen.

Ihre mittlere Schwester deutete auf sie und stieß einen schrillen Schrei aus. »Ich wusste es! Ich wusste es, verdammt noch mal!«

Roxie hüpfte auf der Hollywoodschaukel auf und ab, was Thea zwang, das Gleichgewicht zu halten, damit sie nicht herunterfiel, aber keine von den beiden schien das zu kümmern. »Mace? Dein Mace? Jetzt ist er wirklich *dein* Mace, nicht wahr?«

»Bevor wir zu den brennenden Fragen des Jahrhunderts übergehen, was dich und Mace betrifft«, begann Thea mit blitzenden Augen, »musst du mir die zuvor gestellten Fragen beantworten.«

»Ist er gut im Bett?«, wiederholte Roxie.

»Wie groß?« Thea grinste. »Wir kennen bereits seinen Namen und was er beruflich macht, daher kannst du gleich zu den interessanten Punkten kommen. Ich meine, der Sex muss gut sein, richtig?«

Roxie klatschte vor der Brust in die Hände und imitierte eine in Ohnmacht fallende Regency-Heldin. »Natürlich ist er gut. Er ist Mace.«

»Bist du nicht verheiratet?«, fragte Adrienne trocken. »Mit dem herrlich heißen und höchst fickbaren Carter dort im Haus?«

Roxie leckte sich wie eine Katze vor einem Vogelkäfig die Lippen. »Oh ja, ich bin mit dem sehr heißen Mann dort drin verheiratet, mit dem ich eine großartige Runde *Sir, darf ich?* gespielt habe, bevor wir zum Abendessen erschienen sind, aber wir reden doch jetzt nicht über Carter und mich.«

Sir, darf ich?

Was zur Hölle taten Roxie und Carter im Bett? Nein, nicht daran denken. Sie sollte nicht einmal im Traum daran denken, ihre Gedanken in die Nähe dieser Vorstellung driften zu lassen. Aber sie könnte ja Mace fragen, ob er es spielen wollte. Vielleicht sollten sie es dann aber *Ma'am, darf ich?* nennen.

»Okay, da sehe ich eine weitere Variante deines Lächelns, aber diesmal weiß ich nicht genau, woran du denkst.« Thea schüttelte den Kopf. »Neben euch beiden fühle ich mich ein wenig vernachlässigt, was die Benutzung meiner Damenteile betrifft. Das wird sich im neuen Jahr ändern müssen. Sicher, letztes Jahr habe ich das auch gesagt und es ist nichts geschehen, weil ich mich so auf die Bäckerei konzentriert und eigentlich keine Zeit habe, mir zu wünschen, dass irgendein Kerl mit seinem dicken Schwanz eintritt und mich zum Kommen bringt.«

Adrienne schnaufte, bis ihr der Wein in der Nase hochstieg. Sie hustete und versuchte, sich von den Lachtränen nicht ihr Make-up verwischen zu lassen. »Hast du das gerade wirklich gesagt? Wie viel Wein hast du getrunken?«

Roxie verschluckte sich auch, aber Thea hob nur ihr Glas. »Ich kann nicht immer nur die Nette und

Mütterliche sein. Manchmal braucht eine Frau einfach einen Schwanz. Aber genug von mir, Adrienne, Liebling, du hast unsere Fragen nicht beantwortet. Sicher, sobald du das getan hast, habe ich noch zwanzig weitere. Also fangen wir an, denn bald schon wird Mom oder einer der Jungs herauskommen und dann werden wir das Thema beenden müssen. Oh mein Gott, weiß Shep es? Er arbeitet doch mit euch zusammen, er muss es wissen. Wenn er damit die ganze Zeit hinter dem Berg gehalten hat, werde ich nicht sehr begeistert sein.«

Adrienne hielt beide Hände in die Höhe und unterbrach Thea auf diese Weise, bevor diese noch weiter herumplapperte. »Shep weiß es nicht. Und wenn du noch einmal *braucht eine Frau einen Schwanz* sagst, falle ich womöglich von diesem Stuhl und erhole mich nie wieder. Aber ich schweife ab. Shea hat es herausgefunden, Ryan ebenfalls und wahrscheinlich sogar Landon.« Sie blickte zu Roxie hinüber. »Carter hat es auch bemerkt, aber Mace hat ihn schwören lassen, es geheim zu halten. Aber Carter hat auch, wie Shea, gesagt, dass sie nicht lügen würden, sollten ihre Ehepartner sie direkt fragen. Also sei Carter nicht böse, Roxie. Wenn du jemandem böse sein willst, dann mir, aber bitte werde überhaupt nicht böse, denn wirklich ... wir wollten es solange wie möglich für uns behalten. Und jetzt, da die Katze aus dem Sack ist, weiß ich wirklich nicht, was geschehen wird.«

Roxie runzelte die Stirn, sagte aber eine Weile nichts,

während Thea nur mit nachdenklichem Gesicht zwischen beiden hin und her blickte.

»Ich werde Carter später spaßeshalber anschreien, weil er mir solch ein saftiges Geheimnis vorenthalten hat. Aber jetzt gehen wir mal direkt zu dem Punkt über, dass du nicht weißt, was geschehen wird. Ich muss auch etwas über seinen Schwanz erfahren, denn wir haben das jetzt bestimmt fünfmal erwähnt und du hast immer noch nichts dazu gesagt. Also ist es entweder wirklich traurig um ihn bestellt und er weiß, was er mit seinem Mund tun muss, denn du würdest andernfalls nicht bei ihm bleiben und deine Freundschaft mit ihm riskieren, oder er ist so groß, dass du uns nicht neidisch machen willst. Besonders deine kleine Schwester dort nicht, die sich ein wenig benachteiligt fühlt, was ihre niederen Regionen anbelangt.«

Adrienne fuhr sich mit der Hand übers Gesicht. »Warum benutzen wir Begriffe wie *niedere Regionen* und *Damenteile?* Dieses Gespräch wird langsam wirklich befremdlich.«

»Beantworte die Frage«, verlangte Thea. »Weil wir Mace lieben und ich ihn immer als zusätzlichen Montgomery-Bruder betrachtet habe. Aber offensichtlich warst du weit davon entfernt, so zu denken.«

Roxie kicherte und lehnte sich an Thea. Adrienne nahm an, dass sie so lange um den heißen Brei herumgeredet hatten, dass sie jetzt einfach mal eine Antwort geben musste.

»Weil ich weiß, dass ihr mich nicht in Ruhe lasst,

wenn ich eure Neugier nicht befriedige, zumindest ein bisschen, dann bitte, hier.« Diesmal war es Adrienne, die grinste wie die Katze mit einer Maus im Maul. »Er ist großartig. Mit Abstand der beste Sex, den ich je gehabt habe. Und er hat den größten ... nun, ihr wisst schon ... den ich bisher gesehen habe. Ich werde mich nicht über Dimensionen und Maße auslassen, weil er erstens mir gehört und das etwas ist, was ich für mich behalten will. Und zweitens verdient er ein wenig Privatsphäre, auch wenn ihm wahrscheinlich damals schon bewusst gewesen ist, dass er sich das abschminken kann, als er sich mit mir angefreundet hat.«

Ihre Schwestern klatschten in die Hände und sie verdrehte die Augen. Manchmal war es einfach schön, sich so zu verhalten, als wäre man kein Erwachsener, der Rechnungen bezahlen und unzählige Listen abarbeiten musste.

»Er macht dich glücklich?«, fragte Roxie. »Denn das ist doch das Wichtigste.«

Adrienne nickte langsam, während sie sich gewissenhaft ihre Antwort überlegte. »Bei allem, was gerade im Studio vor sich geht, und der Tatsache, dass jemand versucht, uns zu schaden, auf welche Art auch immer, ist er das Einzige, was mich zum Lächeln bringt.«

Roxie seufzte froh auf, aber Thea reagierte nicht, als wüsste sie, dass Adrienne noch nicht fertig war. Roxie war immer schon die Verträumte gewesen und obwohl sich im vergangenen Jahr, nachdem sie Carter geheiratet hatte, einiges geändert hatte, so war ihr dieser Charakterzug doch erhalten geblieben – wenn auch in leicht abgemilderter Form.

Adrienne erzählte ihnen von ihrer ersten Nacht mit Mace und den darauffolgenden und welche Gefühle er in ihr hervorrief. Sie musste lachen, als die beiden den Atem ausstießen und sich Luft zufächelten. Adrienne war zwar nicht ins Detail gegangen, aber sie hatten einiges erraten können.

»Die Sache ist die, dass er mich schon zum Lächeln gebracht hat, bevor unsere Freundschaft sich geändert hat. Ich liebe euch, Mädels, und ich liebe Shep, aber ich liebe auch die Tatsache, dass ich Verbindungen außerhalb unserer Familie habe. Ich weiß, Thea, dir ergeht es ebenso mit Molly. Der Gedanke, dass ich außerhalb der großartigen, liebevollen Gemeinschaft unserer Familie Freundschaften haben kann, die sich ebenso familiär anfühlen, gibt mir stets ein Gefühl der Ausgewogenheit. Und das habe ich erst bemerkt, als mir bewusst wurde, dass Mace sich ebenso auf mich wie auf seine eigene Familie verlassen musste, als seine Ex auftauchte und Daisy bei ihm abgeladen hat.«

Sie runzelte die Stirn, als sie versuchte, ihre Gedanken zu ordnen.

»Aber jetzt ist alles anders. Und doch auch wieder nicht. Wir haben uns für so klug gehalten, jeden Schritt zu besprechen, als ich mich plötzlich in seinen Armen wiederfand und nicht mehr wegwollte. Und doch glaube ich, dass es keinen Weg gab, über das zu sprechen, was genau wir empfanden, bis wir es selbst wussten. Und selbst jetzt weiß ich nicht, ob ich es weiß. Es ist alles so verwirrend und aufregend und beschwingend. Und ich überrasche mich dabei, diese ganz neuen Gefühle zu haben. Und Spaß mit meinem besten Freund, und zwar auf eine Art, von der ich bisher nicht wusste, dass ich dazu fähig bin.«

»Liebst du ihn?«, fragte Thea leise.

Sie blickte ihren Schwestern in die Augen und nickte, was ihr selbst Angst einjagte. »Ich liebte ihn bereits, bevor ich glaubte, wahrscheinlich den größten Fehler meines Lebens zu begehen. Diese Liebe war wie die Basis für das, was ich jetzt empfinde, und dieser Gedanke macht mir Angst. Ich habe mich so lange auf mein Geschäft und meine Kunst konzentriert, dass ich den Gedanken beiseitegeschoben habe, ich könnte mit einem anderen Menschen zusammenleben. Und nach allem, was ihm widerfahren ist, mit Daisys Zeugung und Geburt und all den rechtlichen Problemen danach mit seiner Ex – und jetzt gibt es sogar noch mehr davon –, weiß ich nicht, was er von unserer Beziehung erwartet. Wir haben so viel getan, um dafür zu sorgen, dass wir uns, solange es dauert, nicht wehtun, dass ich wirklich Angst habe, was geschieht, falls und wenn wir entscheiden, das Risiko nicht mehr eingehen zu wollen. Weil ich nicht mehr derselbe Mensch bin, der ich noch vor einem Monat gewesen bin, und ich glaube, ich habe mich zum Besseren verändert. Aber ich habe wirklich Angst, dass er sich nicht so in mich verlieben wird, wie ich mich bereits in ihn verliebt habe.«

Sie wischte sich eine einzelne Träne fort, von der sie nicht gewusst hatte, dass sie ihr überhaupt entwischt war.

»Er ist dein bester Freund und ich glaube nicht, dass sich das ändern wird.« Thea sprach langsam, als arbeitete sie sich von Wort zu Wort vor. »Aber ich glaube, wenn du dich wirklich so sehr in ihn verliebst, wie wir alle in diesem Augenblick glauben, dann solltest du vielleicht den Weg definieren, den du einschlagen willst. Ich sage nicht, du solltest dich und deine Gefühle bloßstellen. Noch nicht. Außer du willst es. Aber vielleicht solltest du mehr daraus machen als nur heiße Nächte, wenn sie sich gerade ergeben. Ich weiß, ihr habt auch an ein kleines Mädchen zu denken, aber sie gehört bereits zu deinem Leben und du zu ihrem. Aber wenn du wirklich etwas willst, dann sorg dafür, dass es auch eintrifft. Es gab in deinem Leben keine einzige Sache, die du nicht bei den Hörnern hättest packen können, denn du stürzt dich kopfüber in alles hinein. Das habe ich immer an dir bewundert und ich liebe dich so sehr. Wenn du dich also wirklich in ihn verliebst, wage den nächsten Schritt.«

Bevor eine der Schwestern noch etwas sagen konnte, wurden sie von ihrer Mutter zum Essen gerufen. Daher umarmte sie Thea und Roxie und ging ins Haus, um das Familienabendessen mit Menschen zu genießen, die sie verstanden. Und als sie nach Hause zurückgekehrt war, holte sie ihr Telefon hervor und tat den nächsten Schritt.

Addi: *Ich denke, wir sollten uns verabreden und ausgehen.*

Sie sog scharf die Luft ein und hoffte, keinen Fehler begangen zu haben.

Mace: *Passt es morgen?*

Sie biss sich auf die Lippe und stand wie eine Idiotin lächelnd in ihrer Küche. Es schien, als hätte sie morgen ihre erste echte Verabredung mit ihrem besten Freund, und sie tanzte herum, denn ihre Begeisterung beruhigte ihre Nerven nicht gerade.

Ihre Schwestern hatten recht. Wenn sie ihn genug liebte, um zu versuchen, es funktionieren zu lassen, dann musste sie den nächsten Schritt tun und ein Risiko eingehen. Und morgen, wenn sie zu der Verabredung mit Mace gehen würde, an der nur sie beide teilnehmen und die nicht nur eine freundschaftliche Mahlzeit sein würde, würde sie alles geben.

Denn das tat sie immer, Zukunftsängste hin oder her.

Kapitel Zwölf

Dies war ein grosser Schritt, zumindest fühlte es sich für Mace so an. Er fuhr sich mit der Hand durchs Haar und fragte sich, ob er wirklich wusste, was er tat. Wenn er bedachte, dass er während der letzten paar Monate wie durch einen trüben Nebel gegangen war, während er versucht hatte, einen Spielplan zu entwerfen, hatte er das Gefühl, dies würde auch nicht besser laufen als alles andere.

Nun, es war dumm, so zu denken. Sicher, manche Dinge verwirrten ihn immer noch und er hinkte ständig allem hinterher, aber er hatte auch nicht alles vermasselt. Im MIT riss er sich den Hintern auf und gewann jede Woche neue Kunden. Ja, die Laufkundschaft hatte abgenommen, seitdem sich das Gerücht verbreitet hatte bezüglich des angeblichen Drogenhandels und der ebenso angeblichen Probleme mit dem Gesundheits- amt, aber sobald sie herausgefunden hätten, wer der

Mann war, der das Studio auf dem Kieker hatte, wären sie in der Lage, ihren Ruf wiederaufzubauen. Und obwohl es wirklich ärgerlich und besorgniserregend war, dass ihr Geschäft aufgrund des Graffitis und der beiden anderen Vorkommnisse einen harten Schlag hatte einstecken müssen, wusste er, dass sie stärker waren als alles, was noch auf sie zukommen mochte. Das ganze Team war mehr als begabt und sie hatten die Montgomerys und deren persönliche Reputation im Rücken. Wer auch immer also glaubte, er könnte versuchen, ihnen zu schaden, konnte ihnen gestohlen bleiben.

Und was das Wichtigste in seinem Leben anbelangte, seine Tochter? Er hatte das Gefühl, endlich Boden unter den Füßen zu haben, wenn es darum ging, Daisy allein aufzuziehen. Es war nicht leicht, das Gleichgewicht zu halten zwischen dem Versuch, ein guter Vater zu sein, und gleichzeitig dafür zu sorgen, dass Daisy täglich Kontakt mit ihrer Mutter hatte. Ein kleiner Teil von ihm hätte seine Ex gern für immer aus seinem Leben getilgt, nicht nur für das, was sie ihm in der Vergangenheit angetan hatte, sondern auch für das, was sie gerade tagein, tagaus ihrer Tochter antat. Daisy war immer noch zu jung, um zu verstehen, was los war, aber sie war alt genug, um zu wissen, dass etwas anders war und nicht so, wie es sein sollte.

Er wartete immer noch auf die endgültigen Papiere und die Entscheidungen bezüglich seiner zukünftigen Rechte, was Daisy betraf. Und diese Ungewissheit verursachte ihm solche Magenschmerzen, dass er sich sicher war, einen Vorrat an Magentabletten kaufen zu müssen.

Während er sich also mit den größten rechtlichen Unsicherheiten plagte, musste er all das beiseiteschieben und sich darauf konzentrieren, was das Beste für seine Tochter war. Die beiden hatten inzwischen einen Rhythmus gefunden, der zu funktionieren schien. Da er erst später zur Arbeit gehen musste als bei den meisten neun bis siebzehn Uhr Jobs, weil das Studio nicht so früh öffnete, konnte er jeden Morgen mit seinem kleinen Mädchen aufwachen und sie für die Vorschule fertig machen.

Dann brachte er sie selbst zu Fuß dorthin, bevor er nach Hause zurückkehrte, wo er dann die Information erhielt, ob er heute mit Adrienne eine Fahrgemeinschaft bildete. Seine Eltern wechselten sich darin ab, Daisy von der Schule abzuholen, und sie liebten es, dass sie nun so viel Zeit mit ihrer Enkelin verbringen konnten.

Und obwohl es ihm ein wenig Sorgen bereitete, hatte sich auch Adriennes Rolle in Daisys Leben geändert. Seine Tochter hatte sich schnell an die zweite Frau in seinem Leben gebunden, noch bevor die Veränderungen in ihrer Freundschaft eingesetzt hatten. Seine beste Freundin kam nun so oft wie früher zu ihm nach Hause, was bedeutete, dass sie Daisy sehr oft sah. Und sein kleines Mädchen beharrte stets darauf, Adrienne Hallo zu sagen, wenn sie mitbekam, dass er ihr eine SMS schickte. Er wusste, Adrienne bemühte sich, in Daisys Augen dieselbe Rolle einzunehmen wie zuvor, und dafür war er ihr dankbar. Es war ein Unterschied, ob sie ihre Beziehung als Paar änderten oder die Art, wie seine Tochter sie sah.

Und nach all dem hatte er das Gefühl, er würde wahrscheinlich den Preis für die verschlungensten, im Kreis verlaufenden Gedankenmuster des Tages gewinnen.

Seine Schwester Violet würde bald bei ihm aufkreuzen, um auf Daisy aufzupassen, sodass Adrienne und er zum ersten Mal offiziell miteinander ausgehen konnten. Er konnte kaum glauben, dass sie tatsächlich noch nie ein Rendezvous gehabt hatten. Ja, sie hatten zusammen gegessen und einander jeden Tag beim Arbeiten oder Sex gesehen, aber er war nicht der Mann gewesen, für den er sich gehalten hatte, und hatte sie noch nicht in die Öffentlichkeit ausgeführt. Heute Abend würden sie das nachholen. Ihm war die Tatsache nicht entgangen, dass nicht er sie, sondern dass sie andersherum ihn gefragt hatte. Und außerdem war auch sie es gewesen, die ihm erzählt hatte, dass sie seit einem Jahr keinen Sex mehr gehabt hatte und dass sie ihn sexy fand, was dazu geführt hatte, dass sie zusammen geschlafen hatten. Und während er derjenige gewesen war, der wiederholt eingewandt hatte, ihre Freundschaft nicht riskieren zu wollen, war es wiederum sie gewesen, die gesagt hatte, dass sie miteinander über die Einzelheiten reden und sich klar werden mussten, was sie voneinander wollten.

Er hatte sie nicht so behandelt, wie er es hätte tun müssen, und er wusste, das musste er wiedergutmachen.

Sie verdiente weit mehr als heißen Sex in einsamen Nächten oder in Lagerräumen, wenn sie sich unbeobachtet glaubten. Jetzt, da die Welt herausgefunden hatte, was sie taten, lag es an ihnen, ob es funktionierte oder ob sie voneinander ließen und zu dem zurückkehrten, was sie vorher hatten, um nichts zu vermasseln.

Heute Abend würde er also der Mann sein, der er die ganze Zeit hätte sein sollen, und sie behandeln wie die Frau, die sie war. Eine Frau, die es verdiente, geschätzt und umsorgt zu werden. Und ja, er wollte sie auch hart bis zur Bewusstlosigkeit ficken, aber die Sache war die, dass er wusste, auch sie wollte das Gleiche mit ihm tun. Er war auch sehr interessiert an dem *Sir und Ma'am, darf ich?* Spiel, das anscheinend ihre Schwester aufgebracht hatte. Und während sie das ausprobieren würden, würde er sich bemühen, nicht an Roxie und Carter und daran zu denken, was zur Hölle sie im Schlafzimmer taten.

Gerade als er sein Hemd zugeknöpft hatte, kam Daisy in sein Schlafzimmer. Er wollte weder eine Krawatte noch ein Jackett tragen, da sie heute Abend kein elegantes Lokal aufsuchen würden, aber er wollte dennoch etwas Besseres anziehen als sein übliches abgetragenes T-Shirt und die zerlöcherte Jeans.

»Was ist los, meine Kleine?«, fragte er und wandte sich ihr zu.

»Gehen du und Tante Adrienne bald los zum Abendessen?«, wollte Daisy wissen. Er hatte ihr erklärt, dass Addi und er auswärts essen würden, ohne in Einzelheiten zu gehen, da er noch nicht bereit war, Daisy zu erzählen, dass Adrienne und er miteinander gingen.

Denn sie gingen tatsächlich miteinander. Keine unbedachten Wörter mehr, auch wenn er sich dabei wieder wie ein Teenager fühlte.

»Ja. Deine Tante Violet sollte in etwa zwanzig Minuten hier sein und dann gehen Addi und ich los. Ist das okay?« Er wollte zwar nicht wie die Eltern sein, die sich von ihrem Kind das Leben diktieren ließen, aber er wollte auch nicht alles zu schnell verändern, während sie gerade erst wieder Fuß fasste.

Sein kleines Mädchen nickte mit ernstem Gesicht. »Tante Sienna sagt, dass sogar Daddys Zeit brauchen mit Frauen, die sie gernhaben. Hast du Tante Addi gern?«

Er würde Sienna umbringen. Ja, sie hatte sich wahrscheinlich in einer Zwickmühle befunden, als Daisy ihr Fragen gestellt hatte bezüglich der Tatsache, dass er mit Addi zum Abendessen ausging, aber es wäre nett gewesen, wenn sie ihn kurz informiert hätte.

»Ja.« Er kniete sich vor Daisy und tippte ihr auf die Nase, woraufhin sie kicherte. »Sie ist meine beste Freundin.«

»So wie meine beste Freundin in der Schule Sarah ist? Aber sie ist ein Mädchen wie Tante Addi.« Er hatte bemerkt, dass sie begonnen hatte, Adrienne öfter Addi zu nennen, und obwohl er wusste, dass er vorsichtiger sein musste, gefiel ihm das.

»Ja, so wie das. Und auch mit Jungs kannst du beste Freunde sein.« Er wollte zwar als Vater kein Sexist sein, aber es war auch nicht so, als freute er sich darauf, dass sie größer wurde und ihre ersten Verabredungen hatte – mit Jugendlichen gleich welchen Geschlechts.

»Ich weiß. Roland ist auch einer meiner besten Freunde. Er ist aber nicht mein bester Freund. Aber da ich jetzt hier lebe und er auch ganz in der Nähe lebt, wird er vielleicht bald mein bester Freund. Ich weiß es noch nicht. Wir werden sehen.«

Mace unterdrückte ein Lächeln, dann breitete er die Arme aus. Ihre kleinen Arme schlangen sich fest um seinen Hals. Sie drückte ihn fest. Er erhob sich und trug sie ins Wohnzimmer. Erst da bemerkte er, dass er einen Anruf von Violet verpasst hatte, da er sein Handy im Wohnzimmer hatte liegen lassen.

Sie hatte eine Nachricht hinterlassen, aber als er sie abhören wollte, konnte er nichts verstehen. Besorgt rief er sie an und war erleichtert, als sie beim zweiten Klingeln antwortete.

»Es tut mir so leid. Hast du meine Nachricht bekommen?« Sie sprach schnell und glücklicherweise gab es diesmal überhaupt keine Störungen.

»Ja, aber ich konnte nicht verstehen, was du gesagt hast. Was ist los? Bist du unterwegs?« Sie hätte längst auf dem Weg sein müssen, wenn sie pünktlich hier sein wollte, und die Tatsache, dass sie ihn angerufen hatte, gab ihm ein schlechtes Gefühl.

»Verdammt, ich wusste, mein Telefon hatte ein Problem. Ich muss mir ein neues besorgen. Egal. Ich war auf halbem Weg, als ein Problem auf meiner Arbeit auftauchte. Ich musste hinfahren. Ich versuchte, dich anzurufen, bekam dich aber nicht ans Telefon. Dann rief ich Mom und Dad an, aber die waren auf einer Verabredung ungefähr eine Autostunde entfernt – was schön für sie ist, aber es war mein Pech. Dann rief ich Sienna an, aber sie ging nicht ran. Sie hat mir mit einer SMS geantwortet, sie hätte endlich eine Verabredung, würde sie aber sofort absagen und auf Daisy aufpassen, falls du sie bräuchtest. Ich wusste nicht so wirklich, was ich zu ihr sagen sollte, und jetzt wartet sie auf meinen Anruf. Nun, eigentlich wartet sie auf eine SMS, da sie mich gebeten hat, nicht anzurufen. Du kannst dir also wahrscheinlich vorstellen, was sie für eine Verabredung hat.«

Mace kniff sich in den Nasenrücken. Wenn Violet in Bedrängnis geriet, begann sie durcheinanderzureden, aber die Tatsache, dass sie all diese Schritte unternommen hatte, nachdem sie nur einmal versucht hatte, ihn zu erreichen, ohne an sein Festnetz zu denken, bedeutete, dass es ihr wirklich leidtat, nicht herkommen und auf Daisy aufpassen zu können.

»Ist schon okay. Ich werde etwas organisieren. Danke für den guten Willen und danke, dass du dich so bemüht hast, dass ich heute Abend ausgehen kann.«

»Es tut mir ehrlich leid, aber sicher, ich habe mein Bestes für dich gegeben. Hier geht es um eine Verabredung für dich und Adrienne. Das ist von höchster Wichtigkeit.«

Er schüttelte den Kopf und war froh, dass sie das

Lächeln auf seinem Gesicht nicht sehen konnte. »Es ist doch nur eine Verabredung. Hör auf auszuflippen.«

»Ich flippe aus, wann ich will. Und jetzt muss ich Schluss machen, aber du musst wirklich wissen, dass es mir leidtut. Und umarme dein kleines Mädchen für mich, denn den Abend mit ihr werde ich versäumen!«

Sie verabschiedeten sich und beendeten das Gespräch. Er fragte sich, was zur Hölle er nun tun sollte. Dann klingelte es an der Tür und er nahm an, dass ihm die Zeit davongelaufen war. Adrienne hatte gesagt, sie würde ihn bei ihm zu Hause abholen, da sie die Idee gehabt hatte, sich zu verabreden. Und da er sie gern zum Lächeln brachte, hatte er zugestimmt.

Aber jetzt war sie hier und er musste ihre Verabredung entweder komplett absagen oder einen Weg finden, ihr Rendezvous mit einer hyperaktiven Vierjährigen im Zimmer stattfinden zu lassen.

Dies lief so ganz anders, als er es geplant hatte.

Als er jedoch die Tür öffnete, verschlug es ihm beim Anblick von Addi in Strumpfhose und einem aufreizenden, schwarzen Kleid unter einem weißen Mantel die Sprache. Wie sie es geschafft hatte, in den Schuhen auf dem Eis nicht auszurutschen, musste er sie unbedingt später fragen.

»Hey, du«, sagte sie mit klappernden Zähnen. »Ich habe überhaupt nicht daran gedacht, wie sehr man in solch einer dünnen Strumpfhose friert.«

Er zog sie ins Haus und küsste sie auf die Schläfe. Schnell schloss er die Tür hinter ihr, um nicht alle

Wärme entweichen zu lassen. »Du siehst ... nun ... sobald ich entsprechende Worte finde, die beschreiben, wie du aussiehst, werde ich es dich wissen lassen.«

Sie strahlte ihn an, zog aber den Mantel nicht aus. Und er war sich nicht sicher, ob er ihr den Mantel abnehmen sollte, da er immer noch versuchte, die nächsten Abschnitte des Abends zu erfinden, der nun vollkommen aus dem Ruder gelaufen war.

»Nun, das ist die beste Art, einen zu begrüßen.«

»Äh, es gibt eine leichte Planänderung«, sagte er schließlich und wand sich dabei hin und her.

In diesem Augenblick lief Daisy auf Adrienne zu und warf sich gegen ihre Beine. Addi stolperte beinahe auf ihren hohen Absätzen, aber er schnappte sie und drückte sie an sich, sodass die drei nun ein Trio bildeten.

»Sei vorsichtig, Daisy«, ermahnte Mace seine Tochter.

Addi lachte nur. »Du bist wie meine Nichte Livvy. Sie hat mich gestern beim Familienabendessen beinahe umgehauen.«

»Livvy ist drei, richtig? Sie ist jünger als ich, aber nicht viel.« Daisy blickte mit Sternen in den Augen zu Addi auf und etwas in Mace verschob sich. Er war sich nicht sicher, was es war, noch ob er jemals in der Lage wäre, es zu benennen, aber er wusste, er musste sich dessen bewusst sein.

»Ja. Sie ist nur wenig jünger als du.« Sie warf Mace einen schnellen Blick zu, bevor sie wieder auf Daisy hinabblickte. »Vielleicht, eines Tages, werdet ihr euch kennenlernen, ich glaube nämlich, dass ihr euch prächtig verstehen werdet.«

»Geht das, Daddy? Kann ich Livvy treffen?«

Addi verzog das Gesicht, aber Mace nickte nur. »Sicher. Wir versuchen, das einzurichten.« Er beugte sich zu Addi und strich mit den Lippen über ihre Schläfe, während Daisy vor Begeisterung im Wohnzimmer herumwirbelte. Dann flüsterte er: »Hör auf, dich zu stressen. Du bist in meinem Leben. Du bist in ihrem Leben. Auch wenn wir nur Freunde wären, okay?«

Ihre Schultern entspannten sich sichtbar und er hasste es, dass er der Urheber für ihre Unsicherheit war. Sie bewegten sich beide auf dem schmalen Grat und irgendwie würden sie einen Weg finden, ihn zu bewältigen.

»Ich habe übrigens schlechte Nachrichten«, fuhr er fort. »Daisy, Süße, komm doch mal kurz her und hör auf, dich zu drehen, du wirst noch ganz duselig im Kopf.«

Sie blinzelte und taumelte ein wenig, dann hüpfte sie zu ihm. »Duselige Daisy?«

Addi lachte und fuhr Daisy übers Haar. »*Duselige Daisy* klingt ein bisschen nach *Mein Kleines Pony*.«

»Das wäre dann meine Lieblingsfigur«, meinte Daisy und die Erwachsenen lachten mit ihr.

»Wie ich bereits sagte, ich habe schlechte Neuigkeiten.« Er räusperte sich. Seine beiden Mädels blickten ihn an. »Violet musste plötzlich zur Arbeit und der Rest der

Familie ist unterwegs. Das bedeutet, dass unser Rendez-vous sich ein bisschen anders gestalten wird. Es fällt nicht aus, aber es wir anders sein.«

In Addis Augen tauchte für den Bruchteil einer Sekunde ein enttäuschter Ausdruck auf, doch dann lächelte sie. »Du sagst also, wir werden das Vergnügen haben, mit diesem kleinen Knödel zu Abend zu speisen?« Sie schloss Daisy in die Arme und seine Tochter kicherte.

»Ich bin kein Knödel!«

»Du bist aber so weich und entzückend wie einer«, neckte Addi sie. »Außerdem liebe ich Knödel. Also, Mace, was hast du im Sinn?«

Er betrachtete ihr höllisch heißes Kleid und fuhr sich mit der Hand über den Kopf. Er wünschte sich verzweifelt, sie hätten ihre Verabredung wie geplant durchführen können. Aber er schätzte, sie müssten einfach das Beste aus der Situation machen.

»Etwas bestellen?«

Addi verdrehte die Augen. »Puh, nein, lieber nicht. Ich bin mir sicher, du hast Prosciutto, Pancetta, Parmesankäse und die Zutaten für eine wunderbare rote Soße im Schrank. Habe ich recht?«

»Nun, sicher, ich bin zu einem Viertel Italiener und das bedeutet, dass ich gelegentlich vorgebe zu wissen, was ich tue.«

»Na gut. Was haltet ihr davon, wenn wir uns zusammen eine leckere Mahlzeit kochen? Hast du schon gegessen, Daisy?«

Seine Tochter nickte. »Aber ich esse gern anderen Schinken.« Da sie Pancetta oder Prosciutto noch nicht aussprechen konnte, waren sie dazu übergegangen, das Gericht den *anderen Schinken* zu nennen.

»Dann heben wir dir ein oder vier Bissen auf«, schlug Mace vor. Dann schnappte er sich seine Tochter und hielt sie mit dem Kopf nach unten an den Beinen in die Höhe. Sie lachte und wand sich, was ihn zwang, sie ein wenig fester zu halten, damit er sie nicht fallen ließ. Addi lachte mit ihnen, bevor sie sich Schuhe und Mantel auszog. Dann holte sie einen weichen Schal mit Armlöchern aus einer ihrer Taschen und zog ihn über ihr sexy Ausgehkleid. Wie er es bedauerte, nicht beobachten zu können, wie sie in diesem Kleid herumging! Aber er war froh, dass sie nun bei ihm zu Hause ein wenig lässiger aussah.

Nachdem er seine Tochter wieder abgesetzt hatte, ergriff seine beste Freundin deren Hand und führte sie alle in die Küche, um damit zu beginnen, das Abendessen zuzubereiten. Bald schon lachten sie, bis ihnen die Tränen kamen, genossen das großartige Essen und schauten sich den Anfang eines kinderfreundlichen Films an, bis Daisy einschlief.

Und als er Addi in die Augen blickte, wusste er, obwohl ihr Rendezvous nicht so gewesen war, wie sie es sich vorgestellt hatten, so war es doch vielleicht genau das gewesen, was sie brauchten. Was das jedoch bedeutete, nein, da hatte er keine Ahnung. Er wusste nur, wenn sie zu seinem Leben gehörte, dann gehörte sie auch zu allen

Aspekten seines Lebens. Er hoffte nur, dass er am Ende nicht ihnen beiden wehtat, wenn sie es aus irgendeinem Grund nicht schafften, dass es funktionierte, oder es viel zu viele Fallgruben gab. Denn sein kleines Mädchen hatte bereits genug durchgemacht und obwohl er seine Beziehung zu Adrienne gern an erste Stelle gesetzt hätte, wusste er, dass er das nicht konnte. Aber weil sie eben die war, die sie war, wusste er auch, dass sie es verstehen würde ... dass sie es verstand.

Er hoffte nur, dass er selbst es auch verstand.

KAPITEL DREIZEHN

Adrienne wollte sich wirklich in Bewegung setzen und endlich zur Arbeit fahren, aber sie hatte das Gefühl, dass dies nicht geschehen würde angesichts der Kopfschmerzen, die sie bereits jetzt, hier zu Hause, verspürte.

Sie hatte sich bereits mit einem undichten Wasserhahn und einem verstopften Müllschlucker herumschlagen müssen und sich beinahe den kleinen Zeh an der Bettkante gebrochen. Und jeder gesunde Mensch wusste doch, dass es keinen schneidenderen Schmerz gab, als wenn man sich den kleinen Zeh an irgendeinem Möbelstück anstieß. Sie hatte einen Fluch nach dem anderen ausgestoßen und von da an war alles nur noch schlimmer geworden.

Nun war sie bereits zwanzig Minuten zu spät und musste das T-Shirt wechseln, weil sie sich Kaffee über das Vorderteil gegossen hatte. Glücklicherweise war es kalter

Kaffee gewesen, denn sie war mit den Problemen in ihrem Haushalt so beschäftigt gewesen, dass sie nicht dazu gekommen war, ihn zu trinken, solange er heiß war. Glück im Unglück, wie man so schön sagt.

Sie hatte bereits Mace eine SMS schicken müssen, dass er ohne sie zur Arbeit fahren sollte, damit zumindest einer von ihnen pünktlich im Studio wäre. Shep hatte den Laden geöffnet, aber er konnte nicht allein für die Laufkundschaft sorgen, wenn der Rest von ihnen Termine mit Kunden hatte. Ryan hatte an diesem Tag frei, hatte jedoch angekündigt, im Studio an einigen Zeichnungen arbeiten zu wollen, die er zu Hause nicht erledigen konnte. Sie hatte nicht weiter nachgefragt und ehrlich gesagt war sie froh, dass er da war. Im Studio herrschte eine viel bessere Energie, wenn die vier als Team zusammenarbeiteten.

Wie dem auch sei, sie musste eine bessere Laune bekommen, bevor sie zur Arbeit fuhr. Sie hatte nämlich heute nicht nur drei Tattoo-Sitzungen, sondern auch als Erstes ein Nasenpiercing auszuführen. Ihr Tag war also vollgepackt und sie hoffte, alles zu schaffen.

Sie wusste, sie musste sich zusammenreißen, also wechselte sie das T-Shirt, straffte die Schultern und sagte sich, dass sie schließlich erwachsen wäre und es schaffen konnte – so sehr ihr kleiner Zeh auch schmerzen mochte.

Und obendrein musste sie sich nach Kräften bemühen, nicht daran zu denken, wohin ihre Beziehung zu Mace führte. Denn das würde nur ihre Kopfschmerzen aktivieren und heute hatte sie dafür wahrlich keine Zeit.

Sie verliebte sich nicht nur in ihn. Nein, sie hatte sich bis über beide Ohren in diesen Mann verliebt. Und angesichts der Art, wie er sie gewarnt hatte und wie er sie in seinen Abend mit Daisy integriert hatte, hatte sie das Gefühl, es hätte sich wieder etwas verändert. Und obwohl sie immer noch nervös war, handelte es sich nun um eine begeisterte, positive Nervosität.

Aber all diese Gedanken musste sie nun in den Hinterkopf verbannen und zur Arbeit fahren. Sie hasste es, zu spät zu kommen, aber manchmal stellte sich einem das Leben in den Weg, wenn man seiner täglichen Routine im Leben folgen wollte.

Sie nahm den Weg über die Schnellstraße zum MIT und parkte auf dem Parkplatz neben Mace' Pick-up. Die Nackenhaare sträubten sich ihr, als sie aus dem Seitenfester blickte. Sie keuchte.

Shep und Mace standen mit in die Hüften gestützten Händen vor dem Laden und starrten auf die Fassade.

Wo jemand das Schild mit der Aufschrift *Montgomery Ink Too* zerbrochen hatte.

Ihr Herz schmerzte und ihre Hände zitterten, als sie auf die materielle Verkörperung dessen blickte, was jemand versuchte, ihrem Geschäft anzutun, ihrem zweiten Zuhause, einem Stück ihres Herzens: Jemand wollte es zerbrechen.

Methodisch, Stück für Stück, versuchte jemand, das zu zerstören, in das sie so viel investiert hatte: Energie, Geld und ihre ganze Seele. Vor einiger Zeit hatte jemand Worte des Hasses an die Fassade geschmiert, dort, wo jeder sie sehen konnte. Es hatte denjenigen nicht gekümmert, dass auch Kinder vorbeikommen und sie lesen konnten, und dass Eltern gezwungen gewesen waren, ihren Kindern etwas zu erklären, zu dem sie vielleicht noch nicht bereit waren. Denn es waren nicht nur Flüche und Schimpfworte gewesen, sondern fürchterliche Ausdrücke, die keine Frau je sehen sollte. Und jetzt ... würden die Eltern diese Worte und Gespräche stets im Geiste mit ihrem Laden verbinden. Und das konnte sie ihnen nicht einmal verübeln.

Sie befanden sich hier in einer respektablen, familiengerechten Umgebung. Und angesichts all der Gerüchte über Drogen und Unsauberkeit zusätzlich zu der Zerstörung ihres Eigentums wusste sie nicht mehr, ob sie noch weitere Schläge gegen ihr Studio, ihre Mitarbeiter und ihre Seele hinnehmen konnte.

»Du stehst darüber, Adrienne Montgomery. Das ist nicht dein Niveau«, tönte ihre Stimme durch den Wagen. Sie holte tief Luft. Ihr war bewusst, dass sie den Schmerz überwinden musste, der an ihr nagte, und die Rolle der Chefin einnehmen musste.

Wann war aus ihr, die umgehend reagierte, die Frau geworden, die einen Augenblick brauchte, um über die Trauer um einen eventuellen Verlust hinwegzukommen? Schluss jetzt damit. Schluss.

Sie stieg aus dem Wagen, warf die Tür hinter sich zu und ging entschlossen auf das Studio zu. Auf den zweiten Blick war der Schaden nicht so groß, wie sie befürchtet hatte. Außer wenn man direkt auf das Schild und die darunter auf dem Boden liegenden Trümmer blickte, konnte man wirklich nicht erkennen, dass jemand versucht hatte, den Ort zu zerstören, an dem sie ihr Geld verdiente. Aber sie wusste es, und jetzt reichte es.

In diesem Augenblick trat Abby aus ihrem Teeladen, in der Hand ein Tablet mit Einmalbechern, in denen sich höchstwahrscheinlich heißer, köstlicher Tee befand.

»Adrienne, es tut mir so leid.«

Bei dem Klang von Abbys Stimme drehten sich die beiden Männer herum, die vor der Fassade des MIT standen, und blickten ihr entgegen. Auf beiden Gesichtern las sie ein Gemisch aus Wut und Frustration, aber sie sagten zuerst einmal nichts zu Adrienne. Sie wusste nicht, ob es überhaupt etwas zu sagen gab außer Flüchen und etwas, das sie wahrscheinlich überhaupt nicht in Worte fassen sollte.

»Was ist geschehen?«, fragte sie, als sie an die Gruppe herantrat.

Abby reichte jedem einen Becher mit Tee. Und obwohl Adrienne im Augenblick eigentlich lieber nichts in ihren Magen gefüllt hätte und sich nicht sicher war, ob sie alledem entgegentreten konnte, nahm sie den Tee freundlich entgegen. Bevor noch jemand auf ihre Frage antworten konnte, sah sie, wie von links ihre Schwester auf sie zu stapfte. Ihr Mantel war nicht zugeknöpft, sie hatte Mehl im Haar und sah aus, wie Adrienne sich fühlte – als wäre sie bereit, es mit allem aufzunehmen.

Oder zumindest hätte sie sich gern so gefühlt. Es

würde sich noch herausstellen, ob dieses Gefühl einsetzen würde.

»Wir hielten uns im Studio auf und trafen Vorbereitungen, da wir erst in fünfzehn Minuten Termine hatten«, begann Shep. »Plötzlich hörten wir laute Geräusche und das ganze Gebäude wurde erschüttert. Schade, dass wir diese verdammten Kameras noch nicht aufgehängt haben, denn dann könnte ich jetzt sehen, wer etwas gegen unseren Laden geworfen hat. Aber vor morgen werden wir nicht mit der Installation der Kameras rechnen können, denn sie waren vergriffen und die Versicherung bestand auf genau diesem Modell.«

»Ist jemand verletzt worden?«, erkundigte Adrienne sich, während sie versuchte, die Lage zu erfassen. Beide Männer schüttelten den Kopf. »Das heißt, jemand hat bei hellem Tageslicht etwas gegen das Schild geschleudert, während Leute im Laden gearbeitet haben? Was sind das nur für Menschen?« Sie warf die Hände in die Luft und knurrte. »Wenn ich nicht beinahe alles in diesen Laden gesteckt hätte, würde ich einfach sagen, zum Teufel damit, und einen neuen Laden suchen. Was ist los mit diesen Leuten? Warum können sie uns nicht einfach in Frieden leben und arbeiten lassen?«

Ihr war nicht bewusst, dass sie geschrien hatte, bis Mace ihr eine Hand um den Hinterkopf legte und seine Stirn gegen ihre lehnte.

»Atme, Addi. Wir haben die Polizei angerufen. Sie ist auf dem Weg. Wir werden diesen niederträchtigen Abschaum nicht so einfach davonkommen lassen mit dem, was diese Typen auch immer vorzuhaben glauben. Wir werden ihnen nicht den Sieg überlassen. Die Polizei wird uns einfach endlich ernst nehmen und gute Detektivarbeit leisten müssen, um herauszufinden, wer zur Hölle es auf MIT abgesehen hat. Denn jetzt kann es sich nicht mehr einfach nur um ein paar Zufälle handeln. Das geht weit über Vandalismus und belanglose Drohanrufe hinaus. Es hätte jemand verletzt werden können. Beinahe hätte ich heute Daisy mit ins Studio gebracht und sie hätte sich gut draußen aufhalten können, als derjenige … was auch immer … auf uns geworfen hat. Wir werden das herausfinden. Alles. Aufgeben kommt nicht infrage, Addi. Du weißt ebenso gut wie ich, dass Knights und Montgomerys niemals aufgeben.« Dann küsste er sie vor den Augen ihres Bruders, ihrer Schwester und ihrer neuen Freundin direkt auf den Mund.

Thea gab ein merkwürdiges Geräusch von sich, bevor sie sich so benahm, als wäre sie sauer, und die Arme vor der Brust verschränkte. Abby lächelte, als hätte sie niemals so etwas Entzückendes gesehen. Shep hingegen wirkte nicht im Geringsten überrascht. Offensichtlich hatte Shea oder jemand anderes ihm bereits reinen Wein eingeschenkt und im Augenblick kümmerte sie das alles überhaupt nicht. Mussten sie sich nicht um viel wichtigere Dinge kümmern als darum, wer wusste, dass Mace und sie zusammen waren? Namentlich um die beiden Polizisten, die gerade auf den Parkplatz einbogen. Und wenn man bedachte, dass sie die beiden Männer schon gesehen hatte, als sie wegen der Graffitis gekommen waren, hatte sie das Gefühl, diesmal könnte es ein wenig anders ablaufen. Zumindest hoffte sie das inständig.

Adrienne löste sich von Mace. Nicht nur wegen der Blicke, die sie auf sich zogen, sondern weil sie ruhig und professionell auftreten musste, wenn sie Antworten bekommen wollten, wer es für in Ordnung hielt, Eigentum zu zerstören und MIT zu schaden. Das Traurige war, sobald die Polizisten gegangen wären, müsste sie ihre Versicherungsagentur anrufen, deren Nummer bereits in der Liste ihrer letzten Anrufe gespeichert war. Die Tatsache, dass sie sich mit dem Versicherungsagenten beinahe duzte, ärgerte sie noch mehr. Und sie hatte ein schlechtes Gefühl, weil sie befürchtete, dass ohne einen vollständigen Bericht und einer echten Antwort auf die Frage, warum ihnen so übel mitgespielt wurde, ihre Versicherungsprämie steigen würde. Sie wusste nicht einmal, wie lange sie brauchen würden, um das Schild zu ersetzen. Sie hatte das verdammte Ding geliebt, hatte es mit ihrem Bruder, ihrem Cousin und ihrer Cousine entworfen, um es dem im Hauptgeschäft in Denver ähneln zu lassen, aber mit einem Hauch Originalität, der den Teil der Familie in Colorado Springs wiedergab. Natürlich konnten sie einfach den Handwerker bitten, nach dem Muster, das er hatte, ein neues Schild zu bauen, aber darum ging es nicht. Es ging ums Prinzip.

Als die Polizisten gegangen waren und ihr Bruder und sie das Telefongespräch mit dem Versicherungsagenten beendet hatten, hatten sie bereits die Trümmer auf dem Gehsteig beseitigt, sodass die Leute sicher herbeikommen und den Laden betreten konnten. Ihre alten Kunden, die an diesem Tag Termine bei ihnen hatten, tauchten auf, bereit für ihre Tattoos, ob die Fassade nun beschädigt war oder nicht. Ihnen war es gleichgültig, ob der Laden so schön aussah wie er sollte. Für sie war lediglich wichtig, wer darin arbeitete und welche Qualität derjenige bot. Nur leider wusste sie, dass nicht alle Leute das so sahen. Ein großer Teil ihrer neuen Kundschaft waren Leute, die das Schild sahen – als es noch heil war –, Leute vom North Academy Boulevard, die entweder eintraten und fragten, ob sie umgehend ein Tattoo bekommen konnten, oder sie später im Internet heraussuchten und einen Termin vereinbarten. Sie würden sich allerdings erst sehr viel später auf diesen Teil ihres Geschäftsplans verlassen müssen.

So wie es im Augenblick aussah, wusste sie, dass sie bereits begannen, Geld zu verlieren nach allem, was kürzlich geschehen war. Und obwohl sie nicht in die roten Zahlen geraten und finanzielle Probleme bekommen würden, warf sie das doch in ihrem Fünfjahresgeschäftsplan zurück.

»Warum siehst du so aus, als wärst du bereit, entweder mit dem Kopf gegen die Wand zu rennen oder die nächste Person umzuhauen, die hinter dir auftaucht? Sei dir bewusst, dass ich diese Frage aus sicherer Entfernung stelle, für den Fall, Letzteres trifft zu.«

Mace' Stimme riss Adrienne aus ihren Gedanken und als sie sich herumdrehte, sah sie, dass er sie prüfend anblickte. Seine Kundin musste sich in der Pause befinden, weil sie ohne Unterbrechung gearbeitet hatten, seitdem sie das Chaos draußen beseitigt hatten. Sogar Ryan war gekommen, um ihnen zu helfen, das Schild mit einer Plane abzudecken, sobald die Versicherungsgesellschaft gesagt hatte, es sei in Ordnung für sie. Im Augenblick malte Ryan ein provisorisches Schild, das sie über der Plane aufhängen wollten. Sie wussten zwar, dass es nicht lange halten würde, weil es in Colorado Winter war und es bald unweigerlich schneien würde. Aber vorerst tat jeder seinen Teil und versuchte, sich so zu verhalten, als wäre nichts Ungewöhnliches passiert und alles würde gut werden. Aber wenn sie an die Mienen der Beamten dachte, als sie ihnen erklärt hatten, was geschehen war, glaubte sie nicht daran. Zumindest nicht in absehbarer Zeit. Sie hatten keine Antworten, nur mehr Probleme. Und es nervte sie ohne Ende, dass sie das Gefühl hatte, keine Kontrolle über die Situation zu haben.

»Addi?«

»Ich hasse es. Im Ernst, ich hasse es. Und ich weiß, dass es nichts nützt, einen Wutanfall zu bekommen und zu sagen, dass ich es hasse. Es nervt lediglich alle anderen und macht mich nur noch wütender. Ich bin einfach so maßlos frustriert.« Sie hielt ihre Stimme gesenkt, weil sie nicht wollte, dass die beiden Kunden, die sich im Studio aufhielten, hörten, wie sie sich beklagte. Aber sie wusste, sie musste sich zusammenreißen und sich beruhigen. Aber ihr Herz hatte nicht aufgehört zu rasen, seitdem sie auf den Parkplatz eingebogen war. Und das Gefühl, nichts tun zu können, um sich aus ihrer Lage zu befreien, machte alles nur noch schlimmer.

Mace nickte und strich ihr mit der Hand über die Wange. »Ich verstehe dich, Addi. Auch mir hat es nicht gefallen, was für Gesichter die Beamten gemacht haben, als sie gegangen sind. Aber wir werden nicht aufgeben.«

Shep kam zu ihnen hinüber und schloss sie in die Arme. »Wir tun immer noch, was wir lieben, kleine Schwester. Und das zählt viel mehr, als es uns manchmal bewusst ist.«

Da kam auch Ryan herbei, um den Kreis zu schließen. »Wir sind doch ein Team, erinnerst du dich? Vergiss die Kerle und was auch immer sie glauben, uns antun zu können.«

Adrienne musste angesichts Ryans Tonfall ungewollt lachen. Er hatte sie tatsächlich angeschrien. Und obwohl sie in seinen Augen noch die Sorgen lauern sah, fühlte sie sich mit den Jungs um sie herum so, als könnte sie alles schaffen.

»Wir werden uns von diesen Leuten nicht aufhalten lassen. Wir sollten überlegen, wer es sein könnte, und denjenigen zur Kasse bitten.« Sie verzog das Gesicht. »Nun, ihr wisst schon, legal. Nicht wie Piraten oder so.«

Mace lächelte. »Weißt du, irgendwie gefällt es mir, dich mir als Piratin vorzustellen.«

Shep stöhnte, während Ryan lachte. »Nur weil ich es okay finde, dass ihr beide miteinander geht, bedeutet das nicht, dass ich es sehen oder hören muss oder darüber nachdenken will, was zur Hölle du damit meinst, sie dir als Piratin vorzustellen, und ... Gott, ich möchte nicht einmal den Gedanken zu Ende denken.«

Mace lachte, aber Adrienne schüttelte den Kopf. »Hier wird keiner über die Planke geschickt wie bei den Piraten.«

Sie schloss die Augen und stöhnte. »Okay, jetzt, da wir wieder Witze machen über ... worüber wir auch immer scherzen ... nehme ich an, dass wir okay sind?«

»Wir geben nicht auf, falls du das meinst«, erwiderte Ryan.

»Zur Hölle, nein, wir geben nicht auf«, sagte auch Shep stirnrunzelnd. »Wir werden alles herausfinden und währenddessen gute Tattoos abliefern.«

»Ich finde, das hört sich gut an«, meinte Mace. »Wir geben nicht auf«, wiederholte er Sheps Worte. »Wir werden sie nicht gewinnen lassen. Aber wir werden legal vorgehen. Und da wir gerade von der Arbeit sprechen, meine Kundin muss gleich wieder hier sein, ich sollte also in meine Kabine zurückkehren.«

Sie schmiegte sich an ihn, als er sie umarmte, und sie konnte nicht umhin zu bemerken, wie ihr Bruder die Stirn runzelte, auch wenn seine Lippen sich zu einem Lächeln formten. »Danke«, wandte sie sich an die drei anderen. »Ich brauchte das Gemeinschaftsgefühl.«

»Wir werden keinen von uns in einem Loch hängen lassen«, sagte Ryan. »Wir stehen das gemeinsam durch.«

Shep kehrte in seine Kabine zurück, während Ryan seine Arbeit an dem provisorischen Schild wieder aufnahm. Auch sie musste wieder an die Arbeit gehen, denn in ungefähr zehn Minuten würde ihr Kunde erscheinen. Sie musste lediglich ihre trübsinnige Stimmung abschütteln und dem Namen Montgomery gerecht werden.

Mace zog sie noch einmal eng an sich und beugte sich zu ihr hinunter, um ihr zuzuflüstern: »Komm doch heute Abend zu uns zum Essen. Ich denke, wir alle können eine gute Mahlzeit und ein wenig Entspannung gebrauchen. Was hältst du davon?«

Sie musste unwillkürlich lächeln und lehnte sich zurück, um ihm ins Gesicht zu blicken. Die Tatsache, dass er sie einlud, den Abend mit ihm und Daisy zu verbringen, war eine … große Sache. Sie konnte es nicht erklären, aber sie wusste, dass er dies nicht nur als ihr bester Freund getan hatte, sondern als Teil von ihnen beiden.

Ja, sie war unsagbar in Mace Knight verliebt und zum ersten Mal dachte sie, dass dies vielleicht, nur vielleicht sogar in Ordnung war.

»Klingt perfekt.«

»Gut.« Er küsste sie auf den Scheitel, dann kehrte er in seine Kabine zurück, wo seine Kundin bereits auf den Sessel kletterte.

Adrienne stieß den Atem aus, dann straffte sie die Schultern und machte sich wieder an die Arbeit. Diese ganze Sache war lediglich ein Hindernis, einfach etwas, das ihr im Weg stand und das sie beiseitestoßen würde, wenn sie konnte.

»Tante Addi!« Daisy rannte gegen ihre Beine und Adrienne lachte. Diesmal war sie besser auf den Torpedo voller Energie und Liebe vorbereitet. »Du bist hier!«

»Warum schrauben wir die Lautstärke nicht ein oder zwei Dezibel hinunter, Daisy. Ich glaube, sogar die Nachbarn können dich hören.« Mace hatte Adrienne ins Haus gelassen und stand nun mit einem Lächeln hinter dem immer länger werdenden Bart neben ihr. Er rasierte sich nicht mehr täglich wie früher und Adrienne nahm an, dies wäre sein Winterbart. Und da er ihn jeden Abend mit Kokosfett einrieb, fühlte es sich an wie im siebenten Himmel, wenn er zwischen ihren Beinen war und die Stoppeln über die seidigen Innenseiten ihrer Schenkel kratzten.

Und jetzt Schluss mit diesem Gedankenpfad.

»Okay, Daddy.« Stattdessen hüpfte Daisy jetzt von einem Fuß auf den anderen und zog Adrienne ins Wohnzimmer. »Daddy hat Hühnerbraten zum Abendessen gemacht. Und er hat das knusprige Brot gekauft. Heute Abend wirst du mit uns essen.«

Adrienne warf Mace einen Blick zu und lächelte. »Hühnerbraten?«

»Es ist Hühnchen mit Pilzen und Broccoli gemischt, zusammen mit einer hausgemachten Hühnerbratensoße und Brotkrumen obendrauf. Ich kenne es noch aus meiner Kindheit. Das Rezept stand in dem Kochbuch für ein gesundes Herz von meiner Mutter und ist eins ihrer Lieblingsgerichte. Wir haben zwar das Kochbuch nicht mehr, aber das Rezept haben wir noch. Ich habe dich nicht gefragt, was du gern zu Abend essen möchtest, aber ich dachte, da ich dieses Gericht ohnehin kochen wollte und ich weiß, was du magst, ist es in Ordnung so.«

Sie lächelte. »Ich erinnere mich an das Rezept. Deine Mom hat es mal für uns gekocht, als wir zu ihr zum Abendessen gingen, denn keiner von uns hatte etwas anderes als grüne Bohnen aus der Dose zu Hause. Versteh mich nicht falsch, ich liebe grüne Bohnen aus der Dose mit Salz und Pfeffer in der Mikrowelle heiß gemacht, aber ich bin auch nicht mehr neunzehn Jahre alt.«

»Dem Himmel sei Dank dafür«, erwiderte Mace lachend. »Möchtest du etwas trinken?«

»Ich kann es mir selbst holen«, sagte Addi lachend.

Mace schüttelte den Kopf und blickte auf Daisys kleine Hand, die Adriennes umklammerte. »Ich hole es dir, falls du Weißwein möchtest.«

»Perfekt.«

Mace ging, um ihr das Getränk zu holen, und sie setzte sich neben Daisy auf die Couch. Das kleine Mädchen fuhr fort, ihr alles über ihren Tag zu erzählen und wie sie den Nachmittag mit ihrer Großmutter und ihrem Großvater verbracht hatte und wie sie es liebte, bei ihnen zu sein. Nach allem, was die Knights durchgemacht hatten, was die Erlangung des Sorgerechts für Daisy anbelangte, würde Adrienne für immer dankbar sein, dass diese nun so viel Zeit mit ihrem entzückenden kleinen Mädchen verbringen konnten. Auch sie selbst würde nun mehr Zeit haben, Daisy besser kennenzulernen, doch sie hatte sich bereits mehr in sie verliebt als damals, als sie das schreiende Baby in der weichen Decke im Arm gehalten hatte. Jeaniene war niemals wirklich glücklich darüber gewesen, dass es Adrienne in Daisys Leben gab, aber da die Frau ihre Tochter praktisch für eine sogenannte bessere Position verlassen hatte, die ihnen angeblich am Ende allen helfen sollte, gab Adrienne keinen Pfifferling auf die Meinung dieser Frau. Dies war wahrscheinlich nicht die beste Art, über Mace' Ex zu denken, aber bei allem anderen, was vor sich ging, war ihr das wirklich egal. Am nächsten Tag konnte sie immer noch darüber nachdenken, wenn sie nicht im Wohnzimmer ihres besten Freundes Schrägstrich Liebhabers sitzen und sich mit seinem süßen kleinen Mädchen unterhalten würde, während sie sich auf wirklich leckeres Essen freuen konnten.

Als sie dann gegessen hatten und sich auf die Couch kuschelten, um sich erneut *Rapunzel* anzuschauen, war sie satt, warm und glücklich und verglich wieder einmal Mace mit Flynn Rider. Sie konnte sich nicht helfen, sie hegte eine wilde Schwäche für den Charakter aus dem Disney Film. Und Mace musste sie einfach so nehmen, wie sie war. Mit all ihren Vorlieben für animierte Figuren und so weiter.

»Bleib«, flüsterte Mace schließlich über die zwischen ihnen schlafende Daisy hinweg.

Ihre Augen weiteten sich und sie blickte zu ihm hinüber. Obwohl sie nun bereits seit mehr als einem Monat zusammen waren und bereits diskutierten, wie sie im Hinblick auf Daisy Thanksgiving und die anderen Feiertage gestalten würden, hatten sie tatsächlich noch keine ganze Nacht zusammen in einem Bett geschlafen, geschweige denn war sie bei ihm geblieben, wenn seine Tochter sich unter demselben Dach aufhielt. Sie wusste nicht genau, was es auf lange Sicht bedeuten würde, aber wieder einmal wusste sie, es war der richtige Schritt.

Sie nickte und er lächelte. Dann lehnte sie sich über seine schlafende Tochter zu ihm und gab ihm einen Kuss auf den Mund.

Später in der Nacht schliefen sie einander im Arm haltend unter einem kühlen Bettbezug und einer warmen Flanelldecke ein. Sie hatten keinen Sex gehabt und er schlief in seinem Schlafanzug, während sie eines seiner T-Shirts trug. Aber trotzdem war es der romantischste und intimste Abend ihres ganzen Lebens.

In seinen Armen konnte sie die Zukunft sehen, auch wenn ihr so viele andere Dinge im Kopf herumgingen.

In seinen Armen konnte sie hoffen.

Kapitel Vierzehn

Mace kuschelte sich an die Frau vor ihm und unterdrückte ein Stöhnen. Er musste leise sein, weil seine Tochter am anderen Ende des Flurs schlief. Aber da er wusste, dass sowohl ihre als auch seine Tür geschlossen war, konnte er vielleicht einen Vorteil daraus ziehen, dass seine beste Freundin bei ihm im Bett lag, und genau das tun, was er im Sinn hatte.

Adrienne schmiegte sich an ihn, als er langsam seine Hand unter ihr T-Shirt gleiten ließ und ihre nackte Brust umfasste.

»Mace«, keuchte sie.

Er beugte sich vor und küsste sie auf den Nacken. »Wir müssen leise sein, Addi. Ich werde dich ficken, meinen Schwanz zwischen deine Pobacken gleiten lassen und von hinten in dich hineinpumpen, aber du musst deine Stimme senken, um Daisy nicht aufzuwecken. Kannst du das für mich tun?«

Sie nickte und presste ihr üppiges Hinterteil gegen seine wachsende Erektion.

»Fick mich«, flüsterte sie. Er biss sie in die Schulter.

Sie wackelte mit dem Hintern an seinem Schwanz und er wanderte mit der Hand um sie herum, um ihre Klitoris zu reiben. Ihre Beine teilten sich sofort für ihn und sein Schwanz glitt gierig und leicht dazwischen.

»In mich hinein.«

Anstatt einer Antwort hob er leicht ihr Bein an, eine Hand unter ihrem Schenkel, die andere an ihrer Kehle, und glitt in ihre heiße, feuchte Hitze. Als sie beide aufstöhnten, erstickte er die Geräusche mit einem Kuss. Sie waren laut, wenn sie es wollten, und sie wollten es oft. Aber an diesem Morgen mussten sie leise sein. Er stieß immer wieder in sie hinein, zuerst vorsichtig, dann hart und tief, bis sie ihm bei jeder Bewegung entgegenkam und sie beide leise keuchten. Sie hatte nach hinten gegriffen und mit einer Hand eine seiner Pobacken umklammert, um ihn noch tiefer in sich hineinzuzwingen, und bald schon bewegten sie sich wie eins und bebten vor Verlangen.

Sie kam zuerst, ihre Muschi zog sich um ihn zusammen. Bald darauf folgte er ihr, jetzt hellwach und gesättigt.

Er wartete, bis ihr Atem sich etwas beruhigt hatte, dann küsste er sie auf die Schulter und tätschelte ihren Venushügel. »Ich ziehe mich jetzt zurück. Bleib so. Ich werde dir einen Waschlappen holen, um dich zu säubern.«

Sie lächelte ihn träge an und sein Herz machte diesen seltsamen Freudensprung, den er so fürchtete. »Okay.«

Er ließ sie also in seinem Bett zurück, klebrig von seinem Orgasmus. Er wusste, wenn er nicht vorsichtig wäre, würde er sich bis über beide Ohren in sie verlieben.

Und was ihn am meisten ängstigte ... er befürchtete, dass es bereits geschehen war.

***

Mace hatte an diesem Morgen frei, während Adrienne zum Studio musste, um es mit Ryan zu öffnen. Es störte ihn nicht, da er so Zeit hatte, darüber nachzudenken, was sie am Abend zuvor und beim Aufwachen getan hatten. Außerdem hatte er dann auch Zeit, das Haus in Ordnung zu bringen nach einer langen Woche der Eingewöhnung mit Daisy, die jetzt Vollzeit bei ihm lebte. Er musste besser darin werden, hinter ihnen aufzuräumen, und Daisy beibringen, mehr Pflichten zu übernehmen. Sicher, in seinen Augen war sie immer noch ein Baby, aber seine eigenen Eltern hatten ihm schon früh Verantwortungsgefühl beigebracht und er wollte, dass seine Tochter dasselbe lernte. Als Daisy bei ihm eingezogen war, war er recht locker gewesen und hatte nicht groß darüber nachgedacht, wie er sie bezüglich Pflichten im Haushalt und anderen Dingen erziehen wollte. Sie war ein einigermaßen ordentliches kleines Mädchen, aber mittlerweile verteilte sich ihr Spielzeug über das ganze Haus. Jeanienes Eltern hatten widerstrebend Daisys Sachen eingepackt – oder jemanden beauftragt, dies zu tun – und jetzt quollen ihr Zimmer und das Wohnzimmer über vor Kleinen-Mädchen-Sachen. Und obwohl er die Tatsache liebte, dass man jetzt das Gefühl hatte, sie wäre bei ihm zu Hause und nicht nur für ein Wochenende zu Besuch, so musste er doch ein Gleichgewicht finden, was nicht leicht war.

Daisy sortierte gerade ihre Puppen der Größe nach, sodass sie sie auf das Regal setzen konnten, das er angebracht hatte, nachdem Adrienne zur Arbeit gefahren war. Sie hatte bereits den Rest ihrer Spielsachen eingesammelt und in die große Truhe gepackt, die einer von Adriennes Cousins für sie von Hand gebaut hatte. Innerhalb kürzester Zeit waren offensichtlich so viele Montgomerys geboren worden, dass sie ein paar zusätzliche Spielzeugtruhen gebaut hatten, und Adriennes Eltern waren am Tag zuvor mit einer erschienen. Sie hatten gelächelt und darauf geachtet, nicht zu kommen, solange Daisy zu Hause war, um peinliche Fragen zu vermeiden. Die Tatsache, dass sie eine Spielzeugkiste für seine Tochter gebracht hatten, bedeutete ihm viel. Und er glaubte, dass sie sie ihm auch geschenkt hätten, wenn er nicht mit ihrer Tochter zusammen gewesen wäre. Sie waren eben diese Art von Menschen – genau die Art, die Daisy kennenlernen sollte. Aber auch hier war wieder die Hürde zu nehmen, das Gleichgewicht zu finden, sodass sie sie nicht als Eltern von jemandem betrachtete, mit dem er zusammen war, sondern als großartige Menschen, die zu ihrem Leben gehören konnten.

Mace fuhr sich mit der Hand übers Gesicht und seufzte. Er machte alles viel zu kompliziert, aber so war es nun einmal, das Leben war verzwickt und seine Lage ganz besonders.

In diesem Augenblick klingelte sein Telefon und riss ihn aus seinen Gedanken. Schnell nahm er das Gespräch entgegen, denn er hatte die Nummer als die seines Anwalts erkannt. Er verzog das Gesicht, als er sich an die Summe auf dem Scheck erinnerte, den er dem Mann gerade erst ausgestellt hatte, aber dennoch meldete er sich höflich. Immerhin sorgte der Mann dafür, dass Daisy in Mace' Leben bleiben konnte, auch wenn die sechs Monate abgelaufen waren, die seine Ex außer Landes bleiben wollte. Er war alles Geld wert, was er brauchte, um dies zu erreichen.

»Mace, habe ich Sie auf der Arbeit erwischt?«

»Ich fahre erst später hin. Heute Morgen räumen Daisy und ich das Haus auf.«

»Gut, gut.« Der Mann seufzte. Mace versteifte sich. Sein Anwalt zeigte niemals Emotionen außer der Entschlossenheit zu tun, was richtig und nötig war, um zu gewinnen.

»Läuft etwas schief?«

»Nein. Alles ist gut. Oder besser, ich glaube nicht, dass Sie denken, etwas läuft schief, wenn ich Ihnen sage, worum es geht. Aber Mace? Sie sollten sich vielleicht hinsetzen, während ich es Ihnen erkläre.«

Mace setzte sich an den Kaffeetisch, da er sich nicht sicher war, ob er es bis zur Couch schaffen würde, angesichts des Tonfalls in der Stimme des Anwalts. »Um was geht es?«

»Sie hat Ihnen das Sorgerecht überschrieben, Mace.«

Er blinzelte und mit jedem Moment wurde das Brüllen in seinen Ohren stärker. Er konnte die Bedeutung der Worte nicht so schnell erfassen. Er bekam einen trockenen Mund und als er zu sprechen versuchte, brachte er kein Wort heraus.

»Mace? Okay, ich nehme an, Sie sind sprachlos. Also lassen Sie mich Ihnen genau erklären, was das bedeutet. Sie überschreibt Ihnen alle elterlichen Rechte. Sie beantragt nicht einmal das Besuchsrecht, noch gibt es Vorbehalte für die Zeit, wenn Sie wieder in die Staaten zurückkehrt. Laut Aussage ihres Anwalts, der übrigens ein Arschloch ist, läuft der Job dort drüben so gut, dass sie bereits erwägt, ihren Aufenthalt zu verlängern. Ich weiß nicht, was das für sie bedeutet, und ehrlich gesagt ist mir das auch egal. Mich interessiert nur die Tatsache, dass sie das Handtuch wirft und Ihnen Daisy vollkommen überlässt, für immer. Ich weiß nicht einmal, ob sie das kleine Mädchen überhaupt noch einmal sehen will.«

Statt der enormen Erleichterung, die er eigentlich hätte verspüren müssen, da er nun wusste, dass der Kampf für ihn vorüber war und er ab jetzt Daisy ständig in seinem Leben haben würde, wie er es gewollt hatte, spürte er wahnsinnigen Zorn auf die Frau, die ihm zu Beginn so viel genommen hatte und jetzt ihre Tochter verließ, als wäre sie nichts.

»Aber das wollten wir doch überhaupt nicht. Wir

wollten das alleinige Sorgerecht für die Zeit, in der sie weg wäre, um dann über das gemeinsame Sorgerecht oder ein erweitertes Besuchsrecht zu reden, nachdem sie zurückgekehrt wäre. Sie sollte nicht alles aufgeben. Sie sollte ihre Tochter nicht einfach verlassen, als hätte sie ihrer Karriere im Wege gestanden. Was zur Hölle soll ich Daisy sagen?« Er hatte die Stimme gesenkt, da er sich bewusst war, dass seine Tochter sich bei geöffneter Tür in ihrem Zimmer aufhielt. Aber sie hatte Musik laufen und er hoffte inständig, dass sie nichts von dem gehört hatte, was er gerade gesagt hatte.

Was sollte er ihr sagen, wenn sie fragte, wann sie ihre Mom wiedersähe? Was sollte er ihr sagen, wenn zwei Jahre vergangen wären und sie immer noch Vollzeit bei ihm lebte und ihre Mutter nicht mehr auftauchte? Warum hatte seine Ex aufgegeben? War ihre Arbeit so wichtig, dass sie wirklich alles vergaß, wofür sie zu Beginn von Daisys Leben gekämpft hatte?

Er konnte es einfach nicht verstehen und jedes Mal, wenn er sich eine neue Frage stellte, wurde er noch zorniger. Er musste all seine Beherrschung aufbringen, nicht sein Telefon durchs Zimmer zu schleudern und in die Welt hinauszuschreien, in welche Lage Jeaniene ihn gebracht hatte. Er hatte während des ganzen letzten Monats versucht, ein guter Vollzeit-Vater für ein kleines Mädchen zu sein, das zu ihm aufblickte, als könnte er die Welt auf den Schultern tragen, und nun würde er ihr erzählen müssen, dass alles, was sie für wahr gehalten hatte, nun falsch war.

Er hatte Jeaniene nicht gehasst, als die erste Sorge- und Besuchsrechtregelung festgelegt worden war. Er hatte sie nicht einmal gehasst, als sie Daisy ohne Vorwarnung auf seiner Türschwelle abgesetzt hatte. Aber jetzt, da er wusste, dass sie unwiderruflich das Herz ihrer gemeinsamen Tochter brechen würde, hasste er sie. Und er hasste sich selbst dafür, mit einer Frau geschlafen zu haben, die so etwas fertigbrachte.

Adrienne kam ihm in den Sinn und dass er wusste, sie würde niemals jemandem, den sie liebte, ach was, überhaupt niemandem, so etwas antun. Aber diese Gedanken schob er schnell beiseite. Er konnte jetzt die Gedanken an sie nicht mit dem vermengen, womit er sich gerade auseinanderzusetzen hatte. Das wäre niemandem gegenüber fair gewesen und ehrlich, je mehr er sich im Augenblick auf die Schultern lud, desto größer wurde die Wahrscheinlichkeit, dass er einfach zusammenbrechen und nicht mehr der Mann sein konnte, der er für seine Tochter sein musste.

Das hatte er Jeaniene zu verdanken. Und er würde den Grund dafür herausfinden.

»Mace? Sind Sie noch da?«

Er stieß einen Fluch aus, als ihm bewusst wurde, dass das Telefongespräch mit dem Anwalt noch lief. »Ja«, antwortete er grimmig.

»Ich weiß, dies ist ein Schock, aber es ist ein Gewinn. Wenn und falls sie in die Staaten zurückkehrt, wird sie keine Rechte mehr bezüglich Daisy haben. Falls sie ihre Meinung ändert und ihre Tochter sehen will, so liegt es bei Ihnen, ob und wie sie es gestalten, dass sie wieder in Daisys Leben eintritt. Das ist dann allein Ihre Entscheidung. Kommen Sie morgen vorbei, dann werden wir die Papiere durchgehen. Aber ich muss Ihnen sagen, Mace, obwohl es Daisy wehtun wird und ich nicht weiß, wie Sie es ihr beibringen werden, können Sie sie jetzt nicht mehr verlieren wegen irgendetwas, das mit Papieren und Anwälten zu tun hat. Sie ist Ihre Tochter, komme, was wolle, und nun wird das auch durch die Papiere bestätigt.«

Mace nickte und hörte zu, als sein Anwalt noch weitere rechtliche Aspekte erörterte, die weit über seine derzeitige Auffassungsgabe hinausgingen. Bevor er irgendetwas unterschrieb, würde er jedes einzelne Dokument durchlesen und Fragen stellen, wenn er etwas nicht verstand. Und offen gesagt würde er dafür sorgen, dass seine Ex ihre Meinung nicht ändern wollte. Denn so gern er auch Daisy ununterbrochen bei sich haben wollte, wollte er doch nicht derjenige sein, der ihr die Mutter nahm. Aber, ehrlich, das tat Jeaniene schon selbst. Jeaniene gab auf, ohne zu kämpfen. Er kämpfte nicht darum, sie vollkommen aus dem Leben seiner Tochter zu drängen. Nein, das tat sie selbst.

Als er schließlich das Gespräch mit seinem Anwalt beendete, litt er unter Magenschmerzen und sein Kopf pochte. Er wusste, er musste es Daisy bald erklären, oder er würde das Gespräch immer weiter hinausschieben, bis es wie eine dunkle Wolke im Raum über ihren Köpfen schweben würde. Aber wie zum Teufel sollte er es ihr erklären? Er nahm an, dass es Ratgeber für Eltern gab, die dieses Thema behandelten, aber ehrlich, er wollte eigentlich am liebsten Addi anrufen und sie um Rat fragen. Und weil dies das Erste war, was ihm einfiel, tat er es nicht. Sie hatte so viel im Kopf und er befürchtete, je mehr er sie in die verschiedenen problematischen Aspekte seines Lebens einbezog, desto schwieriger würde es werden, zu ihrer freundschaftlichen Beziehung zurückzukehren, wenn ihr bewusst werden würde, dass ihr sein Drama zu viel war.

Dass sein Leben ihr zu viel war.

Bevor er sich noch klar darüber werden konnte, was diese Gedanken bedeuteten, kam Daisy aus ihrem Zimmer zu ihm an den Kaffeetisch, wo er immer noch saß.

»Was ist los, Daddy?«

Er schluckte heftig und wusste, er musste sich so verhalten, als risse er ein Pflaster von einer Wunde, schnell und nicht ganz schmerzlos. Seine Tochter war klug und liebevoll und manchmal konnte sie sich ganz in sich zurückziehen, während sie lange und intensiv darüber nachdachte, was sie tun oder sagen musste, um mit ihren Gefühlen klarzukommen.

Weil er wusste, er musste einfach den Stier bei den Hörnern packen und dass es am Ende nur sie beide verletzte, wenn er jetzt schwieg, erhob er sich und hob sie sich auf den Arm, um sie fest an seine Brust zu drücken. Sie schlang ihm die kleinen Ärmchen um den Hals und küsste ihn zärtlich auf die Nasenspitze.

Ihm schmolz das Herz und gleichzeitig brach es. Sein kleines Mädchen bedeutete ihm alles und sie war so verdammt stark. Also würde er stark für sie sein. Er ging zur Couch und setzte sich mit ihr auf dem Schoß, sodass er ihr in die Augen blicken konnte, während er ihr einen Teil von dem erzählte, was vor sich ging.

»Geht es um Mommy?«

Er erstarrte und fragte sich wieder einmal, wie er daran beteiligt gewesen sein konnte, dieses einsichtsvolle und wunderbare kleine Mädchen zu erschaffen. »Ja, wie hast du das erraten?«

Sie tätschelte ihm die Wange. »Du wirst immer wirklich traurig, wenn du an Mommy denkst.«

Mein Gott, er musste das besser verbergen. Es spielte keine Rolle, was ansonsten in seinem Leben geschah, Jeaniene war immer noch Daisys Mom und er durfte sich in dieser Hinsicht nicht wie ein Arschloch verhalten.

Er gab ihr einen Kuss auf den Scheitel, damit er seine Gedanken sammeln konnte. »Deine Mom wird vielleicht länger in Japan bleiben, als wir es geplant haben.« Warum er *wir* gesagt hatte, wusste er nicht. Es hatte keine Planung gegeben bezüglich Jeanienes Handlungsweise im Zusammenhang mit ihrem Job. Und er hatte kein Mitspracherecht gehabt, als es darum ging, wie sie alles handhaben. Und jetzt musste er herausfinden, wie er es schaffte, die Seele seiner Tochter nicht zu zerbrechen und sie gleichzeitig zu einer starken, unabhängigen Frau zu erziehen. Es war schon nicht leicht, in den besten Zeiten alleinerziehender Vater zu sein, und jetzt würde es nicht leichter werden.

»Wie lange?«

»Ich weiß es nicht, Baby. Ich weiß es wirklich nicht. Aber egal, was auch geschieht, wir beide sind zusammen. Es wird uns gut gehen. Ab jetzt ist dies dein Zuhause, so wie wir es besprochen haben, als du angekommen bist. Du wirst dieselbe Schule besuchen und deine Freunde behalten, aber du darfst viel, viel länger bei mir bleiben. Ich liebe dich, Daisy, und ich liebe es, dass du hier bei mir bist. Aber nur wir beide werden hier sein. Ich weiß, dass deine Mommy dich liebt, aber im Augenblick hat sie viele Erwachsenen-Dinge für ihre Arbeit zu tun. Das heißt, du und ich können mehr Zeit miteinander verbringen.«

Er wusste, die letzten Sätze waren nichts als heiße Luft, aber seine Tochter war nicht alt genug, um genau zu verstehen, was vor sich ging, und offen gesagt war er sich nicht einmal selbst sicher. Wie sollte er die komplizierten Gedankengänge im Gehirn seiner Ex erklären, was auch immer darin vor sich ging, wenn er noch nicht einmal wusste, wie er sie in Worte fassen sollte? Er hoffte, es gut genug erklärt zu haben, aber am Ende würde er es nicht wissen, bis etwas schieflief, und dieser Gedanke besorgte ihn mehr, als er zugeben wollte.

»Ich will Mommy. Nur wir beide? Und was ist mit Tante Addi? Geht sie auch weg nach Japan? Weil ... ich will sie nicht so vermissen wie Mommy. Ich mag sie. Und sie bringt dich zum Lächeln, also magst du sie auch. Lass sie nicht mit Mommy nach Japan gehen, okay? Ich will meine Mommy.«

Jetzt rannen ihr die Tränen über die Wangen und ihr kleiner Körper bebte, als sie in Schluchzen ausbrach. Er hasste sich und er hasste Jeaniene dafür, was sie ihrer Tochter antat. Aber es gab nichts, was er tun konnte, außer Daisy im Arm zu halten und zu warten, bis ihr kleiner Körper nicht mehr von Schluchzern geschüttelt wurde. Sie war viel zu klein, um so zu leiden.

Und während ihn all das bis ins Mark aufwühlte, wusste Mace, er hatte einen Fehler begangen. Keinen kleinen, der leicht behoben werden konnte, nein, einen, der all das aus dem Geleichgewicht gebracht hatte, das er versucht hatte, zum Funktionieren zu bringen.

Ihn erfüllte eine tiefe Traurigkeit, aber er ignorierte das Wissen darüber, was er zu tun hatte, und drückte Daisy an seine Brust.

»Nur wir beide, Baby«, log er und hoffte, er könnte die Kraft finden, es Wahrheit werden zu lassen. »Addi ist meine beste Freundin, daher wird sie immer in unserem Leben sein, aber sie wird nicht nach Japan gehen wie Mommy. Sie ist nicht Mommy.«

»Okay.« Und mit der Flexibilität eines Kindes, das die verzwickten Emotionen nicht ganz erfasst, die in der Luft hängen, kehrte Daisy in ihr Zimmer zurück und schaltete wieder ihre Musik ein.

Und Mace brach stillschweigend innerlich in Stücke, denn er wusste, er würde das tun müssen, was er versprochen hatte, nicht zu tun.

Er musste seiner besten Freundin das Herz brechen. Denn er hatte den Beginn einer Liebe in ihren Augen gesehen und dasselbe in sich selbst gespürt. Aber er durfte nicht riskieren, dass Daisy Schaden nahm. Er konnte es nicht riskieren, sie wieder zu verletzen. Denn sobald ihr die Situation bezüglich ihrer Mom klar werden würde, würde er einen Weg finden müssen, sie zu heilen. Sei es mit professioneller Hilfe oder einfach nur mit seiner Familie. Aber er durfte nichts tun, was alles noch verschlimmerte, und Daisy glauben machen, Addi würde Jeaniene ersetzen. Das wäre keinem von ihnen gegenüber fair.

Verdammt.

MACE SETZTE DAISY SPÄTER AM HAUS SEINER Eltern ab, da es Wochenende war und sie keine Schule hatte. Er ging zur Arbeit und versuchte, so zu tun, als wäre alles normal und als hätte sich sein ganzes Sein nicht grundlegend verändert. Shep würde an diesem Abend das Studio schließen, da er an der Reihe war, und Ryan hatte eine Verabredung, die er nicht verpassen durfte, also ging er, sobald Mace hereinkam. So arbeiteten er und Adrienne Seite an Seite, wie sie es schon unzählige Male zuvor im MIT und auch in ihrem früheren Laden getan hatten. Sie hatte ihn seltsam angeschaut, als sie ihn fragte, was los wäre, und er hatte gelogen und gesagt, alles wäre in Ordnung, und sie hatte nicht weiter nachgefragt. Zum

Glück waren sie mehr als ausgelastet mit Terminen und Laufkundschaft. Das brachte ihn auf den Gedanken, dass all die Probleme um sie herum dem Geschäft vielleicht doch nicht so sehr geschadet hatten, wie sie befürchtet hatten. Aber diese Sorgen hatte er lediglich im Hinterkopf, während er versuchte herauszufinden, wie er eines der besten Teile seines Lebens loslassen konnte.

Er war so ein Arschloch, aber um der Vater zu sein, der er sein musste, musste er ein noch größeres Arschloch sein, als er es ohnehin schon war.

Adrienne würde ihn hassen. Das wusste er. Und ihre Familie würde ihn wahrscheinlich auch hassen. Das würde die Zusammenarbeit mit ihr und den anderen fast unmöglich machen, aber er würde sich damit abfinden müssen, solange es sie nicht zu sehr verletzte. Denn das war das Bett, das er gemacht hatte, und nun musste er sich hineinlegen. Deshalb hatte er versucht, das, was sie taten, von vornherein zu vermeiden. Er hatte gewusst, dass alles zu verworren und kompliziert war, aber er hatte sich trotzdem darauf eingelassen, weil er dachte, dass sie mit allem fertigwerden würden. Er hatte sich geirrt. So verdammt geirrt. Und er musste einen Weg finden, damit es wieder funktionierte. Denn am Ende musste er Daisy an die erste Stelle setzen. Sie hatte es verdient, im Leben von jemandem an erster Stelle zu stehen. Ihre Mutter hatte bereits ihre Arbeit und ihre eigenen Träume über das gestellt, was Daisy wollte und zum Überleben brauchte.

Und nun fand er sich in seinem Wohnzimmer mit

seiner besten Freundin wieder, die ihn anstarrte, weil er ihr nicht sagen konnte, warum er sie eingeladen hatte, während Daisy noch bei seinen Eltern war. Adrienne musste wissen, dass etwas nicht stimmte. Er musste das für Daisy tun. Sie war das Einzige, was für ihn wichtig sein durfte, auch wenn ihm so viele andere Dinge wichtig waren. Aber seine Tochter musste an erster Stelle stehen.

»Sag es mir einfach, Mace«, drängte Adrienne. »Was ist los?«

»Ich denke, es ist an der Zeit, dass wir wieder nur Freunde sind, bevor es zu spät ist, an diesen Punkt zurückzukehren«, platzte er heraus, die Hände an seinen Seiten zu Fäusten geballt.

Ihre Augen weiteten sich und sie wich einen Schritt zurück. »Einfach so? Keine Erklärungen? Nein, ich verdiene etwas Besseres als das, Mace. Wir beide haben Besseres verdient. Ich weiß, dass es ein Risiko war, als wir diesen Weg eingeschlagen haben, aber was hat sich geändert?«

Er musste offen und ehrlich sein, und deshalb sagte er ihr die Wahrheit. Vielleicht würde es am Ende nicht so wehtun, wenn sie seine Gründe kennen würde.

»Jeaniene hat das Sorgerecht aufgegeben. Sie bleibt nicht nur aus beruflichen Gründen länger in Japan, sondern hat auch auf alle elterlichen Rechte verzichtet. Es geht also nicht nur um das Sorge- und Besuchsrecht. Sie hat mir Daisy überschrieben, als wäre sie an ihrer Erschaffung überhaupt nicht beteiligt gewesen.«

»Ist das dein Ernst? Wie konnte sie Daisy das nur

antun? Dieses kleine Mädchen ist das beste kleine Mädchen aller Zeiten, und ich sage das, obwohl ich eine Nichte und Cousinen habe, die selbst viele wunderbare Babys haben. Was zum Teufel denkt sich diese Frau, einfach aus Daisys Leben zu verschwinden, als wären die letzten vier Jahre nichts gewesen?«

Ein Teil in ihm freute sich darüber, dass Addi als Erstes an das Wohlergehen seiner Tochter dachte und nicht daran, dass er gerade gesagt hatte, dass die Dinge wieder so werden sollten, wie sie gewesen waren. Und er musste sich ebenso verhalten und sich zuerst auf Daisy konzentrieren, und dann würde er dafür sorgen, dass Adrienne verstand, was er für sie empfinden musste – oder nicht für sie empfinden durfte.

»Ich muss sicherstellen, egal was passiert, dass ich Daisy nicht noch mehr aus dem Gleichgewicht bringe, als sie es ohnehin schon ist.«

»Und ich bin dabei ein Hindernis.« Sie faltete die Hände über ihrem Bauch, der sich beim Sprechen noch nicht ganz zusammengezogen hatte. Sie war eine so starke und unabhängige Frau, und er hasste es, dass er ihr das antat. Aber sie mussten das hinbekommen. Er musste einen Weg finden, die beiden wichtigsten Frauen in seinem Leben nicht zu verletzen, aber er fürchtete, dass jede Entscheidung, die er traf, alles nur noch schlimmer machte. Er griff nur noch nach Strohhalmen, aber er musste sicherstellen, dass er nicht alles noch mehr vermasselte, als es ohnehin schon war.

Sie hatte ihre letzte Aussage nicht als Frage formuliert, aber er antwortete ihr trotzdem.

»Das habe ich nicht gesagt. Nicht wirklich. Sie hat gefragt, ob du mit ihrer Mutter nach Japan gehst, Addi. Ich kann nicht tatenlos zusehen, wie meine Tochter wieder so aufgewühlt wird, weil sie Angst hat, jemand anderen in ihrem Leben zu verlieren. Sie hätte in der Lage sein müssen, ihrer Mutter vertrauen zu können, aber sie konnte es nicht. Und jetzt muss ich hoffen, dass sie mir vertrauen kann, und deshalb weiß ich nicht, ob ich zulassen kann, dass sie anfängt, dich als jemand anderen als nur eine Freundin in ihrem Leben zu sehen. Ich kann nicht zusehen, wie mein kleines Mädchen wieder weint, weil ein Erwachsener aus ihrem Leben geht. Ich kann dir diese Rolle nicht einfach zuteilen.«

»Ich war nie in dieser Rolle. Ich weiß, wer ich bin, wenn es um Daisy geht. Und die Tatsache, dass du mir nicht zutraust, ein besserer Mensch zu sein als Jeaniene, wenn es um das Herz dieses kleinen Mädchens geht, sagt mehr über dich aus als über mich. Ich werde mir von dem Wissen helfen lassen, dass sich alles in deinem Leben in den letzten Wochen so sehr verändert hat, und lasse das, was du gesagt hast, sacken. Denn das ist es, was man tut, wenn man jemanden liebt. Und ja, ich liebe dich. Ich wollte nicht, dass das passiert, nicht auf diese Weise, aber ich liebe dich. Und die Tatsache, dass du denkst, ich könnte deiner Tochter wehtun, gibt mir das Gefühl, dass ich dich gar nicht kenne.«

»Addi.«

Sie hob die Hand, straffte ihre Schultern und blickte ihm in die Augen. »Gut. Unterschreib deine Papiere. Unterschreib alles, was nötig ist. Ruh dich aus und versuche, einen klaren Kopf zu bekommen, während du daran arbeitest, genau herauszufinden, was dein nächster Schritt sein wird. Wenn du damit fertig bist, können wir reden. Denn ich werde nicht zulassen, dass du das tust. Du kannst nicht alles, was wir haben, wegwerfen, weil du Angst hast. Du weißt so gut wie ich, dass wir nicht mehr so weitermachen können wie bisher. Wir sind doch darüber hinaus, so zu tun, als hätte sich unsere Beziehung nicht grundlegend verändert. Ich liebe dich, verdammt noch mal. Und nicht nur als meinen besten Freund. Reiß dich zusammen, Knight. Denn du bist besser als das hier. Wir sind besser als das hier.«

Und damit verließ sie sein Haus und schlug die Tür hinter sich zu. Er hatte es immer geliebt, wenn sie wütend war, denn sie hielt sich nie zurück, und das war verdammt sexy. Aber er wusste, dass die Wut dieses Mal ihren Schmerz verbarg. Schmerz, den er ihr zugefügt hatte, weil er versuchte, alles so gut wie möglich zu regeln. Aber er hatte es ganz falsch gemacht. Das wusste er, und er war sich nicht sicher, wie er es in Ordnung bringen konnte.

Er war sich nicht sicher, *ob* er es in Ordnung bringen konnte.

Und er hatte gerade zugesehen, wie seine beste Freundin sein Haus verließ – und möglicherweise sein Leben.

KAPITEL FÜNFZEHN

IHRE MUTTER HATTE IHR STETS ERKLÄRT, DASS nicht nur der Weihnachtsmann nicht in ein schmutziges Haus käme, sondern dass auch das neue Jahr nicht ohne ein sauberes Heim beginnen könnte. Wenn man also seine Gefühle und Gedanken ordnen musste, war der einzige Weg, dies zu tun, zu putzen, bis kein Staubkorn mehr im Haus zu finden war.

Adrienne gingen langsam die Reinigungsprodukte aus und sie war leider immer noch meilenweit davon entfernt, einen geistigen Zustand erreicht zu haben, in dem sie Mace am nächsten Morgen bei der Arbeit begegnen konnte.

Sollte doch alles zur Hölle fahren!

Tränen brannten in ihren Augen und sie ließ ihnen freien Lauf, wusste sie doch, dass niemand da war, der sie so sehen konnte, schwach und von Gefühlen überwältigt. Sie hätte ihre Schwestern anrufen können und hatte tatsächlich bereits einen Anruf von Thea erhalten, ihn aber abgewiesen, da sie Zeit brauchte, um nachzudenken und einfach eine Weile allein zu sein.

Sie hatte sich erlaubt, glücklich zu sein.

Sie hatte sich erlaubt, Hoffnungen zu hegen.

Und siehe da, wo es sie hingeführt hatte. Ellbogentief in eine Toilette, mit Staub und Schmutz zwischen den Brüsten. Dies war nicht das Leben, das sie sich vorgestellt hatte, aber es schien das zu sein, für das das Schicksal sie würdig hielt.

Sie benutzte die Rückseite ihres Arms – der einzige Teil, der im Augenblick nicht mit Schmutz oder Reinigungsmitteln bedeckt war –, um über ihr Gesicht zu wischen, damit sie wieder richtig sehen konnte. Nicht Mace hatte ihr das angetan, sondern die Umstände. Und daran erinnerte sie sich immer wieder, denn er war schließlich ihr bester Freund, verdammt, und der beste Liebhaber, den sie je gehabt hatte. Sie hatte geglaubt, sie könnten es vielleicht schaffen. Es hatte sich richtig angefühlt, als die drei zusammen in seinem Haus gewesen waren, Abendessen zubereitet und unter Lachen Videofilme angeschaut hatten. Sie hatte gedacht, Daisy und sie kämen großartig zurecht. Sie hatte nicht vorgehabt, Daisy die Mutter zu ersetzen, und geglaubt, mit ihr ein ganz eigenes Band geknüpft zu haben, zusätzlich zu der lockeren Verbindung, die sie bereits hatten. Sie war von Anfang an in Daisys Leben gewesen und jetzt befürchtete sie, vielleicht zu verlieren, was sie gehabt hatte.

Verlor sie nicht bereits das, was sie mit Mace verbunden hatte, Atemzug für Atemzug, Tag für Tag?

Sie legte die Toilettenbürste beiseite und saugte ihre Unterlippe ein.

Warum hatte sie das zugelassen? War sie wirklich so versessen auf Sex und Gefühle gewesen, dass sie alles riskierte, was sie mit ihm hatte? Denn so fühlte es sich an. Sie hatte sich für so klug gehalten, ihre Freundschaft nicht zu verletzen, obwohl sie die ganze Zeit genau das befürchtet hatte.

Aber obwohl er etwas in ihr zerbrochen hatte, wusste sie, sie würde nicht vollkommen zerstört sein. Schließlich war das auch nicht geschehen, als ihr Studio dauernd angegriffen worden war. Sie war gestrauchelt, sicher, aber das wäre jedem so gegangen bei der Häufung der erschreckenden Zwischenfälle.

Aber sie war nicht zerbrochen.

Und sie würde auch jetzt nicht zerbrechen, obwohl alles in ihr bereit dazu war. Sie hatte sich Mace gegenüber stark gezeigt. Sie war ehrlich zu ihm gewesen. Sie wusste, er hatte Angst, Daisy zu verletzen, und war furchtbar zornig über das gewesen, was Jeaniene getan hatte. Adrienne war jedoch nicht glücklich über die Tatsache, dass sie das Gefühl hatte, dass er seinen Schmerz und seine Verwirrung an ihr ausließ. Oh, es mochte ihm nicht bewusst sein, aber das änderte nichts an dem Ergebnis, oder?

Er hatte solche Angst, seiner Tochter zu schaden, dass er alles abwehrte, was eventuell ihr Wohlergehen stören konnte, auch wenn dies ohne Absicht geschah. Und obwohl Adrienne ihn verstand – ehrlich –, war sie so verdammt sauer, dass er ohne Kampf aufgab. Sie jedoch hatte nicht aufgegeben. Sie mochte zwar am Tag zuvor sein Haus verlassen haben, da sie unter seinen Augen nicht zusammenbrechen wollte, aber sie hatte ihm zuvor ein Versprechen gegeben. Sobald er sich zusammengerissen hätte, würde sie darauf warten, dass er zu Kreuze kroch.

Nicht dass sie eine großartige Entschuldigung gebraucht hätte. Sie wollte einfach ihren besten Freund zurückhaben, verdammt.

Sie schluchzte noch einmal auf, wütend auf sich selbst. Was sie wirklich brauchte, war eine Dusche und saubere Kleidung ohne Putzflecke darauf. Sicher, das bedeutete, eine ihrer wie neu glänzenden Duschen zu beschmutzen, und sie wusste nicht, ob sie das im Augenblick wirklich wollte. Das war das Problem bei einem gründlichen Hausputz. Man wird dabei schmutzig und will sich nicht waschen, weil man nicht wieder alles schmutzig machen will.

Sie war wirklich irre und brauchte wahrscheinlich ein Glas Wein, um sich besser zu fühlen. Dann würde sie ihre Schwestern anrufen, um Luft abzulassen und zu versuchen, die nächsten Schritte zu überlegen. Denn immerhin war sie ja nicht vollkommen aus Mace' Leben verschwunden. Obwohl er gesagt hatte, er wollte, dass sie Freunde blieben, war sie sich nicht sicher, ob das im

Augenblick klappte. Allerdings mussten sie weiterhin zusammenarbeiten, daher konnte sie ihm nicht aus dem Weg gehen.

Und außerdem wollte sie das auch nicht.

Sie wollte lediglich, dass er einen klaren Kopf bekam, damit sie herausfinden konnten, was sie wirklich wollten, anstatt dessen, was sie zu brauchen glaubten.

Und jetzt Schluss mit dieser Gedankenkette. Wieder einmal ärgerlich auf sich selbst, räumte sie die Putzmittel an ihren Platz und vervollständigte ihre Liste der Produkte, die sie wieder besorgen musste, da dieses besondere Reinigungsfest der Gefühle den größten Teil ihrer Vorräte verschlungen hatte. Dann heizte sie ihren Ofen vor, damit sie nach dem Duschen ein Blech Kekse backen konnte. Sie konnte ebenso gut ein wenig Mehl in ihrer frisch geputzten Küche verstreuen, bevor sie ihre Schwestern anrief, um sie zu bitten herüberzukommen.

Thea und Roxie waren für sie die Felsen in der Brandung, ebenso wie Shep. Aber ihren Bruder wollte sie nicht einladen, da dieser wahrscheinlich zu Mace ginge, um ihm eine zu verpassen oder etwas in der Richtung. Sie liebte ihren Bruder, aber er neigte dazu, sich wie ein *großer Bruder* zu benehmen, der jeden anknurrte, der es wagte, seiner kostbaren kleinen Schwester wehzutun.

Es war nicht einfach, mit jemandem aus dem Montgomery-Clan auszugehen oder ihn zu heiraten, und bis jetzt hatten nur Shea und Carter es geschafft. Sie hatte stets den Gedanken im Hinterkopf gehegt, Mace könnte vielleicht einer der wenigen Glücklichen werden, die den Eintrittstest in die Montgomery-Familie bestanden, aber vielleicht hatte sie sich geirrt. Vielleicht waren sie als Freunde besser dran und sobald sie sich ihre Wunden geleckt hätte, würde sie das einsehen. Zumindest hoffte sie das.

Gedanken an Mace und was sie vielleicht verloren hatte kreisten ihr immer wieder durch den Kopf, aber sie bemühte sich, diese Gedanken nicht zu verdrängen, denn wenn sie sie zu sehr unterdrückte, würde sie später dafür zahlen müssen. Bei den meisten Dingen in ihrem Leben war sie dagegen, ihre Gefühle zu unterdrücken. Die Tatsache, dass sie versucht hatte, Mace gegenüber offen zu sein, und sich dennoch, ohne es zu wollen, in ihn verliebt hatte, sagte ihr, dass diese Gefühle wahrscheinlich das Wichtigste von allem waren. Sie würde ihn nicht aufgeben, aber sie würde sich auch nicht exponieren und sich wehtun lassen. Was also auch immer als Nächstes kam, er war am Zug. Er hatte die Wahl. Sie würde sich jedoch nicht hinstellen und verletzen lassen, während sie auf etwas wartete, das vielleicht niemals käme.

Da ihr bewusst war, dass sie einfach tief durchatmen und ihre Gedanken noch etwas schweifen lassen musste, stellte sie die Butter heraus, um sie weicher werden zu lassen, und ging ins Badezimmer, um eine schnelle Dusche zu nehmen. Sicher, sie konnte nicht umhin, die Stelle zu betrachten, wo sie Mace zum ersten Mal geküsst hatte und wo er sie auf der Ablage genommen hatte. Ein warmes Gefühl überkam sie, obwohl ihr Herz schmerzte, als sie sich daran erinnerte, wie liebevoll er gewesen war. Mace war immer vorsichtig und vielleicht war gerade das ihr Verhängnis. Denn sie konnten noch so viel darüber reden, nichts riskieren zu wollen, sich zu verlieben und eine gemeinsame Zukunft zu suchen war niemals sicher. Sich in dem Gefühl versinken zu lassen, dass man vielleicht Geborgenheit bei einem anderen Menschen findet, ist niemals ohne Risiko.

Adrienne hatte sich gerade das T-Shirt ausgezogen, als ihr Telefon auf der Ablage summte. Sie runzelte die Stirn, als sie den Namen des Anrufers auf dem Bildschirm sah, weil sie sich fragte, warum Violet, Mace' Schwester, sie anrief. Nur mit ihrem BH und einer Jogginghose bekleidet nahm sie das Gespräch entgegen. Sie war immer noch mit Schmutz bedeckt, aber immerhin war sie den Gestank des Reinigungsmittels los, von dem ein dicker Tropfen auf ihr T-Shirt geraten war.

»Hey, Violet. Wie geht's?« Sie bemühte sich, ihre Stimme normal klingen zu lassen, so als hätte sie nicht den ganzen Tag immer wieder geweint. Als wäre sie nicht wahnsinnig in Violets Bruder verliebt, obwohl er sie gerade von sich gestoßen hatte, weil seine Ex ein schrecklicher Mensch war, der offensichtlich nur an sich selbst dachte.

»Gott sei Dank, dass ich dich erreiche, Adrienne. Ich habe Sienna angerufen, aber sie ging nicht ran. Dann rief ich meine Eltern an, erinnerte mich aber im letzten

Moment daran, dass sie übers Wochenende weggefahren sind. Und Mace kann ich nicht erreichen. Aber das hat er bereits angekündigt, da er sich wahrscheinlich den ganzen Tag in der Kanzlei seines Anwalts aufhält.«

Adrienne straffte sich, ihr Puls raste. »Was ist los? Bist du okay? Ist es Daisy?« Sie wusste nicht, ob Violet heute auf das kleine Mädchen aufpasste, aber es war das Erste, was ihr in den Sinn kam.

»Ja, Daisy ist bei mir. Ich habe urplötzlich eine Migräne bekommen. Das wäre nicht so schlimm gewesen und ich wäre klargekommen, aber Daisy hat hohes Fieber und ich denke, sie muss zum Arzt, da ich es nicht senken kann. Aber ich kann im Augenblick auch nicht fahren, weil ich kaum die Augen offen halten kann, wenn Licht eingeschaltet ist. Außerdem habe ich das Gefühl, mich übergeben zu müssen. Ich habe Tabletten gegen die Migräne und kann sie einfach aussitzen, aber ich brauche wirklich jemanden, der Daisy zum Arzt bringt. Kannst du uns helfen?«

Adrienne zog sich bereits den Rest ihrer Kleidung aus und lief in ihr Schlafzimmer, um frische herauszusuchen. Sie mochte zwar verschwitzt und schmutzig sein, aber sie hätte wenigstens sauberere Kleidung an, wenn sie Daisy abholen würde.

»Wo seid ihr?« Sie wusste, dass Violet und Sienna in Denver lebten, und obwohl die Straßen nicht schlecht waren, wäre sie nicht allzu schnell dort.

»Ich bin bei Mace zu Hause. Ich kann es versuchen.

Aber ich möchte nicht von der Straße abkommen, weil ich nichts mehr sehen kann.«

»Ich bin unterwegs. Hast du Daisys Arzt angerufen? Oder soll ich in die Notaufnahme fahren?«

»Du bist eine Lebensretterin. Ich habe ihren Arzt bereits angerufen. Er kann euch empfangen, sobald ihr dort eintrefft. Es tut mir leid, dass ich nicht selbst fahren kann, aber ich kann es wirklich nicht. Diese Migräne schafft mich und ich hasse es, dass ich Daisy im Stich lasse. Ich sollte aber auf keinen Fall auf der Straße sein.«

»Alles gut. Ich werde in ein paar Minuten da sein. Sag Daisy, dass ich komme und mich um sie kümmere.«

»Das werde ich. Danke, Adrienne. Tausend Dank.«

Schnell beendete sie das Gespräch und eilte in die Küche, um den Ofen abzuschalten. Dann stellte sie die Butter in den Kühlschrank zurück, stieg in ihre Stiefel und schnappte sich ihren Schlüssel. Wahrscheinlich hatte sie alles Mögliche vergessen, aber im Augenblick konnte sie an nichts anderes denken als daran, dass Daisy krank war und Violet Angst hatte.

Es spielte keine Rolle, dass Mace versucht hatte, sie aus dem Leben seiner Tochter zu verdrängen. Alles, was zählte, war die Tatsache, dass ein kleines Mädchen krank war und jemand sie zum Arzt bringen musste. Dass Violet, nachdem sie ihre Schwester, ihre Eltern und Mace angerufen und nicht erreicht hatte, sofort an sie gedacht hatte, wärmte sie – auch wenn es das nicht sollte. Sie war schon so lange ein Ehrenmitglied der Familie Knight wie sie mit Mace befreundet war. Seinen Schwestern stand sie natürlich nicht so nahe wie ihm, aber locker befreundet war sie mit ihnen. Die Tatsache, dass Violet sie angerufen hatte, bedeutete, dass sie Adrienne vertraute. Sie vertraute ihr, was Daisys Wohlergehen betraf. Und es tat weh, daran zu denken, dass Mace das vielleicht nicht tat.

Grimmig ignorierte sie diese Gedanken, da sie niemandem halfen, und stieg schnell in ihren Wagen. Hoffentlich hatte Violet den Namen und die Adresse des Arztes, zu dem sie fahren wollte, denn sie hatte nicht weiter gedacht, als so schnell wie möglich zu Daisy zu gelangen.

Bis zu diesem Moment war sie noch nie so dankbar dafür gewesen, wie nahe sie bei Mace wohnte. Sie brauchte nur ein paar Minuten, um zu seinem Haus zu gelangen, und parkte direkt hinter Violets Wagen. Sie flog praktisch aus ihrem eigenen Fahrzeug, ließ aber den Motor nicht laufen, obwohl sie es kurz erwogen hatte, und klopfte an die Haustür. Sie hatte einen Schlüssel, aber es wäre ihr ehrlich gesagt nicht in den Sinn gekommen, ihn zu benutzen.

Violet öffnete die Tür, die Hände auf den Augen und das Licht gedämpft. Sie war blass, teigig und sah aus wie der aufgewärmte Tod. Adrienne hatte Mitleid mit der Frau, und wenn Daisy nicht Fieber gehabt hätte und ebenfalls krank gewesen wäre, hätte sie vielleicht auch bleiben und sich um Violet kümmern wollen. Und wer weiß, vielleicht würde sie zurückkommen und genau das tun. Aber im Moment musste sie sich wirklich um das kleine Mädchen kümmern.

»Da bist du ja. Daisy liegt in eine Decke gewickelt und abfahrbereit auf der Couch. Ich habe ihr eine Tasche gepackt und dir die Adresse aufgeschrieben. Ich habe alles getan, was ich konnte, aber jetzt muss ich mich wirklich hinlegen. Es tut mir so leid, dass ich außer Gefecht gesetzt bin. Es kam aus heiterem Himmel und ich kann Mace nicht erreichen.«

Adrienne drängte sich an der Frau vorbei und nahm ihren Arm. »Setz dich in einen Sessel oder leg dich einfach hin. Leg die Füße hoch und schließ die Augen. Danke, dass du alles vorbereitet hast. Ich kümmere mich um Daisy. Du kannst mir vertrauen.«

Violet ließ ihre Hand sinken und runzelte die Stirn. »Natürlich kann ich dir vertrauen. Ich würde doch meine Nichte nicht jedem anvertrauen.«

Diese Aussage verletzte sie mehr, als sie es hätte tun sollen, denn Violet hatte wahrscheinlich keine Ahnung, was am Tag zuvor zwischen Adrienne und Mace vorgefallen war.

»Danke.«

Adrienne half Violet in den Sessel und ging dann schnell zu Daisy. Das kleine Mädchen schlief mit den Händen unter dem Gesicht auf einem Kissen. Aber Adrienne konnte die Röte auf ihren Wangen und den Schweiß auf ihrer Stirn sehen. Als Daisy wimmerte, legte Adrienne ihr eine kühle Hand auf die heiße Wange.

»Tante Addi«, flüsterte Daisy. »Ich will Daddy.«

Adrienne brach das Herz. Sie hob das kleine Mädchen hoch, wobei sie darauf achtete, alles andere auch mit einer Hand festzuhalten. Dann fiel ihr ein, dass sie keinen Kindersitz hatte, also setzte sie das kleine Mädchen wieder ab, behielt es aber im Arm. Sie war wirklich nicht ganz in Topform, weil es sie so aufwühlte, wie heiß Mace' Tochter sich anfühlte.

»Wir machen dich wieder ganz gesund, okay? Warte nur einen Moment, ich hole ein paar Sachen, und dann bringe ich dich dorthin, wo man dich wieder gesund macht.«

»Ich will Daddy.«

»Ich weiß, Püppchen. Wir werden Daddy auch holen. Aber erst müssen wir dafür sorgen, dass es dir besser geht, und dann kann Daddy kommen, und du wirst wieder ganz gesund.« Sie hoffte inständig, dass sie nicht gelogen hatte.

»Violet? Hast du einen Kindersitz oder eine Sitzerhöhung oder was auch immer in deinem Wagen?«

Die andere Frau nickte und versuchte, sich aus dem Sessel zu erheben, aber Adrienne winkte ab. »Wo ist dein Schlüssel? Soll ich nicht einfach dein Fahrzeug nehmen?«

»Ja, denn du wirst ewig brauchen, um herauszufinden, wie man den Sitz herausnimmt und in deinen einbaut. Ich hasse das verdammte Ding. Nimm meinen Wagen.«

»Verstanden.« Das bedeutete, dass sie ihr Fahrzeug aber zuerst an die Straße stellen musste, weil sie hinter Violet in der Einfahrt geparkt hatte. Alles wurde ein bisschen zu kompliziert, aber das war ihr egal. Immer eins nach dem anderen. Zuerst stellte sie ihren Wagen an die Straße. Dann nahm sie Daisys Tasche, warf sie sich über die Schulter, speicherte die Adresse der Arztpraxis in ihrem Handy, damit sie ihr GPS benutzen konnte, und nahm erst dann Daisy auf den Arm. Das kleine Mädchen schlief noch, aber es schmiegte sich sofort an sie.

»Danke«, stöhnte Violet und Adrienne nickte ihr zu, bevor sie sie allein im Haus zurückließ. Sie hatte das Telefon neben sie gelegt, sollte auch sie zu einem Notfall werden. Sie hasste es, sie dort mit Schmerzen zurückzulassen, aber im Moment konnte sie nichts für Violet tun.

Zum Glück half Daisy Adrienne, sie in den Kindersitz zu setzen. Sie war in solchen Dingen wirklich nicht auf dem Laufenden und würde sich darin verbessern müssen, zumindest für ihre Nichte. Sie war sich nicht sicher, wie oft sie Daisy in Zukunft noch sehen würde. Sie schluckte den Schmerz hinunter und strich dem kleinen Mädchen über die Wange, weil die Kühle ihrer Haut zu helfen schien, dann schloss sie die Tür und lief um den Wagen herum zum Fahrersitz. Violet hatte ein ähnliches Fahrzeug wie Thea, also verlor sie keine Zeit mit dem Kennenlernen des Wagens.

Sie drückte schnell auf das GPS und lauschte der britischen, männlichen Stimme, die ihr in beruhigendem Tonfall Anweisungen gab, wie sie zur Arztpraxis gelangte. Daisy auf dem Rücksitz gab keinen Ton von sich, aber Adrienne klappte den kleinen Spiegel an der Sonnenblende herunter, den sie selbst nie benutzte, damit sie sehen konnte, was da hinten vor sich ging.

Es dauerte zwanzig quälende Minuten, bis sie die Arztpraxis erreichten. Gegen Ende der Fahrt weinte Daisy und Adrienne war mit den Nerven völlig am Ende. Sie dachte daran, selbst zu weinen, hielt sich aber zurück, weil irgendjemand in dieser Situation stark sein musste. Sie packte die Sachen zusammen und trug Daisy in die Praxis. Sie war dankbar, dass die Empfangsdame ihr sofort entgegenkam.

»Daisy Knight?«

Adrienne hatte beinahe vergessen, dass sie Mace' Familiennamen trug – das einzige Zugeständnis, das Jeaniene Mace damals gemacht hatte. Sie hoffte inständig, dass dies für die Krankenversicherung okay war, oder was auch immer für Regeln beachtet werden mussten, wenn sie mit der Tochter eines rein rechtlich fremden Mannes hier auftauchte, aber im Augenblick hatte sie keine Wahl.

»Ja, und ich bin die feste Freundin ihres Vaters.« Eine Lüge, aber sie dachte, das wäre besser, als zu sagen, sie wären befreundet.

»Das wissen wir, Miss Montgomery. Miss Knight hat uns gerade angerufen und uns gesagt, dass Sie sie herbringen werden. Mr. Knight hat Sie bereits auf die Liste der Familienangehörigen gesetzt, sodass Sie uns nach hinten begleiten können.«

Verblüfft folgte sie der Frau in das Behandlungszimmer und sah zu, wie alle ihre Arbeit machten. Mit klopfendem Herzen holte sie ihr Handy heraus, dann fiel ihr ein, dass sie es hier wahrscheinlich nicht benutzen sollte.

»Ich muss versuchen, ihren Vater zu erreichen. Kann ich mein Telefon benutzen?«

Die Schwester im Zimmer nickte und zeigte auf die Tür. »Gleich nebenan ist ein Wartezimmer, da können Sie telefonieren.«

Adrienne wollte Daisy eigentlich nicht allein lassen, aber andererseits musste sie Mace Bescheid sagen.

Ihre Unentschlossenheit musste ihr anzusehen gewesen sein, denn die Krankenschwester lächelte sanft. »Wir werden uns gut um Daisy kümmern. Lassen Sie die Tür auf, dann können Sie uns hören, okay?«

»Okay. Tut mir leid.«

Sie ging ins Wartezimmer und rief Mace an. Die Mailbox sprang direkt an, was so untypisch für ihn war, dass sie sich schon Sorgen machte. Doch bevor sie sich überlegen konnte, was sie als Nächstes tun sollte, ertönte eine tiefe Stimme, und ihre Schultern entspannten sich, obwohl ihr Bauch sich zusammenzog.

»Meine kleine Daisy, mein Gänseblümchen«, ertönte Mace' Brummen aus dem Nebenzimmer und wieder traten Adrienne die Tränen in die Augen. Lag es daran, dass er so ein fürsorglicher Vater war, oder daran, dass seine Stimme sie daran erinnerte, dass er sie abgewiesen hatte?

Aber das spielte keine Rolle. Nicht mehr. Sie hatte dafür gesorgt, dass Daisy behandelt wurde und ihr

Zustand sich verbesserte, und jetzt, da Mace da war, ging sie davon aus, dass es auch so sein würde. Sie würde Violet fragen, wie es weitergegangen war, oder sogar Mace, wenn sie ihn am nächsten Tag bei der Arbeit sehen würde. Es hatte keinen Sinn, jetzt dortzubleiben, während ihr Geist und ihr Herz nicht bereit waren, ihn zu sehen, nicht bereit, ihm in die Augen zu blicken und mit ihm zu reden. Sie sollte stärker sein als das, aber sie wusste, dass sie es nicht war. Noch nicht. Sie brauchte noch ein paar Augenblicke, um ihre Schutzschilde wiederaufzubauen, damit sie die starke Frau wurde, für die sie sich immer gehalten hatte.

Sie wollte gerade zur Tür hinausgehen, wobei sie sich bemühte, nicht nach rechts zu schauen, als Mace' Stimme sie wieder traf.

»Addi.«

Sie erstarrte, drehte sich aber nicht herum.

»Addi.« Er machte eine Pause. »Ich danke dir. Einfach nur … danke. Ich habe heute auf dem Weg zum Anwalt mein Handy fallen lassen und es ist zerbrochen. Also war ich den ganzen Tag nicht erreichbar und bin beinahe durchgedreht. Als ich nach Hause zurückkehrte, fand ich Violet krank vor und sie erzählte mir, was geschehen war. Es tut mir so leid, dass du das alles durchmachen musstest. Aber danke, dass du mir geholfen hast. Einfach nur … danke.«

Sie schluckte heftig, drehte sich aber nicht herum. Sie war sich nicht sicher, ob sie es konnte.

»Kein Problem, Mace. Es war für Daisy. Natürlich habe ich geholfen.«

Sie hatte nicht vorgehabt, so passiv-aggressiv zu klingen, und sie mochte sich selbst nicht so. Außerdem konnte sie praktisch spüren, wie Mace bei ihren Worten zusammenzuckte.

Da sie wusste, dass sie sich ihm stellen musste, weil sie es sonst nie getan hätte, drehte sie sich herum. Er war so sexy wie immer, ganz zerzaust und nachdenklich, aber er hatte sich den Bart abrasiert. Sie trat einen Schritt zurück.

»Tut mir leid. Ich habe es nicht so gemeint, wie es klang«, sagte sie schnell. »Du hast dich rasiert.«

Sein Mund verzog sich zu der Andeutung eines Lächelns. »Ich habe mich rasiert.« Keine Erklärung, aber sie war sich nicht sicher, ob er ihr eine schuldig war. Wie konnten die Dinge so schnell so seltsam werden? »Und du brauchst dich nicht zu entschuldigen. Für gar nichts.« Er stieß den Atem aus. »Der Arzt hat eine Ohrenentzündung diagnostiziert. Er sagte, Daisy sollte bald wieder gesund sein. Sie werden sie noch eine Weile hierbehalten, um das Fieber zu senken. Aber Addi? Ich werde mich nie dafür revanchieren können, dass du dich um sie gekümmert hast. Ich stehe in deiner Schuld.«

Sie schenkte ihm ein kleines Lächeln und wusste, dass es ihre Augen nicht erreichte, aber sie konnte es nicht erzwingen. »Ich bin froh, dass es ihr bald besser geht. Und du bist mir gar nichts schuldig. Dafür sind Freunde doch da.«

So etwas tut man eben für diejenigen, die man liebt. Aber das sagte sie nicht. Stattdessen winkte sie unbeholfen und machte auf dem Absatz kehrt. Und er blieb sauber rasiert im Flur stehen, mit ihrem Herzen in der Hand, ohne zu wissen, was er damit tun sollte. Es war in Ordnung, denn sie wusste auch nicht, was sie damit anfangen sollte.

Und sie hatte Angst, dass sie es nach dem heutigen Tag vielleicht nie herausfinden würde.

Kapitel Sechzehn

Im Leben eines Mannes gibt es Momente, in denen er erkennt, dass er ein Idiot ist. Mace hatte feststellen müssen, dass diese Momente zahlreicher waren, als er ursprünglich gedacht hatte, was ihm seine Reaktion vor drei Tagen deutlich gezeigt hatte.

Vor drei Tagen hatte er seiner besten Freundin das Herz gebrochen.

Und vor drei Tagen hatte er auch sich selbst das Herz gebrochen, gratuliere, Mace!

Mace ließ die Rasierklinge wieder durch den Rasierschaum über sein Gesicht gleiten und seufzte, als er sie im Waschbecken abspülte. Er hasste es, sich zu rasieren, und im Winter zog er es vor, seinen Bart länger zu lassen, aber er konnte sich nicht im Spiegel betrachten und seinen Bart sehen, ohne an sie zu denken.

Er war ein trauriges Exemplar eines besten Freundes und ein noch traurigeres Exemplar eines Mannes. Und er war sich nicht sicher, was zur Hölle er dagegen tun sollte. Da er wusste, dass er nichts dagegen tun konnte, solange er mit dem halben Gesicht voller Rasierschaum und nur mit einem Handtuch bekleidet in seinem Badezimmer stand, ließ er sich beim Rasieren Zeit und versuchte, seine Gedanken zu ordnen.

Daisy schlief, wie so oft während der letzten paar Tage, nachdem die Ohrinfektion diagnostiziert worden war. Gott sei Dank war das Fieber schnell gesunken und jetzt verschlief sie einfach die schlimmste Zeit des Krankseins. Eigentlich sollte sie am nächsten Tag wieder fit sein und zur Vorschule gehen können. Sie vermisste bereits ihre Freunde und Lehrer und wenn sie wieder gesund war, stand bereits Thanksgiving vor der Tür. Für die Hauptmahlzeit waren sie bereits bei seinen Eltern eingeladen und er war dankbar, dass nicht er das Festmahl zubereiten musste. Seine Schwestern würden aus Denver anreisen und wahrscheinlich zwei ihrer Freundinnen mitbringen, die zu ihrer Clique gehörten. Zumindest eine Veranstaltung war also geplant.

Er hatte sich die letzten beiden Tage auf Drängen von Shep und Adrienne freigenommen. Er und Ryan hatten gesagt, sie würden für ihn einspringen und dafür sorgen, dass im Laden alles lief, damit er sich um Daisy kümmern konnte. Natürlich musste er wieder arbeiten und Geld verdienen, aber er war froh, dass er diese Zeit hatte, nicht nur um mit Daisy zusammen zu sein, sondern auch um seine Gedanken zu ordnen, was Addi anbelangte.

Er hatte gewusst, dass er einen Fehler gemacht hatte,

als sie aus seinem Haus geflüchtet war. Er hatte es gewusst. Dennoch war er ihr nicht nachgegangen, weil er nicht sicher war, ob er für das, was er getan hatte, ihre Vergebung verdiente. Und, offen gesagt, weil er ein verdammter Feigling war.

Sie hatte ihm gesagt, dass sie ihn liebte, und er hatte kein Wort erwidert. Er hatte nicht einmal gewusst, was er denken sollte, bis sie draußen gewesen war und seine Synapsen endlich wieder zu arbeiten begonnen hatten. Er konnte nicht glauben, dass sie sich ihm gegenüber so entblößt hatte, während er sie abgewiesen und geglaubt hatte, seine Familie schützen zu müssen. Nur dass er Daisy auf diese Art nicht beschützte. Nicht wirklich. Addi hatte nicht das Geringste getan, um das Misstrauen zu verdienen, das er generell ihrer Beziehung entgegenbrachte. Es war nicht so, dass er ihr nicht vertraute. Denn Gott wusste, dass er es tat. Mehr als alles andere. Es ging darum, dass er ihr die Rolle der Frau in Daisys Leben zuteilen wollte und plötzlich nicht mehr wusste, was er tun sollte. Aber das lag nicht an ihr, sondern an ihm und an dem, was Daisys Mutter getan hatte.

Weil er so viel Angst davor gehabt hatte, seiner Tochter wieder wehzutun, hatte er den Menschen verletzt, der ihm eigentlich am wichtigsten von allen war. Die beiden hatten in ihrem Leben so viel gemeinsam durchgemacht und er hatte sie die meiste Zeit seines Erwachsenenlebens an seiner Seite gehabt und gewusst, dass er sich stets auf sie verlassen konnte. Sie waren nicht nur Freunde. Sie waren beste Freunde. Und das waren nicht nur leere Worte oder Begriffe.

Aber nachdem er sie geküsst und sie auf ihrer Badezimmerablage geliebt hatte, war er nicht mehr nur ihr Freund. Hatte er ihr nicht versprochen, sie als bester Freund niemals zu verletzen? Und hätte er ihr dann, verdammt noch mal, dieses Versprechen nicht auch geben müssen, wenn sie etwas mehr als nur befreundet waren?

Er musste zu ihr gehen. Er musste vor ihr kriechen und sie anflehen, ihn zurückzunehmen. Denn auch wenn sie gesagt hatte, dass sie auf ihn warten würde, wusste er nicht, ob das tatsächlich der Fall war. Und das lag nicht daran, dass er ihren Worten nicht traute. Sondern weil er es ihr nicht verübeln würde, wenn sie vor etwas davonliefe, dem sie nicht vertrauen konnte.

Seine Eltern würden später vorbeikommen, um bei Daisy zu bleiben, während er Besorgungen machen wollte. Aber er hatte das Gefühl, dass er nicht nur Lebensmittel einkaufen gehen würde. Er wusste, dass Adrienne an diesem Morgen freihatte, bevor sie zu einem Termin fahren würde, der später als gewöhnlich stattfand. Eigentlich sollte er jetzt arbeiten, aber Ryan hatte seine Schicht übernommen, damit er etwas mehr Zeit mit Daisy verbringen konnte. Er würde seinen Freunden ewig dankbar sein, aber im Moment musste er sich überlegen, was er der Frau sagen wollte, die ihm wichtiger als alles andere war. Vielleicht war es das, womit er anfangen musste. Weil sie gesagt hatte, dass sie ihn liebte, und er es nicht erwidert hatte.

Liebte er sie?

Er hatte sie so lange als Freundin geliebt, aber er wusste, das war nicht das Gleiche und hatte nichts mit dem zu tun, was sie ihm offenbart hatte, als sie dort in seinem Wohnzimmer gestanden hatte.

Der Punkt war der, dass er sie sich für mehr als nur einen vorübergehenden Moment in seinem Leben vorstellen konnte. Und für das Leben seiner Tochter galt das Gleiche.

Warum konnte er nicht einfach die gewissen Worte aussprechen? Er hatte sie noch nie zu jemandem gesagt, der nicht zu seiner Familie gehörte, aber noch nie hatte ihm jemand auch so viel bedeutet. Addi hatte ihm immer schon mehr bedeutet. Sie hatte immer zu seinem Leben gehört. Sie war immer alles für ihn gewesen. Manch einer hatte sich gefragt, ob sie wirklich nur Freunde bleiben konnten, ohne sexuelle Chemie. Offensichtlich waren sie Spätzünder.

Als sie mit anderen Partnern zusammen gewesen waren, hatte nicht diese Verbindung zwischen ihnen bestanden, die sie jetzt hatten, das wusste er. Er hatte nicht gespürt, dass sie ihn begehrte, und er wusste, dass auch er nicht das für sie empfunden hatte, was er jetzt fühlte, als sie mit ihrem Ex zusammen gewesen war. Die Zeit konnte also vielleicht Gefühle ändern.

Und als er die Augen schloss und versuchte, sich vorzustellen, wie sein Leben ohne sie aussehen würde, konnte er es nicht einmal. Denn sie war mit jedem Aspekt seines Lebens verknüpft und tief in seinem Herzen verankert.

»Verdammt. Ich liebe sie.«

Er war mehr als nur ein Idiot. Er war ein Versager, der mehr verdiente als die Peitsche, die er vielleicht zu spüren bekommen würde, wenn er sie wiedersähe. Denn er liebte sie, und er hatte sie gehen lassen, weil er Angst hatte. Es war doch unwichtig, dass ein anderer Mensch ihm Angst gemacht hatte. Addi machte ihm keine Angst und er hätte wissen müssen, dass er seinen Gefühlen vertrauen konnte, wenn es um sie ging, anstatt seine Gedanken von früheren Erfahrungen umnebeln zu lassen.

Und er sollte nicht mitten in seinem Schlafzimmer stehen, nur mit Boxershorts bekleidet, und all das nur denken, anstatt es ihr zu sagen. Denn egal, was er dachte, solange er nicht den Mut fand, es ihr ins Gesicht zu sagen, würde es nichts ändern. Sie war diejenige, die es als Erste ausgesprochen hatte. Sie hatte Eier aus Stahl, mehr als er je zu haben hoffen konnte.

Er musste sie sehen.

Er brauchte sie.

So einfach war das.

Schnell zog er sich an. Plötzlich bemerkte er, dass seine Eltern eingetroffen waren, um auf Daisy aufzupassen. Er wusste, er musste mit ihnen und seiner Tochter darüber reden, was vielleicht geschehen mochte, aber vorerst musste er sich auf Addi konzentrieren. Daisy würde für ihn stets an erster Stelle kommen, aber das bedeutete nicht, dass Addi nicht im Bruchteil einer Sekunde dahinter folgen konnte.

Seine Eltern warfen ihm neugierige Blicke zu, als er praktisch aus dem Haus gerannt kam und zu seinem Pick-up sprintete. Er wusste nicht, ob seine beste Freundin zu Hause war, aber er nahm es an, da sie dazu neigte zu putzen, wenn sie zu nichts anderem Lust hatte, als nachzudenken.

Ihr Wagen stand nicht in der Auffahrt, als er dort einbog, aber natürlich konnte sie ihn wie gewöhnlich in der Garage geparkt haben. Er stellte den Motor aus und holte tief Luft. Und plötzlich war sein Kopf wieder leer, als er darüber nachdachte, was er ihr sagen sollte. Er war noch nie gut mit Worten gewesen. Musste es auch niemals sein. Er hatte seine Gefühle stets mit seiner Kunst ausgedrückt und indem er liebevoll für die Menschen in seiner Umgebung sorgte. Aber ganz sicher hatte er sich nicht um Addi gekümmert, als er es hätte tun sollen, und jetzt musste er zu Kreuze kriechen.

Wenn Addi ihm in den Hintern treten wollte, würde er sie lassen. Er hatte sie noch nicht einmal zu einem verdammten Rendezvous in der Öffentlichkeit ausge-führt, weil sie so viel Verständnis dafür hatte, wie viel Zeit er mit Daisy verbringen wollte. Sie hatten über einen Monat lang heiße Nächte und schnelle und geheime Zusammenkünfte gehabt, und Zeiten, in denen sie einfach nur zusammen waren. Und sie hatten sich so verhalten, als wäre es das Normalste der Welt gewesen.

Er war ein Hurensohn und wenn Adrienne ihn zurücknähme, würde er alles in seiner Macht Stehende tun, um sicherzustellen, dass er der Liebe würdig war, die sie ihm so großzügig geschenkt hatte. Und wieder einmal musste er aufhören, nur zu denken, und es ihr sagen. Sie verdiente Verabredungen, Blumen und große Gesten.

Und das war genau das, was sie heute bekommen würde.

Er stieg aus seinem Wagen aus und schloss die Tür hinter sich. Er klingelte an der Tür und betete, dass sie zu Hause war. Dann ließ er sich auf die Knie sinken. Wenn er schon zu Kreuze kriechen musste, dann wollte er es richtig machen.

Sie öffnete die Tür und runzelte die Stirn, als sie ihn sah. »Was tust du da, Mace?«

»Ich hatte kein zerbrochenes Glas zur Hand. Aber wenn du willst, dass ich mich vor dir auf Glas knie, werde ich das tun. Es wird wehtun, aber ich verdiene weitaus mehr Qualen, als nur auf deiner Veranda zu knien.«

»Mace.«

»Es tut mir so verdammt leid, Addi. Ich habe dir immer wieder gesagt, dass du meine beste Freundin bist und dass ich dich auf keinen Fall verletzen will, komme, was wolle. Und dann habe ich genau das getan ... in dem Glauben, ich könnte schützen, was ich hatte, habe ich dich verletzt. Das hast du nicht verdient. Du hast die Worte nicht verdient, die ich gesagt habe und die dich sicher ins Herz getroffen haben. Es tut mir so leid, dass ich dich verletzt habe. Du hast gesagt, du liebst mich, und ich habe dich aus meinem Haus gehen lassen. Ich vertraue dir. Ich vertraue dir mit allem, was ich bin, und allem, was ich habe. Ich vertraue dir in Bezug auf das Leben meiner Tochter und ich vertraue dir in Bezug auf mein Leben. Ich hätte meine Unsicherheiten nicht an dir auslassen dürfen. Ich hätte nicht zulassen dürfen, dass das, was mit Jeaniene passiert ist, auf dich zurückfällt. Das hast du nicht verdient. Ich hätte dir genau sagen müssen, was ich fühle, und nicht, wovor ich Angst habe. Und ich hätte nicht so lange damit warten sollen, an deine Tür zu klopfen und dich zu bitten, mich zurückzunehmen.«

Jetzt liefen ihr die Tränen über die Wangen und er musste unbedingt aufstehen, um sie ihr vom Gesicht zu wischen.

»Mace.«

»Es tut mir leid. Ich wäre auf die Knie gegangen und hätte im Studio oder an einem anderen Ort in der Öffentlichkeit um Vergebung gebettelt, wenn du es gewollt hättest, aber ich konnte nicht warten, bis du bei der Arbeit warst. Ich musste dich sehen. Ich hätte früher kommen sollen, aber ich wusste, dass du deinen Freiraum brauchst. Du brauchtest Zeit, um Kekse zu backen und dein Haus zu putzen, um deine Gedanken zu ordnen. Genauso wie ich Zeit brauchte, um meinen Kopf aus dem Sand zu ziehen und zu erkennen, dass ich mich so sehr in dich verliebt habe, Adrienne Montgomery, dass ich nicht weiß, wie ich mein Leben ohne dich leben könnte. Du warst mein ganzes Erwachsenenleben lang meine beste Freundin und ich wünschte, ich hätte dich schon als Kind gekannt, damit ich sagen könnte, dass du schon viel länger mein Fels in der Brandung bist. Aber ich liebe dich. Ich liebe die Art, wie du lächelst. Ich liebe es, dass du bei allem, was du tust, alles gibst. Ich liebe es, dass du deine Familie an die erste Stelle setzt. Ich liebe es, dass du keine Angst davor hast, was die Leute über deinen Job, deine Tattoos oder deine Haare oder irgendeinen dummen Unsinn wie diesen denken. Ich liebe es, dass du das Risiko eingegangen bist, ein Geschäft zu eröffnen, und dass du mir genügend vertraut hast, mich bei dir arbeiten zu lassen. Ich liebe es, dass du das Risiko eingegangen bist, mit mir zusammen zu sein. Und ich liebe es, dass du meinem kleinen Mädchen geholfen hast, obwohl du verletzt warst. Denn so eine Frau bist du nun mal. Ich hätte wissen müssen, dass Daisys Wohlergehen dir immer wichtiger sein wird als jeder Schmerz, egal was zwischen uns passiert ist. Denn so eine Frau bist du nun einmal. Du hättest das auch für Livvy oder eines deiner Geschwister getan. Denn das ist die Stärke, die durch deine Adern fließt. Und ich fühle mich geehrt, dich meine Freundin nennen zu dürfen. Ich fühle mich geehrt, dich meine Geliebte nennen zu dürfen. Ich fühle mich vor allem geehrt, dass du mich liebst, und ich hoffe nur, dass ich deine Liebe erwidern darf.«

Sie schwieg so lange, dass er bereits befürchtete, entweder zu viel oder nicht genug gesagt zu haben. Er hatte ihr genau erklärt, was er fühlte, und doch konnte er immer noch nicht die Tiefe seiner Sehnsucht nach ihr in Worte fassen.

Doch bevor er fortfahren konnte, legte sie ihre Finger auf seine Lippen und lächelte. »Das war das Wunderbarste, was du je zu mir gesagt hast, Mace Knight. Und ich kenne dich schon lange genug, um zu wissen, dass du schon einige wunderbare Dinge gesagt hast. Denn das ist die Art von Mann, die du bist. Und obwohl es mir gefällt, dass du vor mir auf die Knie gegangen bist, um vor mir zu Kreuze zu kriechen, musst du das nicht noch einmal in der Öffentlichkeit tun. Ich will nicht, dass du dich erniedrigst und dass jemand eine schlechtere Meinung von dir bekommt, nur aufgrund dessen, was zwischen uns geschieht. Dazu liebe ich dich zu sehr. Und die Tatsache, dass du mich liebst? Nun, das und die Tatsache, dass du dich von ganzem Herzen entschuldigst, macht alles wett, was du an jenem Abend gesagt hast – oder nicht gesagt hast. Sie kriechen gut zu Kreuze, Herr Ritter. Wirklich gut.«

Als sie an seinem Arm zog, folgte er ihr ins Haus und schloss die Tür hinter sich. Dann küsste er sie, denn er konnte sich nicht zurückhalten und sein Verlangen nach ihr verleugnen, nach ihren Lippen, ihrem Geschmack, nach einfach allem von ihr. Als sie sein Gesicht umfasste, zog sie die Hände verwirrt zurück und runzelte die Stirn.

»Was?«, fragte er atemlos.

»Warum hast du dich rasiert?«

Er küsste sie erneut und biss sie in die Unterlippe. »Weil ich jedes Mal, wenn ich in den Spiegel sah und meinen Bart erblickte, an dich dachte. Wie du es geliebt hast, ihn zu streicheln, wie du gesagt hast, dass mein Bart in dir den Wunsch erweckt, auf meinem Gesicht zu reiten. Ich erinnerte mich daran, wie du an meiner Zunge gekommen bist, als mein Bart an deinen Innenschenkeln kratzte. Und ich wusste, dass ich meinen Bart nicht mehr betrachten konnte, ohne an dich zu denken.«

Sie fächelte sich Luft zu. »Nun, ich schätze, wir werden sehen, wie gut du ohne Bart zurechtkommst.«

Er lachte und küsste sie heftiger. »Das werden wir sehen. Wenn ich nicht so gut bin wie früher, kann ich ihn ja wieder wachsen lassen.«

»Weil du ein Geber bist.«

»Verdammt, ja, das bin ich.«

Sie führte ihn ins Schlafzimmer und er küsste sie gierig, denn er hatte ihren Geschmack vermisst. Zuerst waren sie zärtlich, zogen sich langsam aus, um den Körper des anderen erneut kennenzulernen. Es war nicht so, als wäre es eine Ewigkeit her, dass sie einander gehabt hatten, aber immerhin so lange, dass Mace sich jeden Zentimeter von ihr erneut einprägen wollte. Er hatte sie vermisst, verdammt noch mal, und er würde sich nie verzeihen, was er getan hatte.

Addi küsste seine Schläfe, bevor sie ihn anfunkelte. »Stopp.«

Er erstarrte. »Was? Habe ich dir wehgetan?«

Sie verdrehte die Augen. Sie standen nackt in ihrem Zimmer und sie verdrehte die Augen. Das war die Addi, die er kannte und vermisst hatte. »Nein, natürlich nicht.

Aber du denkst darüber nach, was du getan hast und wie schlecht du dich fühlst, und das verdirbt dir die Stimmung. Also, warum legst du dich nicht aufs Bett und denkst an gute Dinge – nicht unbedingt an England, aber vielleicht daran, wie sexy ich bin, bitte –, und ich werde meinen Spaß mit dir haben.«

Er küsste sie hart, bevor er sich auf ihr Bett legte. »Nun, da du so nett gefragt hast, aber komm doch her und lass dich von mir küssen. Ich habe dich vermisst.«

Ihre Augen bekamen einen warmen Schimmer und sie tat schnell, worum er sie gebeten hatte. »Ich habe dich auch vermisst.«

Sie küssten und leckten sich gegenseitig und ließen ihre Hände über den Körper des anderen wandern. Er streichelte ihre Brüste, dann schob er seine Hand zwischen ihre Beine und fand sie warm und bereit. Sie ließ ihre Hand über seinen Schwanz gleiten, drückte ihn und dann streichelte sie ihn träge, während sie sich von Neuem kennenlernten. Und was süß und langsam begann, wurde bald heiß und schnell.

Er lag auf ihr und glitt in ihre feuchte Hitze, während sie sich in die Augen blickten. Ihr Mund öffnete sich und er stieß immer wieder in sie hinein. Ihre Muschi umklammerte ihn jedes Mal, wenn er sich zurückzog, als bräuchten alle Teile von ihr seine Nähe. Da er das Gleiche empfand, machte ihn das alles nur noch mehr an.

Sie hob seufzend ihre Hüften und kam ihm bei

jedem Stoß entgegen. »Du musst dich schneller bewegen«, flüsterte sie. »Ich brauche dich.«

Also bewegte er sich. Er steigerte das Tempo, bis sie sich keuchend aneinanderklammerten und der Raum mit den Geräuschen von Sex und Verlangen erfüllt war, und allem, was zu dem gehörte, was er und Addi waren. Sie wölbte sich ihm entgegen und kam heftig um seinen Schwanz herum. Er folgte ihr und füllte sie mit seinem Saft, bis sein Körper bebte und er wusste, dass er Zeit brauchte, um sich zu erholen, bevor er sie wieder haben konnte.

Denn er würde sie wieder haben. Wieder und wieder und so lange, wie sie ihn haben wollte. Denn sie gehörte ihm, wie er ihr gehörte, und das würde er nie vergessen. Nie wieder.

»Ich liebe dich«, flüsterte er. »So sehr.«

Tränen glitzerten in ihren Augen und sie umfasste sein Gesicht. »Ich liebe dich auch, alter Mann.«

Dann küsste er sie wieder und stellte fest, dass seine Erholungszeit viel kürzer war, als er gedacht hatte. Seine Addi schien eben diese Wirkung auf ihn zu haben.

Und das würde er nie vergessen.

Kapitel Siebzehn

Adrienne warf den Kopf in den Nacken und wölbte sich Mace entgegen, als er in sie eindrang. Sie war auf allen vieren und klammerte sich an das Bettlaken, während er immer wieder in sie hineinstieß. Er hatte sie bereits zweimal mit seinem Mund an der Bettkante zum Kommen gebracht, dann noch einmal, auf ihr liegend, und dann hatte er sich so positioniert, dass er mit ihrem Hintern spielen und jeden Schmerz wegreiben konnte, indem er sie langsam massierte, während er sie fickte.

Ihr Haar glitt über ihren Rücken hinunter und Mace griff danach und wickelte es sich um die Hand. Er war so groß und so kräftig gebaut, dass er sie mit jedem Stoß dehnte, und sie konnte nicht anders, sie bewegte sich mit ihm, in dem Bewusstsein, so viel zu geben, wie sie bekam.

Als er sie an den Haaren zurückzog, ließ sie sich von ihm so drehen, dass sie den Rücken seiner Vorderseite zuwandte, sodass sie beide auf dem Bett knieten, während er sie fickte. Er hatte eine Hand in ihren Haaren, während er mit der anderen mit ihren Brüsten spielte. Adrienne langte um sie beide herum, um ihn noch fester an sich zu pressen.

»Komm, Addi. Ich werde gleich kommen, und du musst meinen Schwanz mit deiner Muschi zusammenpressen. Darin bist du so verdammt gut.«

Sie lachte und drehte ihren Kopf so, dass sie ihn küssen konnte. »Ach ja? Wie nahe bist du dran?«

»Spiel mit deiner Klitoris, Addi. Oder ich werde es für dich tun. Und ich weiß, dass du da schon zu empfindlich bist. Willst du auf mir reiten und dir an meinem Schwanz einen Orgasmus holen? Oder willst du, dass ich dich ein wenig ärgere und es länger hinauszögere, damit deine ohnehin schon erregte kleine Knospe noch mehr schmerzt?«

Sie war sich ehrlich gesagt nicht sicher, was sie antworten sollte, denn beides klang wirklich heiß, aber da sie es liebte, wie er reagierte, wenn er ihr dabei zusah, wie sie mit sich selbst spielte, ließ sie ihre Hand über ihren Bauch gleiten und berührte leicht ihre Klitoris. Er hatte recht gehabt, sie war nach so vielen Orgasmen innerhalb von fünfzehn Stunden so empfindlich, dass es fast wehtat, aber sie kam sofort, als hätte sie einen magischen Knopf gedrückt, um sich in den siebenten Himmel zu katapultieren.

Sie schrie seinen Namen und er ihren, während er sie ganz ausfüllte. Sein Schwanz zuckte in ihr, als er sich in sie ergoss. Und sie hatte ihn noch nie als so sexy empfunden.

»Was für eine Art, Guten Morgen zu sagen«, neckte Mace sie, als sie schließlich nicht mehr knieten, sondern mit einander zugewandten Gesichtern nebeneinanderlagen.

»Die allerbeste Art. Wir müssen das zur Routine machen«, sagte sie, gesättigt und glücklich.

Er beugte sich vor und fing ihre Lippen ein. »Das können wir, meine Addi. Das können wir.«

Und weil er *ihr* Mace, ihr bester Freund war, glaubte sie ihm.

***

»Also, du und Mace?«, fragte ihr Vater und blickte auf seine Kaffeetasse.

»Ich und Mace.« Adrienne lehnte sich in ihrem Stuhl zurück und beobachtete ihre Eltern, die abwechselnd sie und ihre Kaffeetassen betrachteten, nachdem sie ihnen erzählt hatte, dass Mace und sie ab jetzt ein Paar waren. Sie waren zusammen, nannten sich fester Freund und feste Freundin und sprachen über die Zukunft. Von Heirat oder ähnlichen Dingen war nicht die Rede, denn sie befanden sich noch in der Anfangsphase ihrer Beziehung und Liebe zueinander. Für Gespräche über die Zukunft würde später Zeit sein, denn sie wusste, dass sie eine haben würden. Sie hatte ihren Schwestern bereits erzählt, dass sie und Mace offiziell zusammen waren. Sie waren zwar nicht gerade begeistert gewesen, dass er ihr wehgetan hatte, aber nachdem sie ihnen erzählt hatte, wie er zu Kreuze gekrochen war, hatten sie sich mit dem Gedanken angefreundet.

Ihre Eltern jedoch ... sie war sich nicht sicher, wie sie reagieren würden. Aber sie wollte nichts mehr verheimlichen. Sie musste offen und ehrlich sein. Vielleicht nicht über das, was genau hinter verschlossenen Türen vor sich ging, aber zumindest bezüglich der Tatsache, dass sie eine feste Bindung einging und all das. Sie zwang sich, nicht rot zu werden, wenn sie daran dachte, was genau sie und Mace hinter besagten verschlossenen Türen taten, und versuchte, nicht auf ihrem Stuhl hin und her zu rutschen, da sie immer noch ein wenig empfindlich war, aber sie war sich nicht ganz sicher, ob ihr das gelungen war, denn ihre Mutter warf ihr einen wissenden Blick zu.

Und nun war es genug.

»Natürlich seid ihr zusammen, Süße. Ich weiß es bereits seit einer Weile.« Ihre Mutter grinste nur und ihr Vater begann zu lachen.

»Was?«, fragte Adrienne und stellte ihre Tasse ab. »Du hast es schon gewusst? Ich war bereit, vor die Inquisition zu treten, und ihr habt es schon gewusst.«

»Natürlich wussten wir es, Liebes«, sagte ihr Vater lächelnd. »Wir sind deine Eltern. Wir wissen alles. Hast du das nicht gelernt, als du noch ein Kind warst?« Er zwinkerte und Adrienne stützte den Kopf in die Hände und stöhnte auf. Glücklicherweise waren ihre Eltern nicht die Inquisition und sie konnte den Rest ihres

Kaffees genießen, bevor sie sich verabschiedete und zum Studio fuhr. Sie fing früh an, weil sie noch Papierkram erledigen wollte, aber die anderen würden erst später eintreffen.

Natürlich ging ihr Tag nicht so gut weiter, denn kaum hatte sie geparkt, sah sie die neuen Schilder an der Fassade ihres Gebäudes. Jemand hatte sie wieder mit Graffiti beschmiert, diesmal mit willkürlichen Formen und Buchstaben, die keine richtigen Wörter bildeten. Diesmal war sie weder am Boden zerstört noch traurig. Keine Tränen und keine Magenkrämpfe.

Nein, diesmal war sie einfach nur verdammt sauer.

Wer auch immer glaubte, sie aus dem Gebäude vertreiben zu können, irrte sich gewaltig. Das MIT würde einfach aufräumen und weitermachen. Ihr Geschäft würde nicht wegen eines Arschlochs scheitern. Ihre Mitarbeiter waren mehr als talentiert, und jeder, der das nicht glaubte, konnte sich verpissen. Sie rief die Polizei und ihren Versicherungsvertreter von ihrem Wagen aus an – wieder einmal – und diesmal fiel es ihr nicht ein, dafür in der Kälte zu stehen. Dann schrieb sie Mace eine SMS, dass er vorbeikommen und ihr beim Aufräumen helfen sollte. Ryan hielt sich außerhalb der Stadt auf und heute war Sheps Vormittag mit Livvy, da die Steuersaison vor der Tür stand und Shea Zeit zur Vorbereitung brauchte.

Sie holte tief Luft und straffte die Schultern. Shep und Mace hatten gesagt, sie sollte ihre Rüstung anlegen und den Kampf aufnehmen, und sie hatten recht. Denn zum Teufel mit dem Kerl, der zuerst in den Laden gekommen war, um ihren Erfolg zu untergraben, und zum Teufel mit jedem, der dachte, er könnte sie fertigmachen.

Die kannten die Montgomerys offensichtlich nicht.

Sie war gerade aus dem Wagen gestiegen und auf dem Weg zum Eingang des Ladens, als Thea und ein Mann, den sie nicht kannte, aus der Tür vom Colorado Icing, der Bäckerei ihrer Schwester, traten. Thea hatte mal wieder Mehl im Haar – was sie liebenswert machte, auch wenn ihre Schwester es hasste, bei der Arbeit unordentlich auszusehen – und ein Stirnrunzeln auf dem Gesicht.

»Schon wieder?«, fragte sie und schüttelte den Kopf. »Hast du die Polizei gerufen oder sollen wir das tun? Verdammt noch mal. Ich ärgere mich so für dich.«

»Ich bin auch ziemlich genervt.« Sie sah den Mann an. »Hi, ich bin Adrienne, Theas Schwester und die Besitzerin des Studios hier.« Sie deutete mit dem Daumen über die Schulter und versuchte, sich den Anblick all der Farbe und des Durcheinanders nicht noch mehr zu Herzen zu nehmen, als sie es ohnehin schon tat. Sie würde sich nicht unterkriegen lassen.

»Oh, Adrienne, dies ist Dimitri«, sagte Thea und wedelte mit den Händen. »Ich dachte, ihr kennt euch schon. Es tut mir leid.«

Dimitri war der frischgebackene Ex-Ehemann von Theas Freundin Molly und mit Thea befreundet. Und ja, sie hatte ihn schon getroffen, aber nur ein paarmal, und anscheinend hatte sie vergessen, wie heiß er war. Er war bärtig und geheimnisvoll, und jetzt, da ihre Erinnerung einsetzte, fiel ihr ein, dass er ein großartiges Tattoo hatte, das sie bewundert hatte.

»Oh ja, das tut mir so leid. Hi, Dimitri. Ich bin heute anscheinend nicht ganz da.«

Er lächelte und legte den Kopf schief. »Hi. Und ja, ich erinnere mich auch an dich, obwohl es schon ein paar Jahre her ist. Thea hat mich gerade über alles informiert, was mit dem Studio passiert ist. Ich weiß, dass ich wahrscheinlich nichts für dich tun kann, aber möchtest du, dass ich mit dir reingehe und nachsehe, ob es noch andere Schäden gibt?«

Sie schüttelte den Kopf. »Die Tür sieht unbeschädigt aus, daher nehme ich an, dass der Schaden sich wie beim letzten Mal auf die Fassadenschmierereien beschränkt. Ich werde aber reingehen und nachsehen, aber ich komme schon zurecht.« Sie öffnete eine ihrer Hände und zeigte den Schlüssel, den sie in der Faust hielt. »Ich habe vor langer Zeit gelernt, so auf einen eventuellen Angreifer vorbereitet zu sein.«

»Sag uns Bescheid, wenn du uns brauchst«, sagte Dimitri, während Thea auf sie zutrat und sie fest umarmte.

»Im Ernst. Wenn du einen Donut oder eine Laugenbrezel oder etwas anderes willst, komm einfach vorbei. Ich will, dass der oder die Täter gefasst werden.«

»Das weiß ich. Ich will das auch. Ich hoffe, es schadet deinem Geschäft nicht.« Adrienne hatte alle Geschäftsinhaber in der Umgebung kennengelernt, seitdem sie vor über einem Jahr mit den Planungen für das Studio begonnen hatten, aber Thea hatte stets Priorität und inzwischen folgte Abby und ihr Teeladen gleich danach.

»Das Geschäft läuft gut«, sagte Thea, während sie mit der Hand durch das Mehl in ihrem Haar fuhr. »Pass auf dich auf, und komm später auf einen heißen Kakao oder so vorbei. Ich vermisse es, dein Gesicht zu sehen.« Sie umarmte sie erneut, bevor sie flüsterte: »Und ich will mehr Details über Mace, bitte.«

Adrienne lachte und winkte Dimitri zu, als die beiden zurück in die Bäckerei gingen. Adrienne konnte nicht umhin zu beobachten, wie die beiden eng nebeneinander hergingen und miteinander sprachen, als hätten sie diesen morgendlichen Spaziergang schon unzählige Male gemacht. Sie fragte sich, was das alles zu bedeuten hatte, wusste aber, dass es sie nicht nur nichts anging, sondern dass sie auch ins Studio gehen musste, bevor sie erfror. Dort würde sie auf die Polizisten warten. Die anderen Läden würden frühestens in einer Stunde öffnen, also war es ziemlich menschenleer in der Gegend, aber das machte ihr nichts aus. So musste sie sich mit weniger Leuten abgeben, die mitbekamen, dass die Fassade ihres Studios schon wieder beschmiert worden war.

Selbst als sie in ihren Laden trat und darauf achtete, keine Farbe und keinen Dreck zu berühren, konnte sie nicht umhin, sich zu fragen, ob sie zwischen ihrer Schwester und Dimitri ein gewisses Kribbeln gespürt hatte. Wahrscheinlich lag es nur daran, dass die beiden mehr als attraktiv waren und eine Chemie hatten, die auf eine wahrscheinliche Freundschaft hindeutete, aber da konnte sie lange herumrätseln. Wenn zwischen den beiden wirklich etwas liefe, wäre es natürlich eine Katastrophe epischen Ausmaßes gewesen, wenn man bedachte, wie die Verhältnisse waren.

Sie wollte gerade das Licht einschalten und sich umsehen, als jemand ihr mit der Hand den Mund zuhielt. Sie erstarrte für einen winzigen Augenblick und wusste, dass sie einen verdammt dummen Fehler gemacht hatte.

»Ich habe dir gesagt, du sollst verschwinden«, spie der Mann hinter ihr hervor. »Du ruinierst unsere Gemeinschaft. Warum konntest du das nicht begreifen? Wenn die Zerstörung deines Geschäftes nicht reicht, dann muss ich eben *dich* zerstören.«

Er riss an ihren Haaren, zerrte sie zur Seite und stieß sie gegen die Wand. Sie schrie auf, drehte sich herum und schlug mit der Faust nach ihm. Sie traf ihn am Kiefer, ihr Schlüssel grub sich in sein Fleisch. Er schrie auf, Blut floss über sein Gesicht und auf seinen makellosen Anzug. Es war derselbe Mann, der am ersten Tag ins MIT gekommen war. Derselbe Mann, der sie bedroht hatte, um dann scheinbar zu verschwinden. Aber wenn er jetzt hier war, war er vielleicht doch nicht ganz so weit weg gewesen.

»Miststück!«

Adrienne war schnell, aber er war schneller. Er packte

ihren Arm und riss ihn praktisch aus dem Gelenk. Sie sog scharf den Atem ein, als der Schmerz durch ihren Körper schoss, ihr die Galle in den Hals trieb und ihre Zunge überzog.

»Verpiss. Dich.« Als sie ihm ihren Arm entriss, schoss ein scharfer Schmerz hindurch, aber sie ignorierte ihn. Sie hatte keine Ahnung, was sein Problem war, aber sie wusste, wenn sie nicht bald von hier wegkam, würde sie überhaupt nicht mehr durch die Türen des MIT nach draußen treten.

»Du solltest gehen«, schrie er. »Du solltest dich von den Graffitis abschrecken lassen. Die anderen sollten dich hinauswerfen, dich nicht in ihrer Nähe haben wollen. Sie sollten sich nicht um dich scharen. Dann sollte die Polizei dich ausschalten. Und das Gesundheitsamt. Aber du hast dich immer weiter nach oben gevögelt, nicht wahr? Denn nur so konntest du all diese Barrieren überwinden. Du hast dir den Weg freigeschlafen, um zu bekommen, was du wolltest. Hast deine Hüften, deine Titten und deinen Arsch benutzt, und jetzt ruinierst du unseren guten Ruf in diesem Stadtteil.«

Adrienne konnte ehrlich gesagt nicht glauben, was sie da hörte. Dieser Mann wollte das MIT loswerden, weil es seiner Meinung nach ein schlechtes Beispiel abgab oder so einen Unsinn? Und er besaß die Dreistigkeit, sie so zu beschimpfen? Sie zu beschuldigen, ihren Körper zu benutzen?

Er war nicht nur ernsthaft geistesgestört, sondern auch ein gefährliches Arschloch, das offenbar genügend

Macht besaß, um zumindest einige Leute dazu zu bringen, ihm zuzuhören – oder zumindest dachte er das.

Der Mann kam wieder auf sie zu und sie duckte sich und traf ihn mit der Schulter in den Bauch. Nur hatte sie die Schulter benutzt, die er verletzt hatte. Sie musste würgen, denn der Schmerz war fast zu stark. Es war nicht ihre dominante Schulter, Gott sei Dank, aber sie wusste, dass sie in Schwierigkeiten steckte, wenn sie nicht von dort wegkam.

Er kam wieder auf sie zu und sie trat ihm mit der Spitze ihres Stiefels in die Hoden. Der Mann sank auf ein Knie, griff aber immer noch nach ihr. Er hatte sie in die Enge getrieben, aber wenn sie noch einmal ausholte, konnte sie vielleicht aus dem Laden laufen und um Hilfe rufen. Nach dem ersten Schlag hatte sie ihr Telefon und ihren Schlüssel fallen lassen und hätte sich zu Recht dafür verfluchen können.

Er stürzte sich wieder auf sie, aber im selben Moment öffnete sich die Tür hinter ihnen. Mace war da, mit wütendem Gesicht, und nahm den Fremden in den Schwitzkasten. Sie trat dem Mann zur Sicherheit noch einmal in die Eier. Und hinter der Wut in Mace' Gesicht sah sie einen gewissen Stolz aufflammen.

Der Mann sackte in Mace' Armen zusammen, das Blut wich ihm aus dem Gesicht, als Folge von dem Tritt in die Eier, der einen enormen Schmerz ausgelöst haben musste – sie wäre nicht überrascht gewesen, wenn er sich einen Hoden oder etwas anderes geprellt hätte. Das Arschloch hatte es verdient.

Dimitri und Thea stürzten gleich darauf durch die Tür, wobei Dimitri Thea hinter sich schob. Adrienne war verdammt dankbar dafür, auch wenn ihre Schwester nicht sehr glücklich darüber aussah.

Adriennes Adrenalinspiegel schien inzwischen völlig abgesunken zu sein, daher lehnte sie sich mit dem Rücken an die Wand und rutschte an ihr hinunter, den Blick auf Mace gerichtet.

»Hey. Danke.«

»Mein Gott.«

Er hielt immer noch den Mann fest, der versucht hatte, ihre Träume zu zerstören und sie zu verletzen, aber sie konnte an nichts anderes denken als daran, dass sie verdammtes Glück hatte, dass sie nicht allein war.

»Ich habe mich gewehrt.«

Mace lächelte, nur ein kleines Lächeln, aber es reichte aus, dass sie sich ein wenig entspannte. »Ja. Das hast du.«

»Aber trotzdem danke, dass du mich gerettet hast«, sagte sie. Er lachte nicht, aber sie glaubte auch nicht, dass er es in diesem Moment konnte.

»Ich habe die Polizei gerufen«, sagte Thea, die herbeikam. »Sie war bereits auf dem Weg wegen des Vandalismus, aber jetzt kommen die Beamten wahrscheinlich schneller. Wir werden vermutlich auch einen Krankenwagen brauchen.« Sie berührte Adrienne nicht, war aber nahe genug, um beruhigend zu wirken. Adrienne war sich nicht sicher, ob sie es jetzt ertragen hätte, berührt zu werden. Ihre Schulter und ihr Kopf, wo er sie an den Haaren gezogen hatte, schmerzten viel zu sehr.

Dimitri machte sich daran, Mace zu helfen, und kurz darauf war auch Abby im Gebäude und setzte sich neben Adrienne. Sie roch nach Tee, während Thea nach Zucker und Schokolade roch, und Adrienne konnte sich keinen besseren Platz vorstellen, als zwischen ihnen zu sitzen – außer den in Mace' Armen.

Als die Polizisten kamen, betrachteten sie prüfend die Szene und Adrienne wusste, dass endlich wieder alles normal werden würde – falls man bei den Montgomerys jemals von *normal* reden konnte.

Sie hatte sich gewehrt, erinnerte sie sich. Sie hatte gesiegt. Und dass Mace da war, war nur das Tüpfelchen auf dem i.

»MIR GEHT ES GUT, MOM, HÖR AUF, MICH ZU bemuttern.« Adrienne lehnte an Mace' Seite, ihre gesunde Schulter gegen seine feste Haut gepresst. Daisy saß auf seinem Schoß und rutschte ab und zu rüber, um die kleinen Verletzungen zu küssen, die Adrienne abbekommen hatte. Adrienne hatte sich in das Kind verliebt, es aber bis jetzt noch nicht so richtig verarbeitet. Aber bald würden sie die Zeit haben, über alles nachzudenken.

»Du trägst eine Schlinge um die Schulter und hast blaue Flecke, weil dieser Hurensohn dich gegen die Wand geschleudert hat.« Adriennes Mom zuckte zusammen und blickte auf Daisy hinunter, dann auf ihre Enkelin Livvy, die sich hinter Sheas Beinen versteckte, weil sie heute schüchtern war. »Tut mir leid. Das hat mich vollkommen durcheinandergebracht. Hör nicht auf mich, wenn ich schlechte Dinge sage, Süße.«

Daisy lächelte nur schüchtern, bevor sie sich an Mace schmiegte und mit Adriennes Haar spielte.

»Meine Schulter wird in ein paar Wochen wieder in Ordnung sein. Ich kann immer noch arbeiten, nur nicht so viel, wie ich möchte, aber es gibt genug Büroarbeit, die ich erledigen kann, während die Jungs die Tätowierungen übernehmen. Ich habe mir nichts gerissen oder gebrochen, sondern nur verrenkt.« Sie wollte noch mehr sagen, aber da Daisy im Raum war, wollte sie alles vermeiden, was sie hätte erschrecken können.

»Hey, Daisy, kannst du mir deine neue Spielzeugkiste zeigen?«, fragte Roxie. »Ich konnte sie mir nicht anschauen, bevor du sie bekommen hast. Willst du auch mitkommen, Livvy?«

Daisy nickte und rutschte von Mace' Schoß, dann ergriff sie Roxies Hand und zog sie aus dem Zimmer. Livvy hatte Roxies andere Hand genommen und nun waren nur noch Erwachsene im Raum, die frei darüber sprechen konnten, was vor sich ging.

»Ich kann immer noch nicht glauben, dass das alles passiert ist«, sagte Thea. »Und Dimitri und ich fühlen uns schrecklich, weil wir dort waren und nichts bemerkt haben, bis wir Mace ins Studio stürzen sahen. Es tut mir so leid, dass wir nicht früher da waren.«

»Am Ende wärst du auch noch verletzt worden. Mir geht es gut. Dem Laden geht es gut. Und Isaac Crawford ist hinter Gittern. Oder wird es sein, sobald sein Hodenriss operiert wurde.«

Ihr Bruder, ihr Vater und Mace zuckten zusammen, während Shea, Thea und ihre Mutter sich gegenseitig abklatschten. Die anderen Frauen waren genauso abgebrüht wie sie selbst, und das gefiel ihr.

»Also, dieser Mann war ein Arschloch«, begann Shea. »Ein reiches Arschloch, dem die Idee eines schmutzigen Tattoostudios in seiner schönen, sauberen Straße nicht gefiel«, stieß sie hervor. Shep legte ihr seinen Arm um die Schultern und küsste sie auf den Scheitel.

»So scheint es zu sein«, stimmte Mace zu. »Offenbar hat er den Polizisten alles erzählt, während er vor Schmerzen geschrien hat, weil seine Eier bluteten – autsch.«

Adrienne stieß einen beinahe knurrenden Laut aus. »Er hat Leute angeheuert, um das Gebäude zu beschädigen, und er hat seine Verbindungen genutzt, um beim Gesundheitsamt anzurufen und zu versuchen, uns schließen zu lassen. Er hat sich einfach nicht vorstellen können, dass es in einem seriösen Tattoo- und Piercingstudio sauberer ist als in den meisten anderen Geschäfte in der Stadt. Das muss auch so sein. Und in unserem ist es verdammt sauber, vielen Dank.«

»Und er hat die Polizei mit einer gefälschten Anzeige wegen Drogenhandels angerufen? Oder hat er das in

Auftrag gegeben?«, fragte Thea, die Arme um ihre Mitte geschlungen.

»Das hat er selbst gemacht, obwohl er zugegeben hat, einige andere Dinge in Auftrag gegeben zu haben. Er fand jedoch nichts Falsches daran, sich davon zu überzeugen, dass in seiner netten und familienfreundlichen Gemeinde nicht mit Drogen gehandelt wird.« Adrienne verdrehte die Augen. »Mein Gott, was für ein Idiot. Falsche Behauptungen sind nichts, womit man sich beschäftigen möchte, vielen Dank.«

»Und er hat all das getan, weil er glaubte, für eine führende Rolle in der Gemeinschaft eine sichere und saubere Plattform zu benötigen«, fügte Mace hinzu. »Wir wussten nicht, wer er war, weil er in unserem Viertel keine führende Rolle einnimmt, aber anscheinend ist er ein großes Tier oder so.«

»Es ist mir egal, wie groß er ist. Er wurde geschnappt und vielleicht verliert er einen seiner Hoden. Zum Teufel mit ihm.« Adrienne nickte bekräftigend und wieder einmal zuckten die Männer im Raum zusammen. Sie würden sich einfach daran gewöhnen müssen, denn sie war verdammt stolz auf das, was sie getan hatte, auch wenn sie noch nie in ihrem Leben so viel Angst gehabt hatte.

Okay, vielleicht hatte sie mehr Angst gehabt, als Daisy krank gewesen war, aber das war eine andere Sache.

Die anderen unterhielten sich darüber, was sie tun würden und ob sie eine weitere große Eröffnungsparty veranstalten könnten, um die Tatsache zu feiern, dass sie

Crawfords üble Angriffe überlebt hatten. Und dass sie versuchen würden, den Makel zu beseitigen, den der Mann und seine Vorstellungen von Sauberkeit und Sicherheit dem Studio angeheftet hatte.

Sie hörte mit halbem Ohr zu, wie die Menschen, die sie am meisten liebte, über ihre Träume und ihren Laden sprachen, und schmiegte sich noch enger an Mace, weil sie wusste, dass sie in Sicherheit war. Sie hatte den Mann, den sie liebte, eine Zukunft, auf die sie zählen konnte, eine Familie, die für sie sorgte, und ein Geschäft, das sie ihr Eigen nennen konnte.

Letzten Endes war Adrienne Montgomery eine glückliche Frau – mit allem Drum und Dran.

»Ich liebe dich«, flüsterte Mace. »So verdammt sehr.«

Sie sah zu ihm auf und lächelte. »Ich liebe dich auch.«

Als daraufhin erstaunte *Ohhhs* erklangen, verdrehte sie die Augen und zog den Kopf ein, als ihre Familie lachte. Es gab einige Dinge, die sich nie ändern würden, und dass ihre Familie sie in Verlegenheit brachte, weil sie sie liebte, gehörte dazu.

Und sie würde das um nichts in der Welt eintauschen.

Kapitel Achtzehn

»So ist es gut, rutsch ein wenig zurück, lass mich sehen, wie du meinen Schwanz reitest. Nimm ihn ganz in dich auf«, knurrte Mace leise, während Adrienne auf allen vieren vor ihm kniete und sich mit seinem Schwanz fickte. Sie war einfach so verdammt sexy, wenn sie das tat, und er wusste, dass sie in Zukunft noch oft in dieser oder einer ähnlichen Stellung aufwachen mussten.

»Beeil dich und lass mich endlich kommen, wir kommen zu spät und ich zittere schon.«

Er grinste über ihren Tonfall, denn sie war schon so weit, dass ein einziges Streichen über ihre Klitoris sie zur Explosion bringen würde. Also tat er genau das und beobachtete, wie sie auf seinem Schwanz erschauderte. Ihr Gesicht sank auf die Matratze, denn ihr Körper war verausgabt. Er grub seine Finger in ihre Pobacken, während er heftig pumpte und dann sehr schnell kam, weil er es so liebte, sie um seinen Schwanz herum zu fühlen.

Als er neben ihr zusammenbrach, tätschelte sie ihm träge die Hüfte. »Gutes Spiel, Knight. Gutes Spiel.«

Er lachte und küsste ihre nackte Schulter. »Wir gehen später die Höhepunkte durch. Aber jetzt müssen wir erst einmal duschen.«

»Getrennt, sonst kommen wir wirklich zu spät.«

»Und ich muss sichergehen, dass Daisy auch aufgestanden und startklar ist.« Sie waren bei ihm zu Hause, so wie in letzter Zeit häufiger. Adrienne war praktisch bei ihm eingezogen. Er wollte sie nach den Feiertagen offiziell fragen. Daisy hatte sich inzwischen daran gewöhnt, dass Addi fast immer da war, und das gefiel ihm.

Jeaniene rief immer noch jeden Tag an, um mit Daisy zu sprechen, aber sie war fest davon überzeugt, dass die Sorgerechtsregelung für alle das Richtige war. Er war sich nicht sicher, wie ihre Tochter sich fühlen würde, wenn sie erwachsen wurde, aber da er die Dinge nicht ändern konnte, sorgte er einfach dafür, dass Daisy so gesund und heil war, wie sie sein konnte. Und Addi sprang bereits bei Dingen ein, mit denen er nicht umgehen konnte, wie er wusste. Sie waren ein Team, und er hatte verdammtes Glück, dass er das erkannt hatte, bevor es zu spät war.

»Klingt nach einem Plan, Knight.« Sie drehte sich herum und küsste ihn, bevor sie in Richtung Badezimmer hüpfte. Er schüttelte nur den Kopf und grinste. Nach dem morgendlichen Sex bekam sie immer einen solchen Energieschub, während sie nach dem abendlichen Sex schlaff und schläfrig wurde. Er hatte nie verstanden, wie es einen solchen Unterschied geben konnte, aber das würde er noch herausfinden, da er sein ganzes Leben mit ihr verbringen wollte.

Er war noch nicht bereit, ihr einen Heiratsantrag zu machen, war noch nicht bereit für diese Art von Veränderung in Daisys Leben. Aber er und Addi wussten, dass ihre Beziehung ernst und dauerhaft war. Sie hatten sogar darüber gesprochen, weil sie jetzt Missverständnisse und verletzte Gefühle umgehen wollten, denn sie hatten viel zu viel Angst vor dem, was sie vielleicht sagen könnten.

Eines Tages würde sie seine Frau sein und ihm helfen, Daisy aufzuziehen. Vorerst gehörte sie einfach ihm und er gehörte ihr, während Daisy sich an den Gedanken gewöhnte, eine neue Frau in ihrem Leben zu haben. Kleine, aber wichtige Schritte.

Als die drei endlich bereit für den Tag waren, kamen sie tatsächlich zu spät, aber seine Eltern störten sich nicht daran. Da heute Thanksgiving war, aßen er, Addi und Daisy zweimal: einmal mit seiner Familie und einmal mit ihrer. Da die Knights und die Montgomerys sich jetzt schon so nahestanden, hatte er das Gefühl, dass es eines Tages zu einem einzigen großen Essen kommen würde. Dafür würde er wahrscheinlich dankbar sein. Vielleicht wäre es nicht die beste Sache der Welt, seine Schwestern über längere Zeit mit Addis in einem Raum zu vereinigen, da sie wahrscheinlich Pläne für eine Weltherrschaft schmieden würden, aber er war froh, dass alle miteinander auskamen.

Daisy plapperte auf seine Eltern ein, während sie ihren Truthahn aß, und Mace lächelte nur und zog Addi an sich.

»Ja?«, fragte sie leise.

»Ich bin einfach nur glücklich.«

Sie grinste. »Ich auch.«

»Ihr seid so süß, dass es krank macht, aber ich liebe es.« Violet lächelte von der anderen Seite des Tisches herüber und lachte. Sie und Sienna waren aus Denver gekommen, weil sie den Tag freihatten, und hatten ihre beiden Freundinnen mitgebracht, die sie schon seit Ewigkeiten kannten. Die vier waren seit dem College dicke Freunde, und Mace war froh, dass sie einander hatten, da seine Schwestern nicht jeden Tag oder jedes Wochenende nach Colorado Springs kommen konnten, so wie es ihm und ihnen gefallen hätte.

»Wir versuchen es«, erwiderte Addi mit blitzenden Augen. »Es braucht Übung, aber unser Ziel ist es, so süß zu sein, dass wir *süß* überspringen und direkt in Sirup übergehen.«

Sie lachten alle und aßen weiter, redeten über alles und nichts. Addis Schlinge war vor ein paar Tagen abgenommen worden, und morgen würde sie wieder in ihrer Ecke sitzen und tätowieren wie die verrückte, talentierte Frau, die sie war. Er wusste, dass sie ihre Arbeit während der letzten Woche vermisst hatte, aber die Schulter heilte und der Bluterguss in ihrem Gesicht war fast verschwun den. Sie hatte ihn heute vollständig mit Make-up abgedeckt, damit ihre Eltern sich keine Sorgen machten, und er war nur froh, dass er bald ganz verblasst sein würde.

Die drei beendeten ihr erstes Abendessen und rafften sich dann auf, um für die zweite Runde zu den Montgomerys hinüberzufahren. Er wusste, dass sie zur Tür hinausrollen würden, wenn sie fertig waren, aber das machte ihm nichts aus. Es war verdammt gutes Essen und gute Gesellschaft, und das war alles, was zählte.

»Du bist da!«, rief Livvy und rannte direkt auf Daisy zu. Die beiden umarmten sich und hüpften herum, als hätten sie sich seit Wochen nicht mehr gesehen und nicht erst seit einem Tag. Sie liefen Hand in Hand ins Wohnzimmer. Mace schüttelte grinsend den Kopf.

»Weißt du, früher hat sie das auch mit mir gemacht. Jetzt merkt sie nicht mal mehr, dass ich auch da bin.« Addi rümpfte die Nase und er küsste ihre Nasenspitze.

»Ist schon gut. *Ich* bin froh, dass du hier bist.«

»Blödmann.«

»Ja, ihr seid beide Idioten, aber deshalb lieben wir euch«, sagte Thea, als sie ihnen die Mäntel abnahm. »Ich weiß nicht, wie ihr zwei es schafft, zweimal zu Abend zu essen, aber ich wünsche euch viel Kraft.«

»Ich werde wohl weniger Kartoffeln und Brötchen essen müssen.« Addi biss sich auf die Lippe. »Okay, macht nichts, denn ich mag sie so sehr, und wenn ich mich zu einem Ballon aufblähe, ist es mir auch egal.«

Er tätschelte ihr den Hintern. »Nur für mich wird es etwas schwerer, damit umzugehen.«

Sie lachte. Thea gab erstickte Geräusche von sich, lachte aber auch mit.

»Hast du Molly mitgebracht?«, fragte Adrienne, als sie sich auf den Weg ins Familienzimmer machten. Roxie und Carter unterhielten sich mit Addis Eltern. Mace bemerkte eine gewisse Distanz, die er nicht verstand, aber andererseits kannte er sie nicht so gut, wie er sollte. Die anderen winkten sie herbei.

»Nein, Molly wollte zu Hause bleiben und nichts tun.« Thea zuckte mit den Schultern. »Ich schätze, das verstehe ich. Aber dann hätte ich fast Dimitri eingeladen, weil er auch allein ist, und verdammt, er ist mein Freund, genau wie Molly, aber ich wollte nicht Partei ergreifen, also sind sie jetzt beide allein und tun was auch immer, und ich bin hier bei euch.«

Mace umarmte sie, und sie blickte lächelnd zu ihm auf. »Tut mir leid, dass du einen beschissenen Tag hast.«

Thea tätschelte seine Brust und Addi hob eine Augenbraue, bevor sie zwinkerte. »Ist schon okay. Ich bin bald satt und dann ist mir alles egal. Ich bin nur etwas mürrisch.«

»Noch Wein?«, fragte Addi. »Wein hilft.«

»Ja, das stimmt«, bestätigte Thea und Mace ließ sie los, damit sie ihr Glas auffüllen konnte.

Addis Vater reichte ihm ein Bier und bald tranken alle und redeten über ihr Leben und das letzte Spiel der Broncos. Seine beste Freundin, Geliebte und zukünftige Frau lehnte sich an ihn und er seufzte, weil er wusste, dass er sich immer an diesen Moment erinnern würde.

Er war davor geflohen, was er haben konnte und wer er sein konnte, weil er Angst hatte, die zu verletzen, die er liebte, aber am Ende hatte er alles bekommen, wovon er immer geträumt hatte.

Er hatte seine Kunst, seine Arbeit, seine Tochter, seine Familie und seine beste Freundin.

Er hatte sich in sie verliebt, lange bevor er wirklich gewusst hatte, was Verlieben bedeutet.

Und als Adrienne Montgomery ihn mit einem Versprechen in den Augen ansah, das ihm sagte, dass er sich noch jahrelang Stück für Stück die Geheimnisse des Verliebens erschließen würde, wusste er, dass er sich in genau die Richtige verliebt hatte.

In seine beste Freundin, Partnerin und die Frau, die eines Tages seinen Ring und noch mehr von seinen Tattoos tragen würde.

Weiter in der Montgomery Ink:

Restless Ink -

Falls ihr über neue Bücher oder Rabattaktionen auf dem Laufenden bleiben wollt, könnt ihr euch gerne für Carrie Anns Newsletter anmelden.

Passion Restored – Geheilte Leidenschaft (Buch 2)

Hope Restored – Geheilte Hoffnung (Buch 3)

Whiskey und Lügen:

Whiskey und Geheimnisse (Buch 1)

Whiskey und Enthüllungen (Buch 2)

Und auch die folgenden Bücher von Carrie Ann Ryan werden in Kürze auf Deutsch erhältlich sein:

Aus der »Montgomery Ink Reihe«:

Restless Ink (Buch 2)

Jagged Ink (Buch 3)

Wrapped in Ink (Buch 1)

Sated in Ink (Buch 2)

Embraced in Ink (Buch 3)

Seduced in Ink (Buch 4)

Inked Persuasion (Buch 1)

Inked Obsession (Buch 2)

Inked Devotion (Buch 3)

Inked Craving (Buch 4)

Inked Temptation (Buch 5)

Aus der Reihe »Whiskey und Lügen«:

Whiskey Undone (Buch 3)

Biografie

Carrie Ann Ryan ist eine *New York Times* und USA Today Bestsellerautorin moderner und übersinnlicher Liebesromane. Außerdem schreibt sie Literatur für junge Erwachsene. Ihre Arbeit umfasst die »Montgomery Ink Reihe«, »Redwood Pack«, »Fractured Connections« und die »Elements of Five«-Reihe. Weltweit hat sie über vier Millionen Bücher verkauft.

Sie hat bereits während ihres Chemiestudiums mit dem Schreiben begonnen und hat seitdem nicht mehr aufgehört. Inzwischen hat Carrie Ann mehr als fünfundsiebzig Romane und Novellen fertiggestellt – und ein Ende ist nicht in Sicht. Carrie Ann wurde in Deutschland geboren und hat schon überall auf der Welt gelebt. Wenn sie sich nicht gerade in ihrer emotionalen und aktionsgeladenen Welt verliert, liest sie gern, während sie sich um ihr Katzenrudel kümmert, das mehr Anhänger hat als sie selbst.

Besuchen Sie Carrie Ann im Netz!
carrieannryan.com/country/germany/
www.facebook.com/CarrieAnnRyandeutsch/

twitter.com/CarrieAnnRyan

www.instagram.com/carrieannryanauthor/